소설, 현실과 낭만 사이의 미학

# 소설,
# 현실과 낭만 사이의 미학

장소진 문학평론집

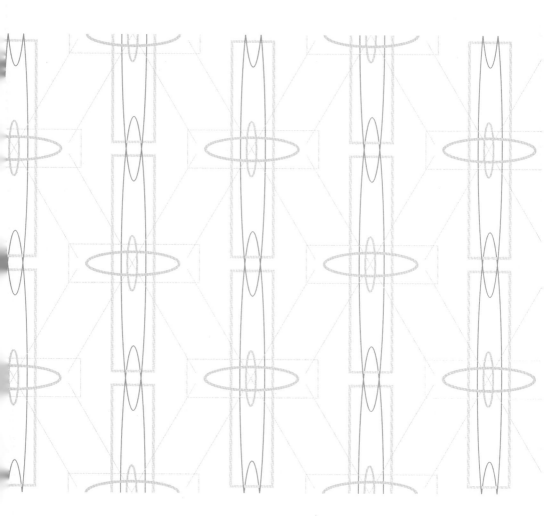

역락

## 머리말

늘 변화가 의식되는 시대이다. 디지털로 표상되는 이 시대의 광속적인 변화의 지향은 끊임없이 '찬란한' 새로움을 양산하며 우리를 몹시 분주하게 한다. 더하여 불안하게 한다. 해서 이 시대는 자신의 앞을 보는 것만도 버거운, 옆에 자리한 주변은 돌아볼 겨를조차 없는 시대이다. 그런 시대에 지난 과거를 돌아보는 것은 어떤 의미를 지닐까.

1970년대, 그것은 반세기의 거리를 지닌 과거의 시간이다. 그것도 물리적인 의미에서 그런 것이고, 급속한 변화가 일상화된 지금의 시대 상황에서 보면 그 시간대에 대한 의식적인 거리는 더 아득하다. 디지털 세대들에게는 더더욱 그러할 것이다. 그렇다면 그것은 그대로 단절을 의미한다. 디지털 기술에 기반한 초연결의 시대에 단절은 분명 역설적 현상이다. 그러나 그것은 지금의 현실이기도 하다. 이 디지털 시대는 공간의 무한한 확장 속에서 시간적 단절이라는 아이러니에 직면하고 있는 셈이다.

이제껏 인류가 이루어온 문명은 기억의 힘에 기대고 있다고 한다. 기억은 연결이다. 시간과의 연결이다. 어차피 우리가 향하는 곳은 미래의 시간이다. 미래는 과거 시간과의 연결 속에서 존재한다. 어떻게 살아왔을까는 어떻게 살아갈까의 거울이다. 이 분주한 시대에, 하여 이 불안한 시대에 잠시 과거를 들여다보며, 과거에서 현재로 이어지는 시간의 흐름을 타며 단절된 시간과의 연결을 시도해 본다. 미래를 향할 힘을 비축해 보는 셈이다.

소설이 현실 반영의 장르임은 자명한 사실이다. 그러나 그 현실은 현실 너머를 향한다. 낭만을 향하는 것이다. 이는 '시'는 있는 그대로의 세계를 그리는 것이 아니라 있어야 할 세계를 그려야 한다는, 아리스토텔레스의 모방과 창조의 맥락과 무관하지 않다. 그럼에도 소설은 끝없는 지연에 맞닥뜨린다. 그 지연은 긍정적인 의미에서 광장일 수 있다. 독자에게 손 내미는 광장. 독자와 함께 한바탕 축제를 벌이며 현실을 떨쳐내고 새로운 낭만을 준비하는 광장. 그렇다면 우리는 디지털 시대의 시선에서 '아득한' 과거의 소설들이 혹은 그 이후의 소설들이 그동안 마련해온 광장들을 둘러보며 시간의 연결을 마련하고 존재의 기반을 다지며 미래를 향해 가는 기회를 가져 볼 일이다. 지나간 시간의 소설들과 함께 삶에 대한 대화를 나눠 볼 일이다.

책을 출판하는 일은 내·외적으로 단순하지 않다. 그럼에도 모든 것은 감사로 이어진다. 그동안 재직 중인 학교에서 '베스트셀러 다시 읽기' 수업에 함께 해준 모든 학생들에게 고마운 마음을 전한다. 그들의 배움에 대한 열망의 시선이 있어 작품들을 더 깊게 들여다볼 수 있었다. 그리고 당연한 이야기이지만 출판을 허락해 준 역락 출판사에 감사드린다. 특별히 편집을 맡아 주신 이태곤 편집이사님 이하 모든 관계자분들께 깊이 감사드린다.

2023년 9월
장 소 진

## 미래, 삶을 향한 연대와 체제를 넘어선 자유

# 산업화의 그늘,
# 길의 역설

# 황석영의 「삼포 가는 길」[*]
## - 갈 곳 없음의 순환과 영원한 유예, 그리고 동행의 위로

　황석영의 「삼포 가는 길」은 1973년 9월 『신동아』에 발표된 작품이다. 작품은 1970년대 전후에 진행된 경제 개발 사업이 빚은 산업화의 그늘을 담고 있다. 보다 직접적으로 산업화 그늘의 대표적 국면의 하나인, 노동자 계층의 소외와 그들의 삶의 비애의 문제를 그리고 있다. 작품은 작가 황석영의 묘사적이고 감성적인 형상력을 통해 1970년대 사회상의 어두운 그늘을 서정적 깊이를 담아 전달하고 있다.

　작품은 산업화 시대의 흐름을 타고 도시 노동자로 혹은 술집 작부로 편입된 인물들이 도시에서의 신산한 삶에 지쳐 고향으로 향하는, 길의 이야기이다. 이러한 맥락에서 작중인물 정씨의 고향 삼포나 혹은 백화의 고향 남쪽은 그들의 지친 삶에 쉼과 위안을 안겨줄 이상향으로 상징화된다. 그런 속에서 각자의 처지에서 각자의 길을 나섰던, 영달과 정씨와 백화는 길 위에서 우연한 동행자가 되어 잠시나마 동행자 간의 위로를 나눈다.

　그렇다면 그들은 자신들이 향했던 목적지 혹은 이상향에 무사히 도착할 수 있었을까. 작품에서 추운 겨울 새벽 찬바람 부는 벌판에 갈 곳 몰라 서 있던, 찾아나설 고향조차 설정되어 있지 않은 영달의 존재가 시사하는

---

[*] 황석영, 「삼포 가는 길」, 『가객』, 문학동네, 2017.

바는 무엇일까. 우연히 동행자가 되었던 주인공들이 눈 내리는 고단한 길을 함께 걸어가는 여정의 의미는 무엇일까. 이러한 질문들을 염두에 두고 날품팔이 공사판 노동자로 전전하던 영달과 정씨, 그리고 술집 작부로 떠돌던 백화 간의 길 위에서의 만남과 헤어짐이라는, 세 인물들의 신산한 동행의 여정에서 전해지는 그들의 삶의 질곡에 주목하며 작가 황석영이 전하는 초기 산업화 과정의 파행적 국면을 깊게 의식해 볼 일이다.

## 삼포와 남쪽, 현실적 이상향

작품에서 정씨는 고향 삼포를 향해 추운 겨울 이른 새벽부터 길을 나선다. 날품팔이 공사판 노동자에게 추운 겨울이란 황막함 그 자체일 수밖에 없는 상황에서 정씨의 이른 새벽의 삼포행은, 그것이 그의 유일한 현실 타개의 출구임을 짐작하게 한다. 이러한 서사 상황에서 제목에서조차 언급되고 있는 삼포는 정씨의 물리적인 고향이면서 지향적 세계로서의 이상향이라는 의미를 지닌다. 그리고 이런 두 맥락을 결부시키면 삼포는 정씨의 현실적인 이상향이 된다. 실재의 고향이니 현실적이고, 마음의 지향이니 이상향이다.

그런데 삼포의 그러한 상징성은 보다 정밀한 의미로 나아간다. 작품에서 삼포는 실현 가능한 정도의 이상향으로 그려지고 있다. 통상적으로 이상향이란 현실 너머의 세계를 의식하기 마련이다. 달리 말해 이상향은 현실적인 갈등, 고뇌, 대립 등은 존재하지 않는, 환상적이고 낭만적인 세상으로 의식되기 마련이다. 그런데 이 작품에서 그리고 있는 이상향 삼포는 그런 환상적이고 낭만적인 세계가 아니다. 작품은 현실에 있을 법한, 실재적 세계를 의식한다.

물론 그 세계는 기본적으로 지금 여기의 현실이 안겨주는 삶의 질곡에서 벗어날 수 있는 이상적인 세계이다. 이는 작품에서 새벽길 여정에서 만나게 된, 같은 날품팔이 처지의 영달이 삼포가 어떤 곳이냐고 물을 때 정씨가 "정말 아름다운 섬이오. 비옥한 땅은 남아돌아가구, 고기두 얼마든지 잡을 수 있구"라고 답하는 것에서 충분히 짐작할 수 있다. 정씨는 분명 그곳을 지금의 고단함, 달리 지금의 빈곤함에서 벗어나 풍요를 누릴 수 있는 이상적인 세상으로 의식하고 있다. 그런데 그 이상적인 세상에서 정씨가 누리고자 하는 풍요의 실체는 지극히 소박하다. 그것은 그저 먹고 살 정도면 충분한 수준이다. 그것은 인간이 지닌 욕망의 강도에 비추어 볼 때 결코 거대하거나 거창하지 않다. 그것은 분명 현실적으로 충분히 실현 가능한 혹은 당위적으로 실현되어야 하는 정도의 수준이다. 해서 정씨의 그러한 정도의 풍요의 꿈을 표상하는 삼포는 분명 현실적인 이상향이다.

　더하여 현실적인 이상향으로서의 삼포는 자기 안에 현실 세계의 문제성을 담보함으로서 현실성의 무게를, 달리 말해 실제적인 실현 가능성의 무게를 더한다. 이는 계속되는 정씨와 영달의 대화에서 확인된다. 영달이 삼포의 풍요로움에 대한 정씨의 이야기를 듣고 삼포에 가서 "말뚝을 박고 살았으면 좋겠"다고 하자, 정씨는 그것은 영달이 "타관 사람"이어서 안될 것이라고 답한다. 추운 겨울 들판의 황막함에 처해 있는, 정씨와 같은 처지의 영달이지만, 그래도 영달은 타관 사람이어서 안 된다는 것이다. 그러한 정씨의 답은 타관 사람에게는 폐쇄적이라는, 이상향으로서의 삼포가 지니는 한계성을 드러낸다. 그렇게 삼포는 풍요를 안겨주는 이상향이지만, 모두를 향해 열린 낭만적인 유토피아는 아닌 것이다. 누군가는 품고 누군가는 배제하는, 현실 세상의 한계를 지닌, 현실적인 이상향인 것이다. 결국 작품에서 삼포는 바로 그런 세상이고 정씨는 바로 그런 세상을, 그런 '세상이나마'를 꿈꾸고 있는 것이다.

그리고 작품은 그러한 현실적인 이상향의 이야기를 또 다른 작중인물 백화를 통해서 반복적으로 전하고 있다. 작품은 추운 겨울 새벽 들판에서 서성이는 갈 곳 없는 날품팔이 처지의 영달과, 그와 처지는 비슷하지만 그래도 삼포의 꿈을 지닌 정씨가 동행하는 것으로 시작해서, 이후에 자신이 있던 술집에서 도망쳐 나온 백화가 그들과 함께 동행하게 되는 국면으로까지 나아간다. 이때 영달과 정씨가 새로 동행하게 된 백화에게 어디까지 가냐고 묻는데, 백화는 고향에 간다고, 그곳은 남쪽에 있다고 답한다. 그리고 그녀는 밤마다 고향에 갈 다짐을 했노라고 덧붙인다. 그만큼 그녀도 간절하게 고향을 그렸던 것이다. 그러했기에 그녀는 지금 몸담고 있던 술집을 도망쳐 나와 고향을 향하고 있는 것이다.

그러면서 그녀는 하나의 이야기를 덧붙인다. 지금의 자기 이름은 백화이지만, 그것은 가명이고 자신의 본명은 아무에게도 가르쳐 주지 않는다는 것이다. 그녀가 고향 이야기를 하다가 이렇게 이름 이야기를 덧붙이는 것은 그녀에게 본명의 문제와 고향의 문제가 긴밀하게 맞닿아 있음을 의미한다. 실제로 그녀는 자신의 본명을 백화라는 가명과 대비 관계에 두고, 그것을 자신의 본래적인 정체성으로 받아들인다. 그리고 그 본래적인 정체성은 고향에서 비로소 실현되는 것으로 의식한다. 백화에게 고향이란 바로 그러한 세계이다. 자신의 본래의 정체성이 실현되는 이상향인 것이다.

이에 더하여 백화의 고향이 남쪽이라는 사실은 그러한 맥락을 더욱 견고히 한다. 우리의 문화적 상징 속에서 남쪽은, 거센 바람과 한설이 몰아치는, 그리하여 시련과 고난을 상징하는 북쪽과 대비되면서, 따뜻하고 포근한, 모든 것을 감싸 안아 주는 곳, 생성과 생명의 세상이다. 백화의 고향은 바로 그러한 남쪽에 위치해 있는 것이고, 그러한 사실은 그곳이 백화의 이상향임을 더욱 분명히 뒷받침한다.

그런데 특이한 것은 백화가 과거에 두 번이나 고향에 갔었는데, 그곳에 머무르지 않고 다시 그곳을 떠나왔다는 사실이다. 그렇다면 백화는 왜 그토록 그리던 고향을 다시 떠나온 것일까. 작품 말미에서 정씨는 백화의 고향 역시 세상 변화에 휩쓸려 인정이 휙휙 변하는 곳이리라 짐작한다. 이러한 사실은 백화의 고향 역시 앞에서 정씨가 향하는 삼포가 함축하고 있는 현실적인 이상향이라는 맥락과 맞닿아 있는 세계임을 짐작하게 한다. 통상적인 이상향이라면 모두를 품어주는 세상이어야 할 것인데, 정씨의 고향 삼포가 누군가는 품고 누군가는 배제하는 현실적인 한계를 지닌 이상향이었던 것처럼 백화의 고향 역시 누군가는 품고 누군가는 배제하는, 현실적인 한계를 지닌 이상향임을 짐작하게 하는 것이다. 그리고 안타깝게도 백화는 그 배제의 대상이었던 것이다. 결국 백화의 이상향인 남쪽 고향도 정씨의 고향 삼포처럼 인간 삶의 현실적인 한계를 지닌, 현실적인 이상향인 셈이다.

결국 리얼리스트 작가 황석영이 작품 속에 상정하고 있는 이상적 세상은 낭만적인, 저 너머의 세상이 아니라, 지금 여기 어딘가에 존재하는, 혹은 존재해야 하는 현실적인 세상인 셈이다. 작가는 현실을 초월한 이념적이고 관념적인 그 어느 세상을 꿈꾸는 것이 아니라, 지금 여기의 현실을 직시하며 그 현실의 문제를 실질적으로 타개하여, 현실 세계 안에서 현실적인 이상이 실현되기를 염원하는 것이다.


## 현실적 이상향의 상실과 영원한 유예

그렇다면 작가의 그러한 의중을 담은 작중 인물들의 꿈과 지향은 어떠한 결말을 맞이하게 될까. 눈 내리는 겨울 하루 동안을 줄곧 동행하여 걷다가 영달과 정씨와 백화 세 사람은 저녁 무렵에 감천역에 도착한다. 거기서 백화는 자신의 고향 남쪽으로 홀로 떠나고, 정씨와 영달은 삼포로 가기로 정하고 삼포행 기차를 기다린다. 그러다가 정씨는 옆에 있던 노인에게서 삼포에 대한 새로운 소식을 듣게 된다. 지금의 삼포는 경제 개발 사업으로 바다 위로 신작로가 나고, 관광호텔이 세워지고 수십 대의 트럭이 공사판에 돌을 실어나르고 있는 신개발지가 되었다는 것이다. 이제까지 정씨가 마음에 품고 기억하고 그리워했던 이상향 삼포는 사라져 버렸다는 것이다. 경제 개발 사업에, 달리 산업화의 세계에 지치고 그것으로부터 소외된 자신을 쉬게 하고자 했던, 그 소박한 이상적 세계는 바로 그 산업화의 '먹이'가 되어 이제는 존재조차 하지 않는다는 것이다. 이 상황에서 정씨가 느끼는 상실감과 좌절감의 정도는 추운 겨울 새벽 길을 나설 수밖에 없었던 황막함의 정도를 넘어선다.

그렇다면 백화의 남쪽 이상향에는 희망이 있을까. 작품은 백화가 자신의 고향 남쪽에 잘 도착했는지에 대해서 직접적으로 이야기하지 않는다. 그러면서도 그녀의 귀향의 결과 역시 낙관적이지 않음을 시사한다. 작품에서 세 사람이 감천역에 도착했을 때 백화는 영달에게 자신의 고향에 같이 가자고, 자신이 일자리를 주선해 주마고 제안한다. 그런데 영달은 그런 백화의 제안을 물리치고 그녀를 혼자 떠나보낸다. 그러고는 영달은 혼자 떠나보낸 백화를 떠올리며, 애잔한 마음으로 백화가 "한 사날두 촌 생활 못 배겨"날 것이라 말한다. 그러자 정씨 역시 "요즘 세상에 일이 년 안으로 인정이 휙 변해가는 판"이니 아마도 그럴 것이라고 수긍한다. 정씨의 그러한 반응은, 백화 역시 급속하게 변해가는 고향의 인정으로 인해 그곳에 안주하여 자신의 본래적인 정체성을 실현하며 안온하게 살아가지 못할 것이라는 추정이고 인정이다. 달리 말해 백화도 자신처럼 남쪽 고향, 즉 이상향을 상실하게 될 것이라는 추단이다. 정씨의 그와 같은 의식과 판단은 개연성 있게 다가온다.

앞서의 논의에서 정씨의 고향 삼포와 백화의 고향 남쪽이 현실적인 이 상향이라는 사실을 부각한 것은, 결국 그것이 이 지점의 문제, 즉 그들이 이상향인 고향을 상실했다는 문제와 맞닿아 작품의 의미를 증폭시키기 때문이다. 정씨와 백화가 그리워했던 고향이, 더 나아가 그들의 이상향이, 현실적으로 존재하기 어려운 환상적이고 낭만적인 세상이 아니라, 현실 에 존재할 만한, 그야말로 현실적인 세상이었음에도 불구하고, 그들이 그 곳에 이르지 못했다는 사실은, 달리 말해 그들이 그것을 상실했다는 사실 은, 그들이 처한 상황의 비극성을 강화한다. 사실 존재하지 않는, 존재할 만하지 않은 세상을 꿈꾸다가 그곳에 도달하지 못했다 하더라도, 그것은 그 자체로 비극적일 수 있다. 그런데 존재할 듯한, 혹은 존재해야 하는 현 실적인 세상을 꿈꾸다가 그곳에 이르지 못했다면, 그것을 상실했다면, 그 것은 앞서의 경우보다 더한 비극적인 상황이다. 현실적인데, 하여 향할 수 있는데, 그럼에도 도달하지 못했으니, 오히려 상실했으니, 그것은 분명 더 비극적일 수밖에 없는 것이다.

그리고 그것은 그대로 작중인물들이 처한 세상의 문제성으로 이어진 다. 작품에서 그들이 처한 세상은 지금의 삼포의 현황이 단적으로 증거하 듯 개발의 논리가 지배하는 산업화의 세상이다. 그 산업화의 세상은 그들 에게 현실적 고향조차, 현실적 이상향조차 허락하지 않은 채 그들을 다시 고단한 삶의 현실로 몰아간다. 그들이 내몰려야 하는 그 현실은, 결코 헤 어나올 수 없는 나락의 세상이다. 그곳은 그들에게 날품팔이 공사판 노동 자의 현실에서 헤어나올 수 있는 길을 허락하지 않는다. 작품은 그들이 처 한 그러한 질곡의 상황을 작품의 원환적 구조를 통해 보여 준다.

영달은 어디로 갈 것인가 궁리해보면서 잠깐 서 있었다. 새벽의
겨울바람이 매섭게 불어왔다. 밝아오는 아침 햇빛 아래 헐벗은 들

판이 드러났고, 곳곳에 얼어붙은 시냇물이나 웅덩이가 반사되어 빛을 냈다. 바람 소리가 먼 데서부터 몰아쳐서 그가 섰는 창공을 베면서 지나갔다. 가지만 남은 나무들이 수십여 그루씩 들판가에서 바람에 흔들렸다. (110쪽)

"잘 됐군. 우리 거기서 공사판 일이나 잡읍시다."
그때에 기차가 도착했다. 정씨는 발걸음이 내키지 않았다. 그는 마음의 정처를 방금 잃어버렸던 때문이다. 어느 결에 정씨는 영달이와 똑같은 입장이 되어버렸다.
기차가 눈발이 날리는 어두운 들판을 향해서 달려갔다. (141쪽)

위의 두 인용문은 작품의 처음 부분과 마지막 부분이다. 첫 번째 인용문은 영달의 이야기이고, 두 번째 인용문은 정씨의 이야기다. 그런데 두 이야기는 결국 하나의 이야기가 된다. 작품의 처음과 끝이 맞물린 원환의 구조를 이루는 것이다. 첫 번째 인용문을 보면 추운 겨울 들판 새벽에 영달이 어디로 갈 것인지 궁리하면서 서 있는 모습을 볼 수 있다. 날품팔이 공사판 노동자 영달은 늘 일자리를 찾아서 어디론가 끊임없이 떠나야 하는, 유랑의 길을 나서야 하는 인물이다. 그가 서 있는 세상의 전경들, 추운 겨울 새벽, 헐벗은 들판, 매서운 겨울바람, 가지만 남아 차가운 바람에 흔들리는 나무들, 그 모든 것들은 그의 고단하고 척박한 현실을 상징적으로 드러낸다. 영달은 바로 그러한 현실 속에서 갈 바를 모르고 서 있다. 영달의 막막함이 깊게 전해진다. 이것이 작품의 첫 시작이다.

그런데 작품의 마지막도 이와 다르지 않다. 작품의 마지막 부분인 두 번째 인용문을 보면, 앞서 언급한 것처럼 삼포가 옛 모습을 잃고 산업화의 흐름에 따라 왕성하게 개발되고 있음을 알게 된 영달이 정씨에게 그곳 공사판에 가서 일이나 하자고 이야기한다. 그러나 제시된 것처럼 정씨는 마음을 내켜 하지 않는다. 마음의 정처, 삼포를 잃어버린 까닭이다. 그리고 그는 자신이 영달과 똑같은 입장이 되어 버렸다고 생각한다. 사실 영달과 정씨는 공사판 노동자라는, 살아가는 입지는 크게 다르지 않았지만, 그래도 정씨는 꿈꾸던 고향이 있었던 인물이었고, 영달은 그것조차 없는 인물이었다. 그런데 이제 두 사람 사이에는 그마저의 차이도 사라져 버린 것이다. 하여 정씨는 영달과 똑같은 신세, 첫 번째 인용문에 제시된 것과 같이 뚜렷한 방향도 없이 추운 겨울 들판 새벽에 서 있던 영달의 신세가 된 것이다. 이렇게 작품의 마지막은 작품의 처음에 가 닿는다. 작품의 처음과 끝이 맞물린 원환의 구조를 이루는 것이다.

그리고 그 원환 구조를 통해 작품은 인물들이 처한 비극적 현실의 강고함을 깊게 전한다. 작품의 최종적 결말에서 정씨의 신세가 작품 처음의 영달의 신세와 등가화되어 작품의 처음과 끝이 서로 맞물려 원환의 구조를 이루는 것은 작품 처음에서 영달이 처한 척박하고 고된 현실이 그대로 순환 반복됨을 의미한다. 그들은 분명 이상향으로서의 삼포를 향하는 여정을 거쳤음에도 결과적으로 그들의 삶에는, 달리 그들이 처한 현실에는 어떠한 변화도 일어나지 않는 것이다. 이는 그들이 그 척박하고 고된 현실에서 결코 헤어나올 수 없음을 의미한다. 작품은 원환이 지닌 순환성을 그대로 폐쇄성으로 환언시켜 작중 인물들이 자신들이 처한 고되고 척박한 현실에서, 그 강고한 비극적 현실에서 벗어날 수 없음을 비유적으로 전하고 있는 것이다.

사실 이 작품에서 함께 동행하고 있는 세 인물 중 누구라도 작품의 첫 등장인물이 될 수 있다. 누구라도 원환 구조의 초점 인물이 될 수 있는 것이다. 세상 속에서 그들의 삶의 입지가 크게 다르지 않은 까닭이다. 그럼에도 작가는 영달을 내세웠다. 영달을 추운 겨울 새벽 들판에, 냉혹한 현실의 정중앙에 세워 놓은 것이다. 그렇다면 왜일까, 왜 영달을 그 들판에, 냉혹한 현실의 정중앙에 세운 것일까. 이러한 맥락에서 좀더 엄밀히 작품을 살펴보면, 영달은 작품의 세 인물들 중에서 그들이 처한 현실의 전형성을 가장 집약적으로 보여주는 인물이다. 정씨와 백화는 영달과 차별적으로 고향을 꿈꾸는 존재들이지만, 영달은 그마저, 즉 돌아갈 고향조차 없는 인물이다. 세상에서의 소외와 고립을 가장 깊게 드러내고 있는 인물인 것이다. 그런 속에서 백화와 정씨가 자신들이 꿈꾸던 고향, 이상향을 상실하면서 모두가 영달로 통합되는 것은, 보다 직접적으로 정씨가 영달이 되는 것은 그들이 처한 현실의 굴레의 정도가 얼마나 두터운지를 전한다.

이제 정씨의 신세가 영달의 신세가 됨으로 하여 그들의 고향 혹은 이상향의 지향은 영원히 유예된 셈이다. 소설의 맨 마지막 문장, "기차가 눈발이 날리는 어두운 들판을 향해서 달려갔다."라는 문장은 결국 이들이 처한 현실을 상징적이고 압축적으로 전한다. 작품 처음에 영달이 서 있던, 찬바람 부는 새벽 들판은 이제 어두운 들판으로 바뀌어 있다. 삼포로 향하는 기차에 몸을 실은 그들이 새벽을 지나 어둠을 향하고 있는 것이다. 이로써 그들의 앞날이 암울하게 다가오는 것은 물론이다. 이상향으로 꿈꾸어 오던 삼포가 척박한 현실의 공간으로 전환되고, 이제 그들은 그곳을 향해 달려가는 아이러니의 무게를 더하게 됐으니 그들의 삶의 전망은 어두울 수밖에 없다. 사실 상실은 회복의 문제를 상정할 수 있다. 잃었으니 되찾음을 의도할 수 있는 것이다. 그러나 이 작품은 그 상실을 영원한 유예로, 영원한 상실로 그리고 있다. 이는 분명 꿈을 이야기할 수 없는 당대 현실의 반영이다.

## 길, 동행, 또 다른 삼포와 남쪽

파행적인 산업화의 흐름 속에서 깊은 소외의 굴레를 감당해야 했던 노동자 계층의 이상향에 대한 지향과 좌절이 「삼포 가는 길」이 전하는 기본 의미일 수 있다. 하여 그 안에는 안타까운 낙망의 의식이 깊게 자리한다. 그리고 작품 안에는 그 낙망을 더욱 비탄스럽게 의식하게 하는 애잔한 서사가 자리한다. 희망인 듯하지만, 희망이라 낙관하기에는 너무도 미력한 온정의 서사가 자리한다. 백화와 영달 간의 마음 나눔의 서사로 드러나는 또 다른 고향의 서사가 그것이다.

영달과 정씨와 백화는 모두 정착하지 못한 채 떠돌아다니며 유랑의 삶을 살아가고 있는 인물들이다. 그들의 삶의 여정이 대단히 고단한 것임은 너무도 자명하다. 그런 만큼 그들의 그 고단한 삶의 여정 속에는 숱한 회한들이 자리하고 있다. 작품은 서사 전개 사이사이에 그들의 삶의 회한들을 전한다. 정씨는 작품에서 보여 주고 있는 차분하고 여유 있는 성품과는 다소 거리가 느껴지는 이력을 지니고 있다. 그는 "큰집," 즉 교도소를 다녀온 인물이다. 무언가 깊은 사연을 지닌 듯 의식된다. 영달은 작년 겨울 대전에서 옥자와 살림을 차리고 마음을 나누었지만, 경제적인 어려움으로 헤어진 이력을 지니고 있다. 영달의 삶의 고단함과 아픔이 전해진다. 백화는 어린 나이에 술집 작부가 되어 이곳저곳을 떠돌았다. 그런 중에 그녀는 자신의 순정을 다해 영창에 갇힌 여덟 명의 군인들을 옥바라지하기도 했다. 백화의 도움을 받았던 군인들은 한결같이 형기를 마치고 나온 날이면 그녀를 찾아와 하룻밤을 머물다 떠나가곤 했다. 백화의 삶에 깃든 신산한 비애감이 전달된다. 이처럼 세 인물들은 모두 자신들의 고생스러운 삶의 여정 속에서 아픔과 상처를 혹은 비애를 부여안고 살아온 존재들이다.

그런 세 사람이 이날도 예외 없이 신산스러운 삶의 유랑길에 나섰다가, 우연한 동행자들이 된 것이다. 그날 그들이 나선 겨울 들판 길은 그대로 그들의 고단한 인생 여정을 상징한다. 그리고 그들은 그날 그 고되고 신산스러운 인생 여정을 동행의 방식을 택해 걸어가면서 서로의 힘겨움을 맞잡아 주고 서로의 위로가 되어 준다. 하여 결과적으로 그들의 동행에서 길은 곧 삼포가 되고, 남쪽이 된다. 길이 곧 이상향이 된 것이다.

작품 초반에 새벽 들판에 서 있던 영달은 뒤미쳐 오던 정씨와 이야기를 주고 받다가 정씨가 작별을 고하고 앞서 걸어 나가자 정씨를 뒤쫓아가며 서로 가는 길은 다르나 그래도 중도까지는 방향이 같으니 함께 가자고 손을 내민다. 그리하여 두 사람은 함께 동행에 나선다. 함께 걷던 두 사람은 읍내 주점에 들렀다가, 그곳에서 작부로 있던 백화가 그날 새벽에 도망 갔다는 사실을 알게 되고, 다시 길을 나선 두 사람은 우연히 길에서 백화를 만나게 된다. 결국 세 사람은 동행자가 된다. 그들이 동행하여 걷는 동안 세상은 온통 눈으로 뒤덮여 그들의 여정을 더욱 고단하게 한다. 그런 가운데 그들은 서로를 살피며 서로의 힘이 되어 준다.

그렇다고 그들이 선택한 동행이, 나아가 서로에 대한 위로와 위안이 그들이 처한 고단한 현실의 궁극적인 해결점이 되는 것은 아니다. 여전히 그들의 삶은 유랑 선상에 있고 그 위에서 그들의 삶은 아픔을 더해 갈 뿐이다. 감옥뿐 아니라 세상이란 것이 따지고 보면 고해라고 하는 정씨의 말 속에는 이들의 삶의 고단함의 무게가 그대로 묻어 있다. 그리고 그 고단함의 무게는 그들의 동행의 여정에서 전개되는 영달과 백화의 서사를 통해 구체적인 일상의 문제로 명료하게 드러난다.

두 사람은 처음 만났을 때 서로 아웅거리며 투닥거리지만, 결국 눈 내리는 시골길을 함께 걸어가는 여정 속에서 마음을 나누는 사이가 된다. 그러나 그 마음의 변화가 그들의 삶의 변화로 이어지지는 못한다. 앞서 살핀 대로 그들이 목적했던 감천역에 도착했을 때 백화가 영딜에게 갈 곳이 정해지지 않았다면 자신의 고향에 함께 가자고, 일자리를 주선해 주겠다고 제안하지만, 영달은 그 제안을 받아들이지 못한다. 정씨가 영달에게 백화의 제안을 받아들이는 것이 어떠냐고, 이번 기회에 뜨내기 신세를 청산하는 것이 어떠냐고 부추겨 보지만, 영달은 자신에게는 그럴 능력이 없다고, 즉 자신에게는 안정된 삶을 꾸려갈 능력이 없다고 답한다. 세상은 백화나 자신에게 그렇게 호락호락하지 않을 것임을 영달은 이미 경험적으로 잘 알고 있었던 것이다. 작년 겨울, 대전에서의 자신과 옥자와의 경험은 자신과 백화와의 미래이기도 한 것임을 영달은 이미 잘 알고 있었던 것이다. 그것은 분명 자신에게는 물론 백화에게도 또 하나의 큰 상처일 것이기에 영달은 차마 그 길을 가지 못하는 것이다. 참으로 아이러니하게 그들에게는 따뜻한 마음 나눔이 또 하나의 아픔과 상처가 될 뿐이고, 고단한 삶의 무게를 더할 뿐이다. 결국 그들은 고단한 인생길에서 동행의 방식을 통해 서로의 위로와 위안이 되지만, 그뿐, 그들은 여전히 유랑과 회한의 삶을 이어간다.

그런데 그렇다고 하여 그들의 동행이 전적으로 무의미한 것은 아니다. 영달은 고향에 같이 가자는 백화의 제안을 받아들이지는 못하지만, 대신에 자신이 지니고 있던 전 재산인 천 원을 털어서 기차표를 사고 삼립빵 두 개와 찐 달걀을 사서, 돈이 없어 군용차를 얻어 타고 가겠다는 백화에게 편한 자리와 간식거리를 마련해 주고, 그렇게 그녀를 떠나보낸다. 영달의 이러한 행위는 백화와 동행하고픈 마음의, 그 이상의 마음의 표현이다. 그것은 영달이 백화에게 자신의 전 존재를 내어준 행위이다. 백화는 영달의 그러한 마음을 받고 개찰구를 향해 가다가 다시 영달에게 되돌아와, 자신의 본명은 이점례라고 알려 주고 떠난다. 앞서 백화가 고향을 그리는 이야기를 하다가 백화는 자신의 본명이 아니고, 자신의 본명은 누구에게도 말하지 않는다고 이야기했던 사건을 환기하면, 백화의 이 행위가 의미하는 바가 보다 분명해진다. 백화는 고향에서야 비로소 자신의 본래의 이름을 가지게 되고 또한 자신의 본래적인 정체성을 실현할 수 있었던 것인데, 그런 백화가 영달에게 자신의 본명을 이야기한 것은 영달이 백화에게 고향이 되었음을 의미한다. 영달이 백화의 고향 남쪽이 된 것이다. 달리 백화가 영달에게서 고향 남쪽을 발견하게 된 것이다. 이는 결국 세 사람이 함께 한 여정 그 자체가 서로에게 고향이, 이상향이 된 것임을 의미한다. 그들은 현실에서는 고향 내지는 이상향을 상실했지만, 인간의 관계 속에서 마음의 고향, 마음의 이상향을 발견한 것이다.

그렇다고 그것이 그대로 낙관이나 희망이 되는 것은 아니다. 단적으로 백화가 영달이라는 고향을 발견했음에도 불구하고 백화는 그 고향에 정주하지 못한다. 둘은 헤어져 각자의 길을 간다. 영달의 말대로 "능력"이 없었기 때문이다. 하여 동행의 길이 삼포가 되고, 남쪽이 되고, 이상향이 되는, 달리 서로가 서로의 고향이 되는 그들의 현실은 더 깊은 비극성을 자아낸다. 원래의 고향 남쪽, 원래의 고향 삼포는 이미 상실되었고, 그나마 길에서, 그 유랑의 길에서, 달리 말해 신산한 삶의 여정에서 만난 고향 역시 이별로 이어진다는 점에서 그들의 삶의 비극성이 강화되는 것이다.

작품은 처음에 척박한 현실에 처한 영달을 등장시켰고, 마지막에 정씨의 처지를 영달의 처지가 되게 함으로써 작품의 처음과 끝이 맞물린 원환적인 세계를 형성하고 그것의 폐쇄성에 기대어 작중 인물들이 근원적으로 헤어나올 수 없는 척박한 현실에 갇혀 있음을 드러냈다. 작중 인물들은 새벽 겨울 들판의 세계에, 혹은 앞으로 그들이 향하여 갈 수밖에 없는 어두운 들판의 세계에 비유되는 척박한 현실에 갇힌 존재들이다. 그런데 그들은 그 갇힘 안에서 힘겨운 인생의 여정을 걷는 중에, 동행의 방식을 통해서 나름의 위로와 위안을 얻었다. 서로에게서 고향을 만났다. 그러나 그도 잠시, 그들의 동행과 그를 통한 위로와 위안은 그들의 삶을 정주로, 즉 안정적인 정박으로 이끌지 못했고, 하여 그들은 다시 각자의 유랑의 길로 나섰다. 이로써 그들의 삶의 비극성은 더욱 고조되어 갈 뿐이다.

그렇다면 그들이 만난, 그 잠시의 동행과 그를 통한 위로와 위안은 그들의 삶의 여정 속에서 어떠한 의미를 지니는 것일까. 사실 그들은 자신들이 처한 척박한 현실의 폐쇄성을 뚫고 나올 수 없을지도 모른다. 작품이 그려내고 있는 비극성에서 벗어날 수 없을지도 모른다. 1970년대의 상황은 그럴 가능성이 크다고 이야기하고 있는 듯하다. 그러나 그렇다 하더라도 그래도 그들이 길의 동행을 통해 이르게 된 삼포, 만나게 된 남쪽은, 그들이 그 고단한 삶의 여정을 견뎌낼 수 있는 '그나마의 힘'이 되지 않을까 싶다.

# 조세희의 「난장이가 쏘아 올린 작은 공」*
- 노비의 후손, 길이 아닌 길로 나서다

　　작가 조세희의 연작 소설집 『난장이가 쏘아 올린 작은 공』의 표제작이
기도 한 「난장이가 쏘아 올린 작은 공」은 1976년 『문학과 지성』 겨울호에
발표된 작품이다. 이 작품은 1970년대 한국 사회가 지녔던, 사회 구조의
계층화, 빈부격차의 심화, 노사 대립 등 여러 사회·경제적 모순과 갈등을
기저에 두고, 철거민 이주의 문제를 다루고 있는, 사회성 짙은 작품이다.

　　작가는 그러한 주제 의식을 여러 인물들을 초점화자로 내세운 병치적
서술과, 객관적인 시간성을 해체하고 과거와 현재의 경계를 넘나드는 인
물들의 의식의 흐름의 전경화와, 난장이로 대표되는 상징의 활용 등과 같
은 문학적 형상력을 통해 당대 사회의 문제성을 울림 깊게 전하고 있다.
작가는 그러한 문학적 형상력을 통해 "천 년"의 세월이 흐르도록, 줄여서
"오백 년"의 세월이 흐르도록 변함없이 지속되고 있는 계층화된 사회 구
조의 폐쇄성과 억압성으로 인해, 어떠한 생존의 출구도 마련할 수 없는,
하여 여전히 노비의 후손들일 뿐인 난장이 가족의 참혹한 현실을 그리고
있다. 영수와 영호와 영희라는 존재의 구분이 무의미하고, 과거와 현재라
는 시간의 흐름이 무의미하고, 하여 모두가 '난장이'로 살아갈 수밖에 없

---

* 조세희, 「난장이가 쏘아 올린 작은 공」, 『난장이가 쏘아 올린 작은 공』, 문학과지성사, 1979.

는 상황이 난장이 가족이 처한 현실임을 이야기하고 있다.

그렇다면 그렇게 시간이 흐르고 사회가 변했어도 계층화된 사회 구조의 모순은 해결될 기미가 없고, 그 안에서 좁고 험한 생존의 길조차 마련할 수 없는, 참담한 현실 속에서 난장이 가족이 향해 갈 수 있는 출구는 어디에 있을까. 과연 그 출구는, 그 길은 있기는 한 것일까. 그들이 처한 참담한 현실과 그들이 찾아 나선 길의 아이러니에, 그리고 그 길의 아이러니에 담긴 출구 없음의 역설에 귀 기울여 보고자 한다.


### 지옥과 전쟁보다 참혹한 현실, 철거계고장

사람들은 아버지를 난장이라고 불렀다. 사람들은 옳게 보았다. 아버지는 난장이였다. 불행하게도 사람들은 아버지를 보는 것 하나만 옳았다. 그밖의 것들은 하나도 옳지 않았다. (중략) 천국에 사는 사람들은 지옥을 생각할 필요가 없다. 그러나 우리 다섯 식구는 지옥에 살면서 천국을 생각했다. 단 하루라도 천국을 생각해 보지 않은 날이 없다. 하루하루의 생활이 지겨웠기 때문이다. 우리의 생활은 전쟁과 같았다. 우리는 그 전쟁에서 날마다 지기만 했다. (83쪽)

위 인용은 작품의 처음 부분이다. 난장이 가족이 처한 상황에 대한 큰아들 영수의 의식이 전해지고 있다. 그는 자신의 가족이 지옥 같은 현실에 처해 있음을, 매일 전쟁과 같은 삶을 살고 있음을 이야기한다. 그것도 매일 지는 전쟁과 같은 삶을 살고 있다고 전하고 있다. 이로써 그들이 얼마나 지독한 폭력적인 현실에 처해 있는지를 짐작할 수 있다. 작품은 이렇게 난장이 가족이 처한 참담한 현실을 명료하게 제시한다.

그런데 그들이 처한 현실의 바닥은 거기서 그치지 않는다. 난장이 가족에게 도시 개발을 명분으로 무허가 판자촌에 위치한 난장이 가족의 집을 헐라는 철거계고장이 날아든다. 그들에게 지옥 같고 전쟁 같은 현실에 더하여 그 초라한 거주지조차 부수고 어디로인가 떠나야 하는, 또 하나의 혹독한 상황이 더해진 것이다. 그들은 자신들이 처한 현실의 바닥이 어디일지를, 그 나락의 끝이 어디일지를 짐작조차 할 수 없는 처지가 된다.

물론 세상은 나름의 명분과 합리를 내세운다. 철거민에게 아파트 입주권을 주고, 입주를 포기할 때는 이주보조금을 준다는 것이 그것이다. 그러나 빈민촌, 무허가 판자촌에 사는 그들에게 아파트 입주비 마련은 가당치도 않은 일이고, 이주보조금 역시 턱없이 부족하여 새로운 거처 마련 역시 가능하지 않은 일이다. 세상이 제시한 명분과 합리는 세상의 명분과 합리일 뿐, 그것은 난장이 가족에게 지옥보다, 전쟁보다 더 참혹한 현실에서 벗어날 수 있는 출구가 아니다. 이러한 일련의 상황을 염두에 두고, 작가는 난장이 가족이 사는 동네를 낙원구 행복동이라 이름한다. 그것이 극단적인 반어를 통해 무도한 세상을 풍자한 것임은 물론이다.

### "오백 년," 아니 "천 년"의 세월로 지은 집

철거계고장이 날아든 난장이 가족의 집은 무허가 판자촌에 자리한 초라하고 허름한 집이다. 그런 난장이 가족의 집이 철거되는 날, 난장이와 가깝게 지내던, 같은 동네에 사는 대학생 지섭이 쇠고기 한 근을 사들고 난장이 집을 찾아와 난장이 가족과 함께 식사 자리를 마련한다. 그때 철거반원들이 들이닥쳐 난장이 집을 헐기 시작한다. 그런 속에서 난장이 가족의 모멸스러운 식사 자리가 마무리되고 이내 철거도 끝이 난다. 그때 지섭이 철거반원 책임자에게 다가가 주먹을 날리며, 그 집을 짓는 데 무려 오백 년이 걸렸다고, 아니 천 년이 더 걸렸을 수도 있다고, 그런 집을 지금 "당신들"이 헐어 버린 것이라고 항의한다. 물론 지섭이 말한 오백 년, 천 년이 물리적 시간 그 자체를 의미하는 것은 아니다. 그렇지만 달리 그것과 전혀 무관한 것도 아니다. 어쨌든 지섭이 그 상황에서 그 시간의 길이를 통해 전하고자 한 의미의 무게는 결코 가볍지 않다. 지섭이 그 집을 짓는 데 오백 년이 걸렸다고, 천 년이 걸렸다고 의식할 만큼 그 집에는 오래고 고된 힘겨움이, 또 그런 만큼 벅찬 감동이 들어차 있는 까닭이다.

그렇다면 그 초라하고 허름한 집 한 채를 짓는 데 오백 년이 혹은 천 년이 걸려야 했던, 그 장구한 시간이 걸려야 했던 참혹한 역사란 도대체 어떤 것일까. 작품은 그 문제를 노비와 노비 후손의 역사로 풀어낸다. 큰아들 영수는 인쇄소에서 일할 때 노비문서를 읽게 된다. 그 문서에는 영수네 할아버지의 증조할아버지, 또 그 증조할아버지의 할아버지 등으로 이어지는 난장이 조상들의 이야기가 기록되어 있었다. 결국 난장이 가족들은 노비의 후손인 것이다. 영수가 노비 문서를 인쇄하면서 보게 된 내용에 따르면 노비의 이름에는 한자 저 이(伊)자가 쓰였다. 그런데 영수의 아버지, 난장이의 이름인 김불이(金不伊)에도 저 이(伊)자가 쓰이고 있다. 그것은 난장이 가족이 노비의 후손임을 드러내는 단적인 증거이다. 그런 중에 주목할 하나의 사실은 난장이의 이름에서 저 이(伊)자 앞에 아니 불(不)가 놓여 있다는 점이다. 그것은 노비가 아니라는 의미인 셈인데, 결과적으로 그것은 노비가 아니라는 의미가 아니라, 노비가 아니고 싶은, 노비임을 부정하고 싶은 욕망을 담고 있는 것이다. 그러나 그렇다고 하더라도 그 욕망의 이름으로 난장이 가족이 노비의 후손임이 무화되는 것은 아니다.

그런 속에서 다시 주목할 것은 난장이 가족이 노비 후손이라는 사실 그 자체가 아니라, 그들이 노비의 후손이라는 굴레를 여전히 빗지 못했다는 사실이다. 지금은 분명 신분제 사회가 아님에도 불구하고 신분제 사회에서 짊어져야 했던 인생의 굴레를 난장이 가족은 여전히 짊어지고 있는 것이다. 그것은 난장이 가족이 몸담고 살아가고 있는 지금의 사회 역시 신분제 사회만큼이나 철저하게 폐쇄적인 사회라는 사실을 의미한다. 과거의 신분제 사회에서 하층 계층이 짊어져야 했던 굴레만큼이나 강고한 굴레가 현대사회에서도 여전히 작용하고 있다는 의미이다. 혹은 과거의 굴레가 그 자체로 여전히 보이지 않게 세습되고 있다는 의미이다.

난장이의 증조할아버지 대에 노비제는 사라졌지만 교육도 받지 못했고 자율적인 삶의 경험도 지니지 못한 난장이의 할아버지는 변화된 사회와 제도에 적응하지 못했다. 그러니 난장이 할아버지에게 노비 신분의 굴레를 벗는 문제는 원천적으로 봉쇄되어 있었던 셈이고, 하여 노비 수준의 삶은 난장이 대에까지 세습을 거듭하고 있었던 것이다. 단적으로 지금의 영수와 영호와 영희가 학교에 다니고 싶어 하지만 가난해서 다니지 못하는 것은 분명 그 세습의 한 양상이다. 학교를 다니는 것이 지옥보다, 전쟁보다 참혹한 현실에서 벗어날 수 있는 유일한 출구임에도 그들에게는 그 길이 열리지 않는다. 구조적으로 가난에서 벗어날 수 없는, 하여 경제적으로 교육을 받을 수 있는 여력을 지닐 수 없는 노비의 후손이었기 때문이다. 영호는 이러한 상황을 두고, "변한 것이 없다"라고, "우습지 않"으냐고 이야기한다. 그런 속에서 노비의 후손인 난장이의 가족사에, 최하층 천민의 후손인 어머니의 가족사까지 더해지면서 난장이 가족이 처한 현실의 참담함에 대해서는 더 이상 말할 필요와 이유조차 사라진다. 난장이 가족의 지금의 현실은 그저 당연지사가 될 뿐이다.

그렇게 그 헤어날 수 없는 질곡의 시간 속에서, 그 역사 속에서 노비의 후손인 난장이 가족이 그나마 마련해 낸 것이 지금의 초라하고 허름하기 그지없는 빈민촌 무허가 판잣집이다. 저간의 맥락 속에서 드러나듯 그것을 짓는 데 무려 오백 년이 혹은 천 년이 걸린 것이다. 그렇다면 앞으로 얼마의 시간이 더 걸려야 난장이 가족은 이 초라하고 허름한 집을 넘어선, 좀 더 번듯한 집을 지을 수 있을까. 가늠조차 어려운 것이 지금의 난장이 가족이 처한 현실이다. 그런데 번듯한 집을 지을 수 있는 길이 열리기는커녕 그 초라하고 허름한 집조차 부셔야 했던 것이 또한 당장의 난장이 가족이 처한 현실이다. 현실이었다.

## 떨칠 수 없는 세습의 굴레, 패배로 시작한 삶

사실 가부장 사회에서 아버지는 법과 힘의 상징이다. 그런 만큼 가부장 사회에서 아버지는 적어도 가족의 기둥이고 울타리이다. 그런데 난장이 가족에게 아버지는 가부장다운 기둥도 울타리도 되지 못한다. 노비의 후손으로 짊어져야 했던 삶의 굴레에서 벗어날 수 없었던 그는 세상에서 힘없이 물러서야 했다. 그의 난장이라는 신체의 불구성은 개인의 신체의 영역을 넘어 사회적 존재로서의 불구성을 상징한다. 그는 가부장 사회에서 가부장답지조차 못한 한계를 원천적으로 부여받은 존재이다. 어머니는 아이들에게 "아버지는 너무 지치셨다."라고, 더하여 "이제 아버지를 믿지 마라. 너희들이 아버지 대신 일해야 한다."라고 이야기한다. 영수와 영호와 영희는 차례로 학교를 그만두고 노동의 현장으로 나선다. 그들은 여전히 노비의 후손일 수밖에 없었던 것이다. 가부장 사회 안에서 가부장의 보호조차 받을 수 없는, 인생의 출발선이 다른 아이들이었다.

아버지에 이어서 노비 세습의 굴레를 쓴 아이들은 그렇게 세상에 나가 자신들의 인생의 참담한 입지를 인식하고 경험한다. 작품 말미에서 영희는 집을 나가 자신들의 집의 입주권을 산 부동산 중개입자와 동기를 하면서 부동산 중개업자의 출신 배경과 그 집안의 막강한 부를 보게 된다. 그리고는 자신과 오빠들은 그와는 출생부터 달랐음을, 자신들은 그와는 다른 존재들임을 의식하게 된다. 인생의 출발선이 다르니 인생의 성패는 이미 결정된 것임을 의식하게 된다. 영희가 어렸을 때 어머니는 자신과 오빠들에게 주머니가 없는 옷을 입혔다. 그것은 지닌 것이 없으니 넣을 것이 없고, 넣을 것이 없으니 그들의 옷에는 주머니가 필요 없었던 까닭이다. 그러니 막강한 부를 지닌 재벌 집안과 빈민촌 무허가 판자집조차 지닐 수 없는 난장이 집안이, 그리고 그 두 집안의 아이들이 이 사회 안에서 공정한 삶을 살아가는 것은 애당초 불가능한 일이었다. 머리에 팬지꽃을 꽂고 기타를 치던, 울음이 많던 낭만적 소녀 영희가 빼앗긴 집을 되찾기 위해 집을 나와 의식하게 된 세상은, 균형이 없는, 이미 충분히 기울어진, 불공평한 세상이었다.

영수와 영호에게 다가온 세상에 대한 인식과 경험 또한 영희의 그것과 크게 다르지 않다. 영수와 영호는 공장노동자로 일하면서 부당하고 몰염치한 경제적 착취 구조에 직면하여 헤어나올 수 없는 노동자 계층의 미로를 경험한다. 영호는 자신이 공장에서 일할 때 점심시간으로 주어진 삼십 분이 식사 시간 십 분, 공차기 시간 이십 분으로 나누어져 있었다는 이야기를 전한다. 이러한 나눔은 노동자들이 일체의 자율을 빼앗긴 채 철저한 관리와 통제 속에서 강도 높은 노동의 상황으로 내몰리고 있었음을 보여준다. 공차기가 노동자들의 놀이와 재미를 의도한 것이 아님은 물론이다. 그것은 노동자들의 단체 행동의 가능성을 원천적으로 차단하면서 노동자들의 체력을 강화시키기 위한, 경영자 측의 착취 전략이다. 그런 식으로 노동자들은 서로의 마음을 나누고 생각을 나눌, 그리고 연대할 기회를 차단당한 채 오직 열악한 노동의 상황으로만 내몰렸던 것이다.

부당한 노동 상황에 대한 영호의 경험은 거기서 그치지 않는다. 영호는 계속해서 노동자들은 열악한 작업 환경에서 늘 장시간 노동에 시달려야 했고, 그럼에도 보수는 지극히 낮았고, 또한 그들은 서로를 믿지 못하는 불신의 분위기 속에서 지내야 했다고 이야기한다. 또 그런 상황에서 사장은 불황이라 공장문을 닫을 수 있다고 노동자들을 위협하기도 하고, 나중에 사업이 안정화되면 노사가 공평하게 부를 나누자는 감언으로 노동자들을 달래기도 하면서 노동자들에 대한 착취를 더해갔음을 이야기한다. 하여 노동자들은 그러한 일련의 상황 속에서 지친 심신으로 매일매일의 피폐한 삶을 살아야 했고, 그러한 상황을 발판으로 공장의 규모는 날로 커졌고, 그로 인한 이윤의 증대는 그대로 사장만의 몫이 되었고, 하여 경제적 불평등은 심화되어 가기만 했다.

이렇게 영호와 영수를 포함한 노동자 계층들은 헤어나올 수 없는, 착취를 근간으로 하는 경제 구조의 미로에 갇혀 있었다. 이러한 일련의 문제적 국면들을 두고 영수는 "우리는 이질집단으로 보호받았다."라고 풍자한다. 이는 남아프리카 원주민 보호 구역에서 원주민들이 벗어날 수 없는 것처럼 노동자 계층이라는 계급의 영역에서 결코 벗어날 수 없는 것이 자신들의 현실적 입지임을 반어적으로 표현한 것이다. 달리 자신들은 노비 후손의 굴레를 쓴 삶의 영역으로부터 단 한 발자국도 벗어날 수 없음을, 자신들은 노동자 계급을 향한 원천적인 봉쇄와 차단 속에 갇혀 있음을 표현한 것이다.

그리고 작품은 분명 그 굴레가 난장이 가족에 한정된 것이 아님을, 그것이 일개 한 가족사의 문제가 아닌 보다 확장된, 계층의 문제임을 작품의 또 다른 인물인 명희의 삶을 통해 강조한다. 명희네는 무허가 판자촌에서 난장이 가족네와 앞뒷집을 이루며 살았고, 명희와 영수는 서로 마음을 나누었던 사이이기도 했다. 그런데 영수와 영호가 학업을 포기하고 공장에 다니면서 아버지의 대를 이어 반복되는 나락의 삶을 살아야 했던 것처럼 명희 역시 무허가 판자촌에서 살아야 하는 현실의 굴레를 벗어나지 못하고 다방종업원, 고속버스 안내양, 골프장 캐디로 전전하는 삶을 살다가 결국 성폭력의 희생자가 되어 임신까지 하게 되면서 스스로 생을 마감한다. 이러한 명희의 이야기는 "이질집단"으로 보호받는 삶이 개인을 넘어선 계층의 문제임을 보다 명료하게 드러낸다. 더욱이 명희의 이야기 속에서 영수와 명희의 사랑이 시작조차 불가능했음이 시사되면서 인간의 원초적인 감정조차도 보호받지 못하는 "이질집단"의 비애가 더욱 깊게 전해지고 있다.

이러한 현실적 상황을 전제로 영호는 자신의 존재성을 아버지의 그것만도 못하다고 생각한다. 단적으로 영호는 자신의 몸을 아버지의 몸보다 작다고 느낀다. 실제로 육체적으로 아버지보다 작은 존재가 아님에도 불구하고 영호 스스로가 그렇게 의식하는 것은 자신의 삶이 아버지의 삶보다 못하다는 인식의 표현이다. 영호 역시 노비 후손으로서의 세습성을 의식하며 자신들은 이미 "첫 번째 싸움에서" 져버렸다고 생각하는 가운데 영호는 그 세습성의 강도가 더 강화되었다고 의식하는 것이다. 영호의 그러한 의식은 현실의 굴레의 강도가 얼마나 강력한가를 짐작하게 한다. 영호의 그러한 의식이 결코 과장된 것이 아님은, 노비 혹은 노비 후손의 굴레를 짊어진 속에서 난장이 가족이 오백 년 혹은 천 년의 세월에 걸쳐 힘겹게 마련한 집을, 그것도 무허가 판자촌에 자리한 초라하고 허름하기 짝이 없는 집을 아예 존재하는 것조차 허락하지 않는 세상의 모습에서 충분히 증명된다.

우리에게는 그때가 제일 행복했다. 아버지와 어머니가 도랑에서 돌을 져 왔다. 그것으로 계단을 만들고, 벽에는 시멘트를 쳤다. 우리는 아직 어려 힘드는 일을 못 했다. 그래도 할 일이 많았다. 우

리는 며칠 동안 학교에 가지 않았다. 하루하루가 즐거웠다. (93쪽)

> 우리의 밥상에 우리 선조들 대부터 묶어 흘려 보낸 시간들이 올라앉았다. 그것을 잡아 칼날로 눌렀다면 피와 눈물, 그리고 힘없는 웃음소리와 밭은기침 소리가 그 마디마디에서 흘러 떨어졌을 것이다. 대문을 두드리던 사람들이 집을 싸고 돌았다. 그들이 우리의 시멘트담을 쳐부수었다. 먼저 구멍이 뚫리더니 담은 내려앉았다. 먼지가 올랐다. 어머니가 우리들 쪽으로 돌아앉았다. 우리는 말없이 식사를 계속했다. 아버지가 구운 쇠고기를 형과 나의 밥그릇에 넣어주었다. (중략) 북쪽 벽을 치자 지붕이 내려앉았다. 지붕이 내려 앉을 때 먼지가 올랐다. 뒤로 물러섰던 사람들이 나머지 벽에 달라붙었다. 아주 쉽게 끝났다. (129-130쪽)

위 두 인용문들은 난장이 가족의 집에 대한 대비적인 상황을 보여 준다. 첫 번째 인용문은 집을 지을 당시 난장이 가족이 행복해 했던 상황을, 두 번째 인용문은 철거가 진행되던 날 아침의 참담한 상황을 보여 준다. 두 인용문을 통해 확인되는, 오백 년 혹은 천 년에 걸쳐 지어진, 난장이 가족에게 제일의 행복을 안겨 주던 집이, 난장이 가족이 밥상에 마주 앉아 한 끼의 식사를 마치는 여유도 온전히 마련해 주지 못한 채 이내 쉽게 파괴되어 버리는, 하여 전락으로 치닫는 대비적인 맥락은 영호의 자괴적인 인식을 더욱 깊게 수긍하게 한다.

## 구원의 출구 없음과 길의 아이러니

오백 년 혹은 천 년의 시산을 들어 거우 지은 그 초라하고 허름한 집마저도 헐려 버렸으니 난장이 가족은 이제 어디론가 떠나야 했다. 그렇다면 그들은 어디로 떠날 수 있을까, 그들에게 구원의 출구는 어디에 있을까. 자명하지만 "이질집단으로 보호받"는 그들에게 세상의 공적인 보호는 없다. 그들에게 법의 보호는 없다. 철고계고장이 집으로 날아온 날 영호가 "어떤 놈이든 집을 헐러 오는 놈은 그냥 놔두지 않을" 것이라고 말하자 아버지는 "그들 옆엔 법이 있다."라고 말한다. 이는 달리 난장이 가족 옆에는 법이 없음을, 공적 제도의 보호 장치가 없음을, 결국 세상이 공정하지 않음을 의미한다. 철거민들에게 주어지는 아파트 입주권 매매가 불법임에도 그것이 공적 행정력의 상징적 공간인 동사무소 마당에서 버젓하게 자행되는 모습은 세상이, 혹은 공적 제도의 의지가 어느 쪽을 향하는지를 보여 준다. 선거철이면 아버지 난장이를 찾아와 구십 도 각도로 절하며 표를 구하던 정치인들이 난장이 가족의 편이 아님은 이미 너무 뻔한 사실이다. 그런 세상에서 난장이 가족에게 길은 없다. 제도적인 틀 안에서 실현 가능한 합법적인 내지는 합리적인 길, 출구는 없다.

집의 철거가 진행되는 현장에서 영호는 더 이상 견딜 수가 없어 잠으로 빠져든다. 그것은 당면한 현실에 대해 '무엇도 할 수 없는' 무력함의 표현이다. 영호의 그 무력함은 과장도 엄살도 아니다. 그것은 난장이 가족이 자신들이 직면한 참혹한 현실 앞에서 지니게 되는 존재성 그 자체이다. 영호는 그 잠에서 영희가 팬지꽃 두 송이를 공장 폐수 속에 던져 넣는 꿈을 꾼다. 영희가 자신의 순수한 존재성을 오염되고 썩어 버린 세상에 스스로 내던져 버리는 모습은 현실에 대한 영희의 자폭적 대응을 예감하게 한다. 무력감보다 더한 깊이의 절망을 의식하게 한다. 그리고 이 모두는 난장이 가족의 참담한 현실에 대한 출구 없음의 표현이다.

그런 중에 참담한 현실에 대한 난장이 가족의 실제적인 대응은 아버지와 영희를 통해 극단적인 방식으로 드러난다. 우선 아버지가 택한 길은 달나라로 가는 것이다. 달나라로 가서 천문대의 일을 보는 것이다. 그것은 결코 가능하지 않은, 지극히 비현실적인 길이다. 그럼에도 아버지는 그 길을 고집한다. 아버지의 이러한 대응은 현실에서는 도저히 출구를 마련할 수 없기에 오히려 비현실 속에서 출구를 찾고자 한, 현실적인 출구 없음에 대한 반어적인 지향이다. 분명 난장이 가족이 처한 지금의 현실과 아버지가 가고자 하는 달나라와의 거리는 아버지가 지금의 현실에서 느끼는 절망의 깊이를 반영한다.

> 벽돌공장의 높은 굴뚝이 눈앞으로 다가왔다. 그 맨 꼭대기에 아버지가 서 있었다. 바로 한 걸음 정도 앞에 달이 걸려 있었다. 아버지는 피뢰침을 잡고 발을 앞으로 내밀었다. 그 자세로 아버지는 종이비행기를 날렸다. (108-109쪽)

> 아버지는 돌아가셨어. 벽돌공장 굴뚝을 허는 날 알았단다. 굴뚝 속으로 떨어져 돌아가신 아버지를 철거반 사람들이 발견했어. (150쪽)

위 인용문들에서 짐작할 수 있듯이, 벽돌 공장 굴뚝에 올라가서 달을 향해 종이비행기를 날리던 아버지는 결국 그곳에서 자신의 몸을 날리고 만다. 철거가 진행되던 날, 지섭이 철거반원 책임자에게 항의의 주먹을 날렸다가 역으로 철거반원들에게 집단으로 몰매를 맞고 그들에게 끌려가자, 아버지는 그들을 뒤따라 나섰다. 그리고 그 이후에 아버지는 집으로 돌아오지 않았다. 나중에 아버지는 벽돌 공장 굴뚝 철거 현장에서 주검으로 발견되었다. 집은 헐리고 마음의 의지처였던 지섭은 끌려가고, 그렇게 모든 가능성이 무화된 상황에서 결국 아버지는 '달나라'로 향했던 것이다. 제목 '난장이가 쏘아올린 작은 공'에서 작은 공은 아버지 자신이다.

아버지는 길 없는 현실 앞에서 자신의 존재를 작은 공으로 전환시켜 달나라를 향해 쏘아 올린 것이다. 길을 찾아 나선 것이다. 그러나 그것은 분명 비현실적인 접근이었기에 현실적인 차원에서 아버지는 실패할 수밖에 없었다. 아버지가 철거 현장에서 주검으로 발견된 사실은 그 실패를 증거한다. 그렇다고 아버지의 실패가 강조되어야 하는 것은 아니다. 오히려 실패가 자명한 그 길을 갈 수밖에 없었던, 아버지로 하여금 그 길을 가게 했던 출구 없는 참담한 현실의 문제성이 부각되어야 한다. 길 아닌 길을 나서게 한 혹독한 현실이 강조되어야 하는 것이다.

이러한 아버지와는 달리 영희는 지극히 현실적인 길을 찾는다. 자신의 집의 입주권이 젊은 부동산중개업자에게 팔리자 영희는 집을 나와 그 남자를 따라간다. 그리고 입주권을 되찾기 위해 그와 동거를 시작한다. 그리고 그 남자와의 동거 생활 속에서 영희는 그 남자와 그 남자의 집안을 보며, 자신과 자신의 가족들에 대해 생각한다. 인생의 출발부터 다른 두 집안 사이의 그 엄청난 차이를 생각한다. 그런 속에서 영희는 자신과 가족들이 처한 끔찍한 현실에 대해 보다 깊이 인식하게 된다. 그리고 그녀는 그 남자에게서 자신의 집의 입주권을 되찾을 계획을 진행시킨다. 그녀는 자신은 아버지가 이야기한, 달나라로 가겠다는 식의 비현실적인 방식에는 관심이 없음을 분명히 하고, 지극히 현실적인 길을 걷고자 한다.

> 그의 금고 속에 우리 아파트 입주권이 들어 있어요. 그걸 맨 밑으로 내려놨어요. 아직 팔리지 않았어요. 팔리기 전에 그걸 꺼내 가지고 갈래요. 그의 금고번호를 알아 놨어요. (138-139쪽)

영희는 꿈 속에서 어머니에게 위와 같이 자신이 세운, 입주권을 되찾을 계획에 대해 들려준다. 그리고 그녀는 실제로 어느 날 이른 새벽 마취

약으로 동거 중인 젊은 부동산중개업자를 깊게 잠들게 하고 그의 금고에서 입주권을 꺼낸다. 그곳에 있던 돈과 칼도 함께 꺼낸다. 아파트 입주 비용을 마련하기 위해서, 그리고 자신을 뒤쫓아올지도 모를 그로부터 자신을 지키기 위해서 그녀는 그렇게 한다. 그러고는 그녀는 그것들을 지니고 그의 집을 나와 자신의 동네로 돌아와 아파트 입주를 위한 행정 절차를 밟는다. 그녀는 분명 아버지와 다르게 그렇게 현실적인 길을 걷는 것이다.

그런데 그녀가 택한 길은 현실적이지만 대단히 아이러니한 길이다. 그녀가 택한 길 역시 길인데 길이 아닌, 반어적 거리를 지닌 길이다. 그녀는 어떠한 맥락을 전제하든 어찌 됐든 이미 서로의 동의 하에 거래를 마친 입주권을 댓가 없이 되찾고자 했고, 그것을 위해 자신의 몸을 도구화했으며, 그것을 가지고 나오기 위해 마취약으로 남자를 잠들게 했고, 아파트 입주 비용을 마련하기 위해 남자의 돈에 손을 댔으며, 자신을 뒤쫓아올지도 모를 남자로부터 자신을 지키기 위해 칼을 챙겼다. 그 모든 행위들은 부당한 상황을 거부하고 직면한 문제를 해결하고 연약한 자신을 지키기 위한 부득이한 선택들이었다고 해도, 원칙적인 측면에서 그 자체로 정당화되기 어려운 선택들이었다. 불법적이거나 비윤리적인 길들이었다. 그녀는 분명 아버지 난장이와 달리 현실적인 길을 택했지만, 그녀 역시 진정한 길이 될 수 없는, 길이 아닌 길을 택한 셈이다.

그리고 그녀의 그러한 선택 또한 결국 그녀와 그녀의 가족들이 처한 상황의 열악성을 증거한다. 애당초 그들에게 합리적이고 합법적인 길이란 존재하지 않았다. 앞에서 살폈듯이 그들 곁에는 "법"이 없다. 법의 보호와 제도의 공정성이 없다. 그럼에도 그들이 법을 지키기를 기대하는 것은 어불성설이다. 분명 삶다운 길의 경계를 지키고자 하여도 지킬 길이 없는, 그 막막함이 영희로 하여금 길이 아닌 길을 택하게 한 것이다.

영희의 그 선택은, 즉 길이 아닌 길의 선택은 마침내 그녀의 혼곤한 의식 상태에서 끝 간 데까지 뻗어나간다. 영희는 아파트 입주 신청을 위한 행정 절차를 마치고 아픈 몸을 이끌고 가족들의 소식을 듣기 위해, 동사무소 직원이 일러 준 윤신애의 집을 찾아간다. 그리고 윤신애를 통해 아버지의 죽음에 대해 알게 된다. 아픔과 충격으로 정신이 혼곤해진 영희는 다음과 같은 혼미한 의식을 드러낸다.

> 나는 울음을 그칠 수 없었다.
> 「큰오빠는 화도 안 나?」
> 「그치라니까.」
> 「아버지를 난장이라고 부르는 악당은 죽여 버려.」
> 「그래. 죽여 버릴께.」
> 「꼭 죽여.」
> 「그래. 꼭.」
> 「꼭.」 (150-151쪽)

작품에서 위 인용문의 내용이 현재 상황에서의 꿈인지, 과거 기억의 환기인지는 분명하지 않다. 사실 위 인용문의 시간대가 언제인가는 중요하지 않다. 오백 년 내지는 천 년의 시간 동안에도 아무런 변화가 일어나지 않은 세상에서 열일곱 살 영희의 과거와 현재 간의 시간 차 정도는 그다지 유의미하지 않다. 그것은 변화를 동반하지 못하는 무의미한 시간 차일 뿐이다. 분명하고 중요한 것은 위 인용문이 아버지의 죽음 소식을 접한 영희의 마음이라는 사실이다. 영희는 울면서, 자신을 위로하는 큰오빠에게 화도 나지 않느냐고, 아버지를 난장이라 부르는 악당은 죽여버리라고 이야기한다. 그리고는 거듭 다짐까지 받는다. 아버지의 죽음에 대한 슬픔과 아버지를 죽음으로 내몬 상황에 대한 분노가 영희를 그러한 살의의 의식으로 이끈 것이다. 이러한 영희의 의식은 비록 혼곤한 상태의 것이기는 하지만 그래도 길이 아님은 분명하다. 어떠한 이유에서든 살의가 길일 수는 없다. 그럼에도 영희는 이처럼 길이 아닌 길의 극단으로까지 나아간다. 난장이 가족이 직면해야 했던 세상의 참혹함은 열일곱 살 소녀를 이 지경의 절규로까지 몰아간 것이다. 작품은 이러한 영희의 절규로 마무리된다. 난장이 가족의 길 없음에 대한 절규로 마무리되고 있는 것이다.


### 희망의 불씨, 현실적 이상주의자 영수

어두움을 이야기하지만 그래도 결국은 희망적인 길을 마련해 내는 것이 문학의 통상적인 관습이다. 그러나 이 작품은 그러한 문학의 통상적 관습조차 위배하고 있다. 그것은 거듭 말하거니와 작품 안에서 난장이 가족이 처한 현실적 질곡이 문학의 통상적인 관습으로는 대처할 수 없을 만큼 깊은 까닭이다. 그리고 그것은 1970년대 우리 사회가 그만큼 짙은 어두움을 드리운 사회였음을 의미한다. 그 시대는 인간의 이성이나 합리성, 윤리성 등으로는 도저히 대처할 수 없는 폭압적인 사회였음을 의미한다. 그런 중에 그래도 작가는 작품 어딘가에 희망을 향한 출구의 단서를 희미하게나마 마련하고 있는 것 또한 사실이다. 그것은 앞 장의 마지막 인용문에서 드러나듯 영희가 자신이 의식하는 길을 영수에게 전하고 있다는 지점에서 확인된다.

작품에서 영호는 자신을 포함한 노동자 계층에게 교육과 경험의 기회가 없음을 안타깝게 여기곤 한다. 영호의 할아버지는 주인으로부터 집과 땅을 받았지만, 교육과 경험이 없어, 집과 땅을 모두 잃었다. 이는 역으로 교육과 경험이 소외 계층에게 현실 가능한, 합당한 출구임을 시사한다. 그런데 작품에서 그나마 그 지점에 발 딛고 서 있는 인물이 영수이다. 영수는 집안 형편이 어려워 중학교를 중퇴한 후에도 많은 책을 읽었다. 영호는 그런 영수를 두고 "형은 틈만 있으면 책을 읽었다. 아주 어려운 것도 형은 참고 읽었다."라고 이야기한다. "형"은 생각이 깊고 아는 것도 많고, 종종 "고민하는 사나이의 표정을" 짓는다고 이야기한다. "형"은 이상주의자라 고도 이야기한다.

그렇다고 영수가 현실을 외면한 이상주의자인 것은 아니다. 실재에서 영수는 현실을 건너뛰지 않는다. 과거 영수와 영호는 같은 공장에 다닐 때 동료 노동자들과 함께 회사 경영진들과 만나 자신들의 의견을 전할 계획을 세웠다가, 계획이 사전에 발각되어, 둘은 공장에서 해고되고, 블랙리스트에 둘의 이름이 올라 다른 공장에 취직도 하지 못하는 어려움을 겪는다. 그들은, 노동자들은 어떠한 꿈도 꿀 수 없음을, 그들에게는 출구란 존재하지 않음을 뼈저리게 경험한 것이다. 이후 영호는 "잠"으로 상징화된 회피의 길로 들어서고 영수는 더 많은 "책"을 읽는 방향으로, 모색적인 방향으로 나아간다. 영수는 실천적인 힘을 지니고 현실을 살아가면서, 더불어 책을 읽으며 의식을 다져 가는, 현실적 이상주의자인 것이다.

길이 아닌 길을 통해 힘겹게 가족과의 재회를 꿈꾸던 영희는 다시 자신 앞에 펼쳐진, 아버지의 죽음이라는 난국 앞에서, 그것이 함의하고 있는 참혹한 현실 앞에서 영수를 의식한다. 앞 장의 마지막 인용문에서 드러나듯이 영희는 혼곤한 의식 속에서 영수에게 "아버지를 난장이라고 부르는 악당은 죽여" 버리라고 이야기한다. 물론 영수는 영희가 제안한, 길이 아닌 길을 그대로 걸어가지는 않을 것이다. 그는 그것을 이상적인 현실의 길로 승화시킬 것이다. 그것이 현실적 이상주의자 영수의 몫이다. 그것이 작가가 깊은 절망의 의식 속에서도 그래도 작품 안에 심어 놓은 작은 희망의 씨앗이다. 그리고 작품 안에 그려진 영수의 존재성이 그 발아의 가능성을 의식하게 한다. 적어도 이 작품에서는 그렇다.

# 이념과 실존의
# 대칭과 길항

# 강석경의 『숲 속의 방』[*]
## - 실존적 절규와 보수적 이념의 성취

강석경의 『숲 속의 방』은 1985년 가을 『세계의 문학』에 발표되었고, 다음 해인 1986년에 단행본으로 출판되어 격동하는 당대 사회에서 베스트셀러로 자리한 작품이다. 이 작품이 그 시절 베스트셀러가 된 것은, 정치적 이데올로기의 문제로 격앙된 당시의 사회 분위기 속에서 이념과 실존의 문제를 두고 갈등하고 방황하다가 죽음으로 치달은 한 여대생의 절규가 몹시 안타까웠기 때문이리라 짐작해 볼 수 있다. 당시 평단은 이 작품을 두고, 이 작품이 오랜 군사정권의 폭압으로 인해 사회적으로 자유와 민주에 대한 열망이 깊게 자리한 가운데, 그 깊은 열망 속에도 또 다른 형태의 억압이, 즉 개인이나 실존에 대한 억압이 자리하고 있음을 일깨우는 역할을 했다고 평가하고 있다. 실제로 작품은 극단적 이념 지향에 대한 경계와 집단주의적 의식에 대한 경계, 그리고 개인적 실존의 존엄함을 주인공 소양의 방황과 자살이라는 비극적 여정을 통해 이야기하고 있다.

그런데 작가는 이 작품에서 비단 소양의 이야기만을 다루고 있는 것은 아니다. 작품은 소양의 언니 미양의 이야기를 같이 다루고 있다. 작품에서 미양은 소양과 같은 대학생 시기에 한 '남자'에 의해 지독한 상처를 입었

\* 강석경, 『숲속의 방』, 민음사, 2016.

고 그럼에도 그 상처를 딛고 일어서서, 결혼으로 표상되는 기성의 안정적인 삶의 패턴에 안착해 들어가는 인물로 그려진다. 그런 속에서 미양은 갈등하고 방황하는 동생 소양의 행적을 탐색하고 소양의 내면의 고통을 전하는 서술자로 역할하면서 결과적으로는 작가 의식을 전하는 작가의 시선으로 역할한다. 결국 미양의 서사는 소양의 서사와 대비적인 맥락을 형성하면서 작가가 전하고자 하는 전언을 구체화하는 역할을 담당하는 것이다. 따라서 이 작품에서는 동생 소양의 서사와 언니 미양의 서사를 각기 주목하면서 그를 바탕으로 미양을 통해 작가가 전하고 있는 전언을 살펴볼 필요가 있다.

## 소양의 이야기

### 가족, 함께 하고 싶지 않은 부르주아의 세계

이 작품은 세계에 대한 주인공 소양의 내면의 갈등이 뚜렷한 작품이다. 그야말로 자아와 세계와의 갈등이 서사의 주된 동력인 작품이다. 그런 중에 소양이 우선적으로 의식하게 되는 세계는 가족이다. 소양이 가족을 의식하는 마음은 거리화로 특징지을 수 있다. 소양이 자신의 가족을 향해 심리적인 거리를 지니고 있는 까닭이다. 그녀는 가족들에게 동화되거나 그들과 어우러지는 속에서 자신의 길을 찾거나 그들에게 심리적인 위로를 얻거나 하는 식의 가족 관계를 맺지 못한다. 그녀는 오히려 가족으로부터 멀어지려는, 가족과의 거리화를 도모한다.

일단 그녀는 아버지를 부르주아 속물이라고 의식한다. 소양의 집안은 선대에서 광산을 해서 돈을 급작스럽게 벌었고, 그러한 집안의 재력에 기대어 아버지가 사업을 하고 있다. 분명 경제적으로 부유한 계층이다. 그런 만큼 소양의 아버지는 자본주의적 가치관, 경쟁주의적 가치관에 충실한, 흔히 물질적 풍요와 삶의 안정적 기반을 중시하는 기성세대의 모습을 지니고 있다. 소양은 그런 아버지가 마땅치 않다. 또 소양은 친할머니에 대해서도 부정적인 의식을 지닌다. 그녀는 친할머니를 퇴물 유한계층이라고 생각한다. 친할머니는 할아버지가 물려준 땅에 건물을 짓고 세를 받아 살며 물질적 풍요를 속되게 누리며 살아가는 인물인 까닭이다. 소양은 이렇게 유한계층으로 사회 안에서 안정적인 삶의 자리를 마련하고 물질적 풍요를 누리고 또 그것을 지향하며 살아가는 가족들의 모습을 속물적이라 의식하며 그들에게 부정적이고 비판적인 의식을 지닌 채 심리적인 거리를 드러낸다.

소양이 살아가고 있던 1980년대는 사회적으로 분배의 형평성에 심각한 문제가 있었던 시대였다. 때문에 '나'가 누리는 물질적 부는 또 다른 누군가의 노동을 착취한 결과일 수 있다는 의식이 지배적이었다. 특히 대학 사회에서는 그런 의식이 더욱 팽배해 있었다. 하여 물질적 부를 누리는 것에 대한 부끄러움, 나아가 죄의식이 자리하기도 했다. 그런 만큼 대학생인 소양은 자기 집안의 사회적 위상, 경제적 여력 등이 그다지 편하지만은 않았던 것이다. 그녀는 그런 자신의 마음을 일기장에 "내 방의 땅 외에는 복도도 마루도 맨발로 밟고 싶지 않다."라고 적고 있다. 이렇게 소양에게 집은 자기 정체성의 근거지가 되지 못한다. 그녀는 역시 일기장에 "집에 있으면 갑갑해 밖에서 나를 찾는 거야."라고 밝히고 있다.

그러나 소양이 집안과 가족에 대해서 지니는 심리적인 거리는 어느 면에서 근본적이거나 전적이기 어려운 측면이 있다. 소양의 기본적인 생활상 자체가 집안의 경제적 부유함에 근거하고 있는 것도 사실이기 때문이다.

소양의 방에선 매일 팝송이 울려 나왔고 소양은 사흘이 멀다 하고 꽃과 양초를 사 들고 왔다. 용돈의 대부분이 그것들을 사는 데에 쓰인 듯 반년도 못가서 소양의 방엔 말린 꽃들과 가지각색의 양초들로 채워졌다. 여고생 때면 한창 그럴 나이지만 소양의 유미적 취미는 기갈난 사람의 그것처럼 한정을 몰랐다.

한 번은 밤에 내가 좋아하는 음유시인 코헨의 노래가 들려와서 소양의 방에 들어간 적이 있다. 방엔 십여 개의 촛불이 작은 혼들처럼 피어있고 천장엔 말린 꽃 그림자가 성에처럼 깔려 있었다. (73-74쪽)

위 인용의 내용은 언니 미양이 기억하는 소양의 고등학교 때 모습이다. 미양은 그때의 소양이 유미적인 취향을 지니고 있었음을 이야기하고 있다. 그런데 소양의 그 유미적 취향은 그녀의 개인주의적 성향과 맞닿아 있다. 언니 미양이 자신의 방에 들어섰음에도 소양은 그것을 알아채지 못하고 자기 세계에 빠져 있었다. 소양의 그러한 모습은 철저한 자기 세계를 지닌, 소양의 개인적 성향을 보여 준다. 그런 소양의 유미주의적이고 개인주의적인 취향과 성향은 선천적인 것일 수 있다. 그러면서도 소양이 그것들을 누릴 수 있었던 것은 부유한 집안의 뒷받침 덕분이기도 하다. 소양이 비판적인 시선으로, 심리적인 거리감으로 자신의 집안과 가족들을 바라보고는 있지만, 일면 그 자신도 그들과 동질적인 측면을 지니고 있고, 또 집안의 특권을 그 자신도 누리고 있는 존재인 것이다. 이 지점에서 소양이 자신 안에 자리한 이성적 의식과 실재적인 감성의 거리 때문에, 달리 자신의 존재성 안에서조차 확인되는 그 거리 때문에 더 깊은 갈등과 방황에 빠져들 수밖에 없음을 확인할 수 있다.

## 대학, 이념의 숲, 그리고 이탈과 비전 부재의 일탈

집안이나 가족들에게 거리감을 지닌 소양이 바깥 세상으로 나와 만난 세계는 크게 이념의 숲과 감각의 숲으로 대별되는 세계들이다. 그중 먼저 직면한 세계가 이념의 숲으로 비유되는 대학 세계이다. 대학을 이념의 숲에 비유한 것은 당시 대학이, 즉 소양이 대학을 다니던 1980년대 대학이 민주주의 이념을 기치로 내걸고 또 민중들의 해방을 기치로 내걸고, 더 나아가서 민족의 자주독립을 기치로 내걸면서 대 사회적 투쟁의 장으로 역할 했기 때문이다. 어려서부터 명민했던 소양은 재수를 하긴 했지만 결국 자신이 원하던 대학에 진학을 했던 것인데, 그녀가 직면하게 된 대학은 개인의 지향은 안중에도 없고 집단적 의식만이 팽배한 세계였다. 대학은 소양에게 계급적인 측면에서 자기 모순을 아프게 경험하고 하게, 자기 존재성을 부정하고 비판하게 하고, 나아가 대 사회적 투쟁의 전선으로 나서게 하는, 치열한 이념의 장이었다. 이념적 투쟁의 외침이 숲의 아우성을 이루며 끊이지 않는 세계였다.

소양이 휴학한 사실을 뒤늦게 알게 된 미양이 소양을 설득하기 위해, 또 소양을 이해하기 위해 소양의 마음과 행적을 추적하는 과정에서 소양의 친구 명주를 만나게 되는데, 명주는 미양에게 저간의 대학 상황에 대한 이야기를 들려 주며, 사회의 심각한 계급 모순을 타파하는 것이 진실에 다가가는 것이며, 그 진실에 다가가기 위해서는 투쟁에 나설 수밖에 없다는 논리로 대학 사회의 이념적 외침의 타당성을 설명한다. 미양은 명주의 이야기를 들으며 어느 정도의 공감과 이해를 표한다. 이는 당대 대학이 사회적 투쟁의 장으로서 역할하는 것이 일정 정도 사회적 공감대를 확보하고 있음을 시사한다.

미양은 후에 소양의 또 다른 친구 경옥을 통해 소양도 처음에는 데모에 참여하다가, 결국 그러한 상황을 전적으로 수긍하지 못하고 거기서 빠져나왔는데, 빠져나와서도 대학의 이념적 투쟁의 상황을 두고 계속 갈등했었다는 이야기를 듣게 된다. 사실 소양의 그러한 모습은 1980년대 대학 사회에서 쉽게 만날 수 있는 많은 대학생들의 모습이었다. 분명히 지적인 측면에서는 인정할 수밖에 없는 사회의 모순, 하여 그 모순 앞에서 명주처럼 진실을 향해 나아가야 할 것 같은 당위성, 그럼에도 현실적인 공포와 두려움, 의심과 회의, 그런 모든 상황과 감정들이 뒤엉켜지면서 당시 많은 대학생들은 혼돈의 시간을 살았다. 더하여 당대 대학의 이념적 투쟁이 보여 주었던 교조적인 경직성 또한 많은 대학생들을 힘들게 하였다. 그리하여 소양도 대학의 이념 편향성을 비판하면서 투쟁의 현장에서 등을 돌렸던 것이다. 소양은 운동권 학생들을 향해, 이념의 문제만이 아니라 "다른 고통, 다른 갈등"도 있을 수 있음을 인정해야 한다고, 그럼에도 이념만을 유일시 하는 것은 오만이라고, "너희들이 대항하려는 체제만큼이나 비인간적"이라고 비판하면서 투쟁의 현장을 떠났던 것이다. 그런데 그러고도 소양은 계속 갈등했었다는 것이다. 대학의 이념적 투쟁이 지닌 사회적 당위성 내지는 도덕적 당위성을 소양은 전적으로 부정할 수 없었기 때문이다.

더하여 소양이 투쟁의 현장에서 이탈한 데에는 아버지 사업 덕분에 자신은 쁘띠 부르주아처럼 살고 있으면서 계급적 현실을 부정하는 것은 너무 버거운 일이라는 자기 실존에 대한 고민도 자리하고 있었다. 이는 나중에 미양이 발견한 소양의 일기를 통해 확인된다. 소양은 일기에 대학 사회가 비판적으로 바라보는 모순적인 상황 안에 자신이 위치하고 있음을 부정할 수 없었고, 그리하여 자기 안에서의 갈등은 깊어질 수밖에 없었음을 고백하고 있다. 이에 더불어 앞서 살폈던 대로 소양의 유미주의적이고 개인주의적인 취향과 성향도 소양이 이념적 투쟁으로 일원회 되어 있는 대학 사회의 경직성을 견디기 어렵게 했으리라 짐작할 수 있다.

이러한 저간의 상황 속에서 소양은 결국 휴학의 방식을 통해서 학생운동의 경직성으로부터 보다 본격적인 탈출을 시도한다. 뒤늦게 소양의 휴학 사실을 알게 된 집안에서 소양에게 휴학 사유를 추궁하자, 소양은 캠퍼스에 핀 사루비아의 붉은빛을 견딜 수가 없어서 휴학을 했다고 답한다. 그 답이 일종의 비유임은 물론이다. 집안에서는 당연히 그 비유의 맥락을 이해하지 못하고 소양의 선택을 답답해 하지만, 어쨌거나 그 표현 속에는, 대학 사회의 학생운동이 보여주는 과도함이 자신에게 버겁기는 하지만, 그래도 그 과도함 안에 자리하고 있는 붉은 진실 또는 붉은 희생을 외면할 수는 없는, 소양의 아픔과 갈등과 고뇌가 담겨 있다.

그런데 문제는, 소양이 학생운동의 경직성을 비판하고 그곳에서의 보다 본격적인 탈출을 시도했음에도 불구하고 그것에 이어지는 소양의 행동은 생산적인 방향으로 나아가지 못한다는 것이다. 소양은 생산적이기는커녕 오히려 자기 파괴적이고 치기 어린 일탈의 모습을 보여 준다. 그 단적인 예가 소양이 호스티스가 된 사건이다. 물론 그것은 삼 일 동안의 경험에 불과했지만, 그렇다고 소양의 그러한 행위가 정당화되거나 호의적으로 해석되기는 어렵다.

애당초 소양이 호스티스가 되겠다는, 파격적인 길을 택한 것은, 학생운동에 열심인 명주가 공장 노동과 같은 육체적 노동의 신성성을 강조하자, 소양이 그에 대해 반항 의식을 느꼈기 때문이다. 소양은 육체적 노동이 그렇게 신성한 것이라면 자신은 공장 노동자가 아니라 차라리 호스티스가 되겠다고 선언하고 그 길로 들어섰던 것이다. 물론 명주가 육체 노동을 과도하게 신성시한다고 비판할 수는 있겠지만, 그렇다고 그에 대한 대응으로 호스티스가 되겠다고 나선 것은 치기 어린 선택에 불과하다. 뿐만 아니라 소양이 술집에서 삼 일만에 호스티스를 그만두고 그곳을 나오게 된 사건도 소양의 철없는 인식을 보여 준다. 소양이 술집에서 술자리를 배당받아 들어갔는데, 그 자리에 있던 남자 하나가 소양의 가슴에 팁을 넣어주었고, 그러자 소양이 분노하여 그것을 뽑아서 그 남자 앞에서 찢어버리고 그곳을 나온 것이다. 소양은 도대체 무엇을 기대하며 그곳에 발을 디딘 것일까 싶다.

결국 소양의 호스티스 경험은 학생운동의 경직성에 대한 저항적인 행위로 의미화되기 어렵다. 그것은 그저 객기 어린 감정으로 자신의 육체를 대상화시켜버리고 자신을 방기한 무책임한 행동에 불과할 뿐이다. 물론 소양은 그 일을 두고 일기에 자신 안에서의 부르주아적 속성 같은 것들을 부수고 싶었다고 쓰고 있지만, 그것의 진정성의 깊이를 인정하기는 어렵다. 소양은 그렇게, 이념의 숲을 비판하고 그 세계에서 이탈하였지만 생산적인 대안의 길을 마련하지 못하고 오히려 자포자기적인 자기파괴의 길로 나아간다.


## 종로, 감각의 숲, 그리고 일탈의 나락

이념의 숲으로 표상되는 대학 사회의 혹은 학생운동권의 경직된 편향성을 거부하고 그곳에서 이탈해 나온 소양은 감각의 숲이라 비유되는 종로의 세계로 찾아든다. 여기서 감각의 숲이란 달리 육체의 세계를 뜻한다. 감각은 육체를 통해 느껴지는 까닭이다. 이렇게 굳이 종로를 육체의 세계로 재규정해 보는 것은, 그곳이 이념의 문제를 표상했던 대학 사회와 대비적인 맥락을 드러내기 때문이다. 종로는 이념의 추상성과 대비되면서 육체의 감각성을 부각시키는 세계이고, 소양은 바로 그러한 세계를 찾아 든 것이다.

대학 사회가 젊음과 청춘의 특권적 세계였던 것처럼, 소양이 새롭게 찾아든 종로 역시 젊음과 청춘의 특권적 세계이기는 마찬가지이다. 종로는 젊은이들이 장악한 "치외법권의 숲"으로 "기존"을 거부하고 청춘의 열기를 감각적으로 배출하는 곳이다. 그곳을 찾아든 소양은 "헛된 것 중에 가장 헛된 것"은 감각이라고, 그럼에도 "산다는 것은" 결국 감각일 뿐이라고 생각한다. 그렇다면 그 감각의 세계 안에서 소양은 무엇을 지향하고자 하는 것일까.

미양은 소양의 일기장을 통해 소양이 종로, 즉 감각의 숲에서 어떠한 일상을 살았는지를 파악하게 된다. 종로의 세계에서도 소양의 방황은 계속되었다. 종로 세계에서의 소양은 기본적으로 자기가 무엇을 찾고자 하는지 그 자신도 모르는, 하여 그 자체가 고통인 상황에 처한다. 비록 학교, 즉 이념의 숲을 떠나오기는 했지만 소양은 그곳에서의 경험들로부터 철저히 자유로워지지 못한다. 오히려 이념의 숲에서 경험한 모든 것들을 자기 존재의 짐으로 짊어지게 된다. 학교, 이념의 숲에서 확인하게 된 사회의 모순, 그 모순의 어디인가에 위치하고 있는 자신의 존재성, 그로 인한 부끄러움과 죄의식, 학생운동이 지닌 도덕적 정당성 등 소양은 그 모든 것들로부터 자유로워지지 못한다. 그런 만큼 그녀는 여전히 비전 부재의 상황 속에서 혼란스러워 한다. 그리하여 결국 그녀는 종로, 감각의 숲에서 또 다른 형태로 자신의 육체를 대상화시킨다. 그것은 앞서의 호스티스되기와는 차원이 다른 대상화인 듯싶지만, 결과적으로는 그것과 크게 다르지 않은 차원의 육체의 대상화이다.

소양의 육체의 대상화 문제는 일차적으로 희중과의 관계로 드러난다. 소양이 희중을 종로의 찻집에서 인터폰을 통해 유희적인 방식으로 만났다는 사실에서부터 그들의 관계가 감각적인 차원의 것임을 시사한다. 둘의 관계에서 진정성을 기대하기는 어려운 것이다. 그리고 소양의 일기의 내용은 이를 뒷받침한다. 둘은 만날 때마다 육체적인 관계를 갖는데, 소양은 그런 자신들의 행위를 스포츠라 이름한다. 소양의 이해에 기대면, 그들의 스포츠 행위는 대단히 소비적인 차원에서 각자의 필요를 충족시키기 위한 몸짓에 불과하다. 소양은 사랑이란 그들이 기대할 수 있는 것을 최대한으로 얻고자 하는 두 남녀 사이의 유리한 교환이라고 정의한다. 그리고 희중이 소양 자신에게 기대하는 것은 육체적 관계이고 자신이 희중에게 기대하는 것은 감정적 위로와 위안이라고 이야기한다. 소양의 사랑에 대한 정의 속에 교환이라는 단어가 자리하는 것을 통해 이들 관계의 비인격성과 물질성을 의식할 수 있다. 결국 소양이 종로에 나와서 새로운 길을 찾아 나서는 듯하지만, 희중과의 관계에서 드러나듯이 그것 역시 소비적이고 소모적인 것에 머무르면서 소양의 방황은 더 깊어진다.

사실 희중과의 관계 속에서 시사되는 소양의 내면 의식을 들여다보면, 소양이 학교, 이념의 숲이 지녔던 집단성을 넘어서, 개인적 관계성을 통해서 자기 존재성을 확보하고자 하는, 혹은 자기 존재의 위기를 극복하고자 하는 의도를 짐작할 수 있다. 하지만, 종로, 감각의 숲의 세계가 상징하는 바, 감각적인 혹은 육체적인 차원에서의 소양의 모색은, 진정성의 결여라는 문제로 연결되면서, 소양의 존재성의 위기를 더 깊게 하는 결과를 낳는다.

소양은 일기장에 "우리들은 늘 낯익은 한 얼굴을 발견하길 원한다." 그리고 "그것은 비가 올 때 우산을 쓸 수 있는 정도의 사람"이라고 쓰고 있다. 이는 소양 자신에게는 학교, 이념의 숲에서 주창했던 사회적 차원의 거시적 담론이 아니라, 그냥 평범하고 일상적인 차원에서의 소통이나 나눔이 중요하다는, 그 정도를 이룰 수 있다면 족하다는 의미인 셈이다. 소양 자신은 그 정도를 원한다는 것이다. 그런데 문제는 현실 속에서는 그것조차도 이루어지지 않는다는 것이다. 소양은 희중과의 관계에서, 육체와 육체의 결합이라고 하는, 가상 밀접하고 긴밀한 결합을 시도하지만, 그러나 거기에서 육체와 육체라고 하는 경제성을 초월할 수 없는 한계를 의식할 뿐이다. 사실 육체와 육체의 경계라고 하는 것은 감각적인 차원에서의 경계이기도 하지만 동시에 존재론적인 차원에서의 경계이기도 하다. 인간이 원천적으로 극복할 수 없는 근원적인 경계이기도 한 것이다. 하여 외로움에서 벗어날 수 있기를 소망했던 소양은 그 지점에서 더욱 절망한다.

관계가 빚어내는 소외의 역설에서 벗어날 수 없었던, 즉 관계에서 오는 소외의 외로움을 떨쳐낼 수 없었던 소양은 결국 극단의 길로 나아간다. 그것은 역으로 소양이 관계를 소외시키는 행위라 할 수 있다. 소양의 휴학이 집안에서는 작지 않은 분란거리가 되고, 특히나 아버지와 소양 사이에는 격한 대립 상황이 벌어지기도 하면서 소양의 방황은 더욱 노골화된다. 소양의 외출과 외박도 잦아진다. 이런 상황에서 미양은 자신의 결혼식 전날에도 소양의 귀가가 늦어지자, 소양을 찾아 종로로 나간다. 그리고 그곳에서 미양은 더할 수 없을 듯한 나락의 길로 들어서는 소양을 보게 된다. 어느 나이 든 중년의 남성이 젊은 남자 대학생에게 소개비를 주고 젊은 여대생을 데려다 줄 것을 청하자 젊은 남자 대학생은 자신의 유흥비를 마련하기 위해 그 청을 받아들이고 젊은 여대생을 구하러 나갔다가, 소양을 데려온다. 소양이 그 나락의 제의를 수락한 것이다. 소양은 인간 관계의 진정성을 외면하고, 스스로를 매매의 대상으로까지 떨어뜨리는 나락의 길에 동의한 것이다. 자기 존재의 존엄성까지 내려놓은 소양의 이러한 선택이 학교, 이념의 숲을 비판하며 그곳으로부터 벗어난 자신의 선택에 대한 대안일 수 없음은 너무도 자명하다. 어떠한 이유도 소양이 걷고 있는 이 나락의 길을 정당화하기 어렵다. 이렇게 소양은 종로, 감각의 숲에서도 자신의 존재의 길을 마련하지 못한다.

## 공전과 탈육의 비상

그렇다고 소양이 아무런 지향 없이 그저 나락으로만 향했던 것은 아니다. 소양도 자신의 방황에서 길을 찾기 위해 모색에 나섰음이 일기를 통해 확인된다. 단적으로 그것은 "시가 쓰고 싶"다는 욕망으로 표현된다. 그런데 문제는 "시가 쓰고 싶은데 생각이 늘 머리에 맴돌다가 흩어진다"라는 것이다. 그리고 소양 안의 또 다른 소양이 시를 쓰는 것이 "헛되다고 무력하다고" 자꾸 반란을 일으킨다는 것이다. 시를 쓰는 일에서조차 소양은 자기 안에서 비판적 이성과 감각적 욕망 간의 분열과 대치를 느꼈던 것이다. 이는 결국 소양이 학교, 이념의 숲에서 종로, 감각의 숲으로 이행해 왔지만 그 어디에서도 자기 방황과 혼돈을 극복할 출구를 찾지 못했음을 의미한다.

사실 소양이 시를 쓰고자 하는 욕망은 강렬하고 자기 본원적인 것이었다. 미양은 소양의 일기장에서 글씨체가 불안정한 중에도 "종이가 팰 듯 힘을 주어 쓴 곳은 시에 대한 말이 나오는 구절"임을 알아본다. 소양의 일기장에 표현된 글씨체의 강렬함은 그대로 소양의 본원적인 욕망의 강렬한 발현이라 볼 수 있다. 이는 소양이 시 쓰기를 욕망한 것이 시 장르가 가지는 서정성 내지는 개인성이 소양의 본원성과 맞닿았기 때문임을 추정하게 한다. 그리고 이는 달리 소양의 본원성이 서정적 개인성에 있음을 보다 분명하게 의식하게 한다. 그런데 소양이 몸담은 세계는 소양의 그러한 본원성 실현에 억압을 가한 것이다. 그것은 소양의 의식의 한 켠을 빌어 시 쓰기가 헛되다고 무력하다고 속살거리며 소양의 시 쓰기를 향한 욕망을 좌절시켰던 것이다. 소양에게 그 억압의 힘은 결코 작지 않았다. 작품 말미에서 소양이 끝내 자신의 방황과 혼돈의 출구를 마련하지 못하고 자살이라는 최후의 선택을 한 것은 소양이 자신의 본원성과 맞닿는 시 쓰기마저도 출구로 삼지 못했음을 의미한다. 소양을 향한 세상의 억압은 그렇게도 강고했던 것이다.

그런데 소양은 또 다른 각도에서도 자기 안의 갈등과 혼돈을 넘어서고자 하는 모색에 나섰었다. 또 다른 일기 내용이 그것을 전하고 있다. 우연이었지만 소양은 종로 거리에서 학교, 이념의 숲의 친구였던 C를 만나게 되고, 그날 그녀는 그를 "품어" 준다.

어제 뜻밖에도 C를 만났다. 곱슬머리여서 못 알아봤는데 가발이었다. 그 가발을 벗겨주려고, 아니 두 상처를 합쳐보려고 함께 보냈다. (중략)

C야, 나는 창녀도 마리아도 아니다. 단지 너를 품어줌으로써 너희들에게 진 빚을 조금이나마 갚고 싶었을 뿐.

그러나 그것도 허튼 짓. 원초의 인간으로 돌아가 옷을 벗어보아도 너의 벽, 나의 벽을 확인할 뿐. (160쪽)

학생운동을 하다가 수배자가 되어 도망자 신세가 된 C를 향한 소양의 몸짓은 학교, 이념의 숲을 향한 일종의 제의였다. 의식의 빚을 내려놓을 수 있기를 소망하는 제의였다. 그러나 문제는 그 제의를 통해서도 소양은 그 의식의 빚에서 자유로워지지 못했다는 것이다. 인용문의 마지막 부분에서 확인되듯, 소양은 여전한 "벽"을 의식할 뿐이다. 이 지점에서 주목할 점은 소양이 제의를 지낸 방식이다. 육의 방식, 종로의 방식을 통해 소양은 그 제의를 지냈던 것이다. 소양은 결코 그 지점을, 즉 육의 지점을 벗어날 수 없는 것이다. 소양은 사회적이고 이념적인 세계에 자신의 존재의 거점을 마련하기는 어려운 존재인 것이다. 소양은 유미주의적이고 개인주의적 생래성, 부르주아적 성장 배경, 그 모든 것에서 벗어날 수 없는 존재인 것이다. 사회적이고 이념적인 지향이 도덕적 당위성의 무게로 억압해

온다 하더라도 그녀는 그 세계 안에 '안주'할 수 없는 존재이다. 그녀가 그 세계를 철저하게 외면하고 거부할 수는 없을지라도 그 세계의 경계 안으로 온전히 들어설 수는 없는 존재이다. 하여 결과적으로 소양의 이 또 다른 모색 역시 헛되이 돌고 돌아 제자로 돌아오는 공전의 흐름이 되어 소양을 다시 혼돈의 자리로 이끌었을 뿐이다.

이렇듯 그 어떠한 모색에서도 출구를 찾지 못한 소양은 결국 파국을 향한다. 소양은 마침내 칼날과 같은 존재가 되고, 자신을 향한 "단도"가 된다. 가부장적인 아버지와 반항적인 소양 간의 충돌이 반복되는 중에 미양은 소양의 방에 들어갔다가 소양의 왼손에 검붉은 피가 배어 있는 흰 손수건이 묶여 있는 것을 보게 된다. 소양의 이불에도 핏자국이 흩뿌려져 있었다. 스스로를 "피 흘리는 작은 양"으로, 혹은 "푸른 단로 날"로 의식하기도 했던 소양은 그날 자신을 향한 "단도 날"이 되었던 것이다. 놀란 미양을 향해 소양은 "나는 섬 같애. 쓸쓸한 파도만 부딪히는 것 같애"라고 중얼거린다. 소양이 자신의 분열적 의식과 어디에도 정박하지 못하는 외로움을 토로한 것이다. 그리고 얼마 지나지 않아 결국 소양은 스스로의 목숨을 거두는 극단적인 길을 걷는다. 미양이 신혼여행에서 돌아와 친정에서 하룻밤을 보내던 날 새벽, 미양은 소양의 방에서 소양의 피흘리는 주검과 마주하게 된다.

사실 소양의 입장에서 소양 자신의 자살은 탈육의 비상이다. 자신의 육체적 한계성에서 벗어나고자 하는, 그래서 영혼을 향하고자 하는 그녀 나름의 비상의 시도이다. 그녀는 학교, 이념의 숲을 벗어나서 종로, 감각의 숲으로 향했었다. 육체의 세계를 향했던 것이다. 그 세계는 일면 그녀의 본원성과 맞닿은 세계였다. 그러나 그녀는 그 세계에도 안주하지 못했다. 그녀는 그 세계에서도 지속적으로 한계를 의식했고, 그럴수록 그녀는 더욱 육체의 나락으로 치달았다. 그곳에도 그녀의 존재를 온진하게 들일 수 있는 ”방“이 없었던 것이다. 그런 중에도 그녀는 자신이 떠나온 학교, 이념의 세계를 철저하게 떨쳐내지 못했다. 본원성과 당위성의 간극, 그 안에서의 자기 모순과 갈등, 그 난맥상 앞에서 결국 소양은 파국의 길을 갈 수밖에 없었던 것이다. 그러나 거듭 짚어 본다면 소양의 자살은 분명 소양의 입장에서 볼 때 자기 본원성의 한계에 대한 극단의 전투적 저항이었다.

소양이 죽음을 택하기 얼마 전의 일기에는 다음의 구절들이 적혀 있었다.

> 영혼의 절망을 확인해 주는 육체는 이렇게도 건너지 못할 강이야.
> 가장 헛되고 부질없고 썩어질 것이면서 나를 무겁게 하고 건너지 못하게 했으므로.
> 그것이 내게 베풀고자 하는 작은 위안을 환각을 기만을 거부한다.
> (중략)
> 날개는 오히려 내 육체를 내려다보지 않았을 때 있었어. (161쪽)

위 인용문에서 드러나듯 소양은 이제 육체의 세상을 거부한다. 자신의 본원성이 근거하고 있는 육체의 세상을 거부하는 것이다. 그러고는 그 반대편의 영혼의 세계를 바라본다. 그 영혼의 세계는 그녀가 거부하고 떠나온 학교, 이념의 숲은 아니다. 그녀가 바라보는 영혼의 세계는 날개를 얻어 날아가야 하는 현실 너머의 세계이다. 이런 맥락에서 볼 때 그녀의 자살은 육체를 벗고 날개를 얻어 영혼의 세계로 향하는 비상이다. 육체에 대한 극단의 전투적 저항이다. 소양이 자신이 전투복이라 이름을 부여한 옷을 입고 죽음의 길을 간 것은 분명 그와 같은 의미를 더욱 강하게 뒷받침한다.

여기는 꿈이 아니야
날개는 없고 몸뚱이만 있는 척박한 땅이야
새가 아니고 나비가 아니고 땅을 전신으로 문지르고 다니는 뱀
이야 날개는 환각이야
깨어지면 아프고 괴롭고 추한 몸뚱이야

생업을 위해 싸우는 이 세계가
진공 속의 풍경처럼 소원하다
구호는 눈부시지만 나를 거부해
나는 섬이야 어디와도 닿지 않는 함정 같은 섬이야 (184쪽)

위 인용문은 소양의 주검 곁에 놓여 있던 일기장에 쓰여 있던 글이다. 소양의 유서와 같은 글인 것이다. 글에는 육체적 존재로서의 자신에 대한 소양의 처절한 고뇌가 담겨 있다. 그녀는 자신을 "땅을 전신으로 문지르고 다니는 뱀"이라고, 하여 영혼의 세계를 향해 갈 수 있는 "날개"로부터 가장 멀리 있는 존재라고 인식한다. 그녀는 그렇게 자신을, 육체를 벗고 날개를 얻고자 했으나 오히려 그 가능성으로부터 가장 멀리 있는 존재로 인식하며 그러한 자기 한계에 대한 고통을 전한다. 뿐만이 아니다. 그녀는 이 세상에는 자신이 깃들 "방"이 없음을, 그리고 그로 인한 자신의 외로움을 전한다. 이 세상의 현실은 그녀에게는 그저 "풍경"과 같을 뿐이었고, 또 세상의 현실 역시 그녀를 "거부"할 뿐이었다. 생업을 위해 싸우고 구호를 외치는 세상과 그녀는 서로에게 맞닿을 수 없는 외착 관계일 뿐이었다. 하여 그녀는 이 세상에 자신의 존재의 뿌리를 드리울 수 없었다. 이렇게 그녀는 날개로부터 가장 멀리 있는 자신의 존재를 향해, 그리고 맞닿을 수 없는 세상을 향해 저항의 전투를 감행한 것이다. 그녀가 남긴 글이 그

와 같은 맥락을 분명하게 전하고 있다.

그러나 평가적인 관점에서 볼 때 소양의 그러한 선택은 극단적 회피라고 볼 수 있다. 소양이 "상처입은 새처럼 여기저기 부딪히면서 필사적"으로 찾고자 했던 것은 "방"이다. 자신의 존재를 안착시킬 수 있는 방, 자신의 존재에 잘 어울리는 방, 자신의 존재에 잘 들어맞는 방. 그런데 소양은 끝내 세상 어디에서도 그러한 '방'을 발견하지 못했다. 하여 그녀는 탈육의 비상을 감행한 것이다. 그렇다면 그녀가 택한 탈육의 비상에는 그녀가 원하는 '방'이 있을까. 사실 방은 어디에도 없다. 방은 '있는 것'이 아니라 '만드는 것'이다. 인간이 주체임을 내세우는 것은 존재하는 현실에 대해 창조적인 힘으로 대응할 수 있기 때문이다. 소양이 지닌 비판적인 능력, 감각적인 감성, 그 모두가 현실을 창조할 수 있는 주체로서의 힘이다. 그 힘으로 소양은 자신의 존재를 빛낼 수 있는 방을 만들 수 있었을 것이다. 그렇게 볼 때 소양의 최후의 선택은 그 진실을 외면한 회피일 수 있다.

## 미양의 이야기

### 소양을 이야기하다

이 작품은 소양만의 이야기가 아니라 미양의 이야기이기도 하다. 소양이 경직되고 일원화된 사회에 대한 작가의 문제의식을 전하는 인물이라면, 미양은 그러한 문제의식에 대하여 작가가 제시하는 해결 방향 내지는 지향의 방향을 보여주는 인물이다. 그런 만큼 작품에서 미양의 무게는 가볍지 않다. 작품에서 미양은 스물일곱 살 나이로 직장 상사인 최 대리와 결혼을 앞둔 인물이다. 미양은 그러한 자신을 기성세대로 편입을 앞둔 존재라고 이야기한다. 미양의 이러한 자기 규정은 소양이 방황하는 청춘의 전형으로 설정된 것과 대비를 이룬다. 미양은 일반적으로 우리 사회에서 결혼이라고 하는 것은, 도전적이고 변혁을 꿈꾸는 청춘의 열정을 내려놓고 기성세대로 들어서는 입사의 문턱으로 받아들여지고 있다고 생각한다. 미양의 이러한 기성세대로의 자기 인식은 결국 이 작품을 관통하는 중심 의식이 기성세대적인 것이 될 것임을 시사한다. 실제로 미양이 작품에서 소양의 행적과 의식을 추적하는 역할을 담당함으로써 소양의 일련의 방황들이 결국 미양의 기성세대적인 의식에 의해 포착되고 정리되고 있다. 미양은 자신의 인생 행로가 기성세대로의 편입으로 흐르는 것에 별다른 이의가 없다. 그 자신 스스로가 그 길을 추구하며 걸어온 것이 사실이기도 하다. 이는 그녀가 시대의 기성 이데올로기와 조화로운 관계에 있음을 의미한다. 바로 그런 인물에 의해 소양의 이야기가 의식되는 것이다.

작품은 시대의 보편적 인간형으로 자리잡아 가는 미양의 성장 여정을, 미양 스스로의 회고 과정을 통해 비중 있게 전하고 있다. 그녀의 성장 여정은 세 단계 정도로 단계화가 가능한데, 그러한 미양의 인생의 단계들은 남성들과 긴밀하게 맞물려서 이미지화되거나 구분된다. 어려 보이는 남자, 남자, 최 대리가 미양의 각 인생 단계들에 대응되는 남성 인물들이다. 이러한 양상은 미양의 인생 행로가 남성과의 관계성 속에 놓여 있음을 의미한다. 물론 작품에는 미양이 여성으로서 독립적인 의식을 지니고 있음이 드러나기도 한다. 그러나 그녀의 삶의 행로를 규정하는 큰 줄기에 있어서는 그녀의 인생 행로가 남성에게 종속된, 남성에 의해 좌우되는 측면이 분명하게 자리한다. 이는 결국 미양이 남성과의 관계성에 기대어 자신의 삶의 자리를 마련하던 당대 사회의 여성적 삶의 전형성을 보여주는, 기성세대로 향하는 인물임을 드러낸다. 거듭 언급하지만 이런 미양에 의해 소양의 이야기가 전해지는 것이다.

## 기성세대에 안착하다

작품에서 비교적 세세하게 전해지고 있는 미양의 성장 여정을 단계적으로 추적해 보면 소양의 갈등과 방황을 추적하는 시선의 초점을 파악할 수 있다. 나아가 미양을 화자로 내세운 작가 의식을 추론할 수 있다. 그러한 맥락에서 미양의 성장 여정, 달리 그녀의 인생 여정을 살펴볼 필요가 있다.

우선 그녀의 성장 여정의 첫 번째 단계로 어려서부터 대학 졸업 때까지의 시기를 살펴볼 수 있다. 미양은 어려서부터 일찍이 공부보다는 음악 쪽에 재능을 보여 피아니스트로서의 길을 걸었다. 그런데 그런 중에도 그녀는 피아니스트로 성공하리라는 개인적 성취를 꿈꾸기보다는 6월의 장미와 같은 신부가 되는 꿈을 꾸었다. 당대의 상식적 관점에 부합한, 가장 무난하고 아름다운, 여성적 꿈을 지녔던 것이다. 그녀는 그런 자신을 두고, 피아노와 귤빛 스탠드가 있는 자신의 방에서 유리 구두 한 짝의 꿈을 간직하고 왕자님을 기다렸던, 신델렐라의 꿈을 지녔던 순수한 존재라고 이야기한다.

그런 그녀가 자신의 성장 여정의 두 번째 단계를 의식하면서는 자신은 다친 존재라고, 순수를 잃은 존재라고 이야기한다. 작품 말미에서 미양은 결혼 전날 밤 소양을 찾으러 종로로 나갔다가, 나락으로 흘러 들어가는 소양을 놓쳐 버린 채 종로를 배회하던 중에 디스코장에서 우연히 "어려 보이는 남자"를 만나 그와 종로 거리에서 하룻밤의 시간을 같이 보내게 된다. 그때 미양은 그 남자에게서 과거 자신의 순수한 이미지를 떠올린다. 그러면서 그녀는 이제 자신은 그 순수함을 잃었노라고, 자신은 다친 존재라고 이야기한다.

꿈이 깨어진 얼굴로 어두운 새벽 거리에 서 있는 남자 아이의 모습이 선연히 떠올랐다. 그것은 다치지 않은 나의 모습이었다. 잃어버린 나의 한 부분이었다. 나는 혼잣말을 했다. 세상을 살아가는 데 있어 너의 순수는 유력한가 무력한가. (175쪽)

위 인용문에서 드러나듯 미양은 그 "어려 보이는 남자"에게서 과거의 자신의 모습을 본다. 그 남자가 지닌 순수함에서 과거에 자신이 지녔던 순수함을 보는 것이다. 그렇게 그녀는 그 "어려 보이는 남자"의 표상에 기대어 과거의 자신은 순수한 존재였음을 이야기한다. 그리고 더불어 지금의 자신은 순수한 존재가 아님을 이야기한다. 그녀는 '다치다'의 문제를 경계로 이전의 자신과 이후의 자신으로 구분하며, 지금의 자신은 다친 존재이고, 그 다침이란 결국 순수의 상실임을 이야기한다.

그리고 그녀는 묻는다. "세상을 살아가는 데 있어 너의 순수는 유력한가 무력한가."라고. 그녀는 "순수는 꿈으로만 간직해야 한다."라고 생각한다. 그런 만큼 그 물음에 대한 그녀 스스로의 답은 무력하다이다. 그녀의 물음의 의도는 순수의 힘으로는 삶을 살아갈 수 없다는 것이다. 이를 역으로 해석하면 순수를 잃는 것이, 즉 다치는 것이 삶을 살아갈 수 있는 힘을 얻는 것이 된다. 순수를 잃는 것은 안타까운 일이기에 분명 다치는 것이지만, 그 다침이 역설적으로 살아갈 힘을 주는 것이다. 고통을 통해서, 더 적극적으로 고통을 이겨냄으로써 비로소 살아갈 수 있는 힘을 얻는다는 것이 미양의 인식이다. 이는 성장의 동통을 거친 미양이 지니게 된 삶에 대한 인식이다. 삶은 다층적이고 가변적인 것이다. 순수를 넘어 불순하기까지 하다. 미양은 자신의 성장의 동통을 통해 그것을 수용하게 된 것이다. 그것과 타협하게 된 것이다. 미양의 이러한 인식적 성장은 순수한 젊음의 고통으로 몸부림치다가 결국 죽음의 길을 택한 소양의 내면과는 분명하게 대비를 이룬다.

작품에서 미양은 자신을 그러한 인식으로 이끈, 즉 자신을 불순한 삶을 수용하고 그것과 타협하며 살아가게 한, 자신의 순수를 잃게 한, 잔혹한 사건을 구체적으로 전하고 있다. 대학 시절 미양은 같은 서예실에 다니던 한 남자와 우연한 사건으로 엮이게 된다. 어느 날 미양이 서예실에서 우연히 공책 한 권을 발견하게 되는데, 그 공책의 글씨가 악필을 넘어 추필인 것을 보고 "이건 저능아 글씨"라고 말해 버린다. 그 말을 공책 주인이었던 남자가 듣고 미양에게 앙심을 품는다. 그리고 그 후에 그 사건으로 인해 미양은 한밤에 그 남자의 별장으로 끌려가 잔혹한 경험을 겪게 된다. 그날 미양은 그 현장에서 자신을 지키기 위해 "두려움 없이 앞만 향해" 나아가는 "용사로 돌변"한다. 인생의 추악함을 경험하고 그 추악함에 결연히 대응하며 자신의 삶을 열어가는 존재가 된 것이다.

그리고 그녀는 자신이 부유한 집안 덕으로 너무 많은 분배의 혜택을 입은 "불행의 치외법권 지대"에 살았던 것은 사실이나, 그날 그 "남자"와의 경험은 그 혜택을 상쇄하고도 남을 만큼 혹독한 것이었다고 생각한다. 그렇게 그녀는 자신의 의식 안에서 그 '남자'로 인해 자신이 겪어야 했던 잔혹한 경험을 그동안 자신이 사회에서 누렸던 계급적 특권의 부당함을 상쇄시키는 데 활용하며 사회 안에서 자신이 당당하게 살아갈 수 있는 마음의 입지를 마련해 낸다. 그 '남자'가 야기한 불순함과 타협하며 자신의 삶의 자리를 확보해 낸 것이다. 이는 소양이 자신이 속한 부르주아 계층의 모순에 고통스러워했던 것과 대비되면서, 성장이란 불순함과의 타협이며 기성세대란 그 타협에 안주하는 세대임을 보여 준다.

미양은 그 '남자'와의 사건을 계기로 여러 가지 변화를 보인다. 크게 봤을 때 그녀는 자신의 순수를 내려놓는다. 그녀는 순수를 잃었다고 표현하지만, 그 잃음은 순수의 무력함을 의식하고 스스로 그것을 내려놓은 것이기도 하다. 보다 구체적으로 그녀는 일단 예술은 영혼을 구원한다고 믿었던 그간의 믿음을 내려놓는다. 그리고 음악과는 정반대의 길이라고 할 수 있는 은행원이 되는 길을 택한다. 이러한 미양의 인생 행로 변경은 미양이 인간의 정신적 가치를 내려놓고 현실적 가치를 지향하는 존재로 변화했음을 의미한다. 인간의 현실적인 삶을 주도하는 돈을 다루는 은행에서 미양은 아주 현실적인 생활인으로 삶의 토대를 닦게 된다. 그리고 그녀는 국회의원 딸과의 약혼을 앞둔, 자신과는 남자 친구로 관계를 유지하고 있던 이를 유혹해서 그에게 처녀를 던져 버리는 일을 감행한다. 이는 그녀 스스로 순수가 무력함을 넘어 무의미함을 선언하는 상징적인 사건이다. 그렇게 그녀는 그 '남자'가 안긴 잔혹한 상처를 딛고 불순한 삶과 타협하며 그를 토대로 삶을 살아갈 힘을 얻고 현실적인 존재가 되어, 기성세대로 무난하게 편입할 수 있는 토대를 마련해 갔다.

그리고 지금 미양은 자신의 성장 여정의 세 번째 단계에 진입하여 최 대리와의 결혼을 앞둔 상황을 통해 자신이 기성세대로 안정적으로 편입하는 데 성공하고 있음을 보여준다. 미양은 사업을 크게 하는 이모부에게 부탁해서 은행에 특채로 입사했었다. 그리고 입사 이후 입출금 전표에 차이가 생길 때마다 자신의 개인 돈으로 메우는 방식으로 일을 처리하곤 했는데, 그 과정에서 상사인 최 대리의 배려와 이해에 기대게 된다. 그러한 상황 속에서 최 대리와 가까워져 결국 결혼에 이르게 된 것이다. 미양은 약혼한 날 최 대리에게 자신이 읽은 책의 이야기를 들려주는데, 그 사건 속에서 미양에게 최 대리가 어떠한 존재인지가 분명하게 드러난다. 책의 이야기는, 가난한 작가가 부모의 심부름으로 육 페니의 빚을 갚으러 가던 소년이 돈을 잃고 울고 있는 것을 보고, 자신의 전 재산이나 다름없는 육 페니를 그 소년에게 주었다는 것이다. 미양은 그 이야기를 최 대리에게 들려주며 자신은 그 소년이고 최 대리는 그 가난한 작가라고 말한다. 미양에게 최 대리는 구원자였던 것이다. 미양의 이러한 의식은 앞에서 언급한 대로 미양의 삶의 행로가 당대의 여성적 삶의 전형성을 보여주는 것이며, 그 것은 그대로 그녀가 기성세대의 삶에 갈등 없이 잘 안착해 들어가고 있음을 보여 준다.

작품 말미에서 미양은 자신은 신자가 아니지만 천주교 신자인 최 대리의 뜻에 따라 기꺼이 성당에서 혼배미사를 올리고 신혼여행까지 잘 다녀오는 것으로 그려진다. 미양의 성장의 인생 여정은 안정적으로 잘 마무리되고 있는 것이다. 미양의 기성세대의 삶에의 안착은 그들의 신혼여행의 서사에서도 잘 드러난다. 미양은 신혼여행지에서 "당신은 내 집이라고, 나 그네는 아무 곳에나 머물지만 나는 집으로 돌아온다고" 말한다. 최 대리를 자신의 '집'으로 의식하는 미양의 고백은 그녀의 기성세대로의 안정적인 편입을 명료하게 드러낸다. 미양의 이러한 안착은 소양이 안정적인 삶의 길을 찾지 못하고 극단의 길을 걸었던 것과 대비를 이룬다.

미양의 안정적인 삶을 가능하게 한 그녀의 타협적인 삶의 태도는 사회적인 상황에까지 그대로 투영된다. 신혼여행에서 돌아오는 길에 미양과 최 대리는 신문에서 학생들의 연합시위사건 기사를 접하게 된다. 그리고 두 사람은 그와 관련된 대화를 주고받는다. 두 사람 모두 마음으로는, 자신들의 개인적 삶의 희생에도 불구하고 사회적 정의를 외치는 학생들의 모습에 동의하면서도 그들이 미성숙하다는 것, 그들의 이념이 과격하다는 것 등을 빌미로 학생운동의 문제성을 지적한다. 그들의 대화는 결국 그들이 마음으로는 일면 학생운동에 대해 공감하지만, 실제적인 측면에서는 현실적인 삶, 기성세대적인 삶을 지향하고 있음을 증거한다. 그런 두 사람의 대화의 마무리 지점에서 미양은 남편 최 대리에게 "당신은 누구를 사랑할 자격은 있어요."라고 말한다. 이는 사회적이고 도덕적인 삶의 가치의 측면은 접어두고 현실적인 차원에서 개인적인 삶에 충실한 기성세대적인 생활 태도를 압축적으로 보여준다. 분명 그것은 사회에 대한 비판의식이나 정의에 대한 지향 의식 같은 것들은 마음에 묻어두고 그저 일상의 생활인으로 살아가면서 한 가정 안의 존재로서 삶을 누려가는, 그것을 현실로 받아들이고 순응적인 태도로 살아가는, 전형적인 기성세대의 지향을 보여주는 것이다. 이렇게 해서 미양의 기성세대로의 안착은 완결된다.


## 격동을 품지 못하다

자신의 순수한 존재성에 위해를 가한 가혹한 횡포에도 불구하고 오히려 그에 맞서 자신의 순수를 내려놓고 불순한 현실과 타협하며 자신의 삶의 자리를 안정적으로 마련한 미양에게 사회적인 격동 속에서 방황하고 청춘의 열기 속에서 고뇌하는 소양의 구원을 기대하는 것은 어렵다. 그런 맥락 속에서 미양은 실제로 신혼여행에서 돌아와, 그녀의 삶의 행로와는 대척적인 길을 걷고 마는 소양의 파국에 직면한다. 신혼여행에서 돌아온 다음 날 새벽 미양은 스스로 목숨을 거둔 소양의 죽음을 목도한다. 그 죽음 앞에서 미양은 오열하며 다음과 같은 생각을 전한다.

> 바보같이 세상 밖에서 자신을 찾으려 하다니, 네가 적당히 타협하기만 한다면 땅에 온몸을 문지르고 다니며 피 흘리지 않아도 좋을 텐데. 청춘은 쇠사슬이 아니라 날개일 텐데. 소양은 끝내 안식의 방을 찾지 못했다. 숲에도 방이 없었다. 숲에는 혼란과 미로가 있을 뿐. (185쪽)

인용문에서 확인되는, "네가 적당히 타협하기만 한다면"은 소양의 갈등과 방황을 두고 미양이 제시하는 대안이다. 그것은 자신의 삶에 닥친 위기를 극복해온 미양이 삶을 이해하고 세상을 살아가는 방법이다. 그러나 그것은 소양에게 전해질 수 없다. 그것은 너무 늦은 제안이다. 소양은 그조차 시도해 볼 수 없는, 먼 길을 떠난 것이다. 뿐만 아니라 그것은 너무 '먼' 제안이기도 하다. 사회적 혼돈과 청춘의 열기 속에서 방황했던 소양이 수긍하기에는 그다지 설득력이 없는 제안이다. 작품에서 미양이 소양의 행위와 의식을 추적해가는 과정에서 반복적으로 보여주는 의식의 하나가 자신도 청춘의 고통을 경험했다는 것이다. 서예실에서 만났던 "남자"와의 사건을 염두에 둔 것이다. 물론 그것은 청춘이기에 겪어야 했던 아픔이고 상처일 수 있다. 그리고 그 상처와 아픔은 결코 가벼운 것이 아니었다. 그것은 참혹한 것이었다. 그러나 그렇다고 하더라도 그것은 소양의 아픔과 상처와는 다른 것이다. 소양에게는 소양이 지닌 아픔과 상처의 실체가 따로 있다. 소양에게는 그 자체를 바라보아 주고 이해해 주고 보듬어줄 시선이 필요하다. 그리고 그러한 시선에서의 제안이 필요하다. 그러나 미양의 의식 속에는 소양을 소양으로 바라보아 주는, 소양의 아픔과 상처를 그 자체로 바라보아 주는 시선이 부재한다. '눈높이'를 맞춘 시선이 부재한 것이다. 거기에는 오직 기성세대의 시선만이 자리한다. 그런 의미에서 미양의 제안은 소양에게 닿을 수 없다. 소양에게 구원의 자리는 마련될수 없었던 것이다. 분명 소양의 죽음은 미양의 시선의 한계를 증거한다.

소양에 대한 미양의 구원의 실패는 결국 작가의 실패다. 기성세대로서의 미양을 내세워 기성세대로의 편입을 작정하지 않는 소양을 구원하는 것은 불가능하다. 미양의 시선을 전경화시킨 것은 소양을 소양으로 바라볼 작가적 시선이 부재함을 의미한다. 더욱이 작품에는 소양의 갈등과 방황을 해결하기 위한, 미양과 소양 간의 직접적인 사건조차 설정되어 있지 않다. 작품은 주로 미양이 소양의 행위와 의식을 추적하는 사건들로 구성되어 있다. 그러다 보니 미양이 소양에게 어떠한 작용력도 미치지 못한다. 미양이 소양을 추적한 것은 소양을 이해하고 설득해 볼 의도였지만 미양은 그 의도를 성취할 사건에 처해지지 않는다. 작가는 미양을 그러한 적극적인 자리로 이끌지 않는다. 결국 서사 세계 안에서 소양은 방치된 셈이다. 그리고 결과적으로 작가는 소양의 구원에 실패한다. 애초부터 작가는 소양의 구원을 의도하지 않았던 듯싶다. 작가는 소양의 도전적 성취로 세상의 변화를 꿈꾸지 않았다. 그저 기성의 시선으로 연민하고자 했을 뿐이다. 미양을 통해 보수적인 의식을, 보수적인 삶의 태도를 우위의 자리에 세우고자 했을 뿐이다.

작가는 분명 단성화된 집단주의적 가치가 팽배한 당대 사회의 문제를 발빠르게 간파하고 그것을 소양이란 인물을 통해서 작품 세계 안으로 끌어들이기는 했지만, 그것을 도전적인 차원에서 깊이 있게 다루지는 못한 한계를 보인다. 그저 미양을 내세워 그러한 상황을 문제적으로 바라보려고 애쓴 정도에 머무르고 만 것이다. 그래서 이 작품은 집단적 일원성에 저항하는 소양이라고 하는 인물을 발굴하고 그를 형상화하는 데 있어서는 나름 새로운 국면을 보여주었지만, 결과적으로는 미양을 통해 보수적 시선만을 전경화하는 데 머물고 마는 한계를 지닌다. 그러나 그렇다고 하더라도 강석경의 『숲 속의 방』이 청춘의 죽음을 불러와야 했던 우리 시대사의 어두운 한 국면을 보여주고 있음은 틀림이 없다.

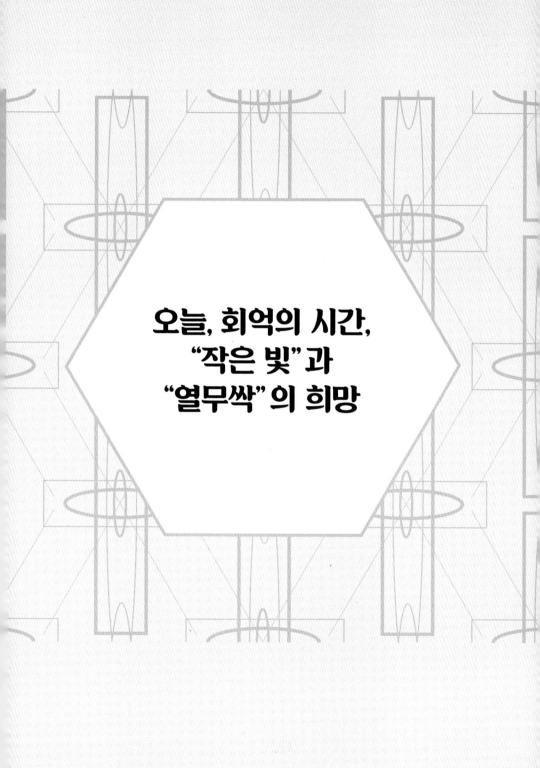

오늘, 회억의 시간,
"작은 빛"과
"열무싹"의 희망

# 최윤의 「회색 눈사람」[*]
- 사적 연대, 흔적없음, "상처와도 같은 작은 빛"

「회색 눈사람」은 1992년 여름 『문학과 사회』에 발표된 작품이다. 이 작품은 1990년대의 사회적 기류 변화의 분위기를 바탕으로 1970년대의 과거를 회고하는 구성을 택하고 있어 후일담 문학으로 분류되기도 한다. 오랜 독재 정권의 어둠이 사라지고 새로운 시대가 열렸다는 시대적 변화의 기류 속에서 지나간 시간이 남긴 '흔적'에 주목하여 그 '흔적'을 기억하고 기념하는 소설이다. 그리고 그 기억과 기념은, 삶은 단절이 아닌 흐름임을 의식하게 하고, 더불어 그 흐름이 어떠해야 하는지를 생각하게 한다.

「회색 눈사람」은 이십여 년 전 늘 죽음을 의식하며 살아가고 있던 주인공 강하원이 우연히 사회의 어두운 현실에 저항하는 비밀조직에 연계되면서 그 조직과 그 조직의 일이 자신의 삶에 미친 파장을 회고적으로 전하는 가운데, 공적 연대와 사적 연대의 차이가 빚어내는 삶의 진정성 문제를 이야기한다. 공적 연대가 표방하고 있는 명분론적인 이념을 넘어 사적 연대의 실질적인 삶의 변화를 향하는 진정성의 가치를 이야기한다. 때로 그 진정성의 가치는 세상으로부터 외면되고 잊혀지기도 하지만 주인공 강하원은 그 가치를, 혹은 그 가치의 흔적을 기억하고 기념하고자 한

---

[*] 최윤, 「회색 눈사람」, 『회색 눈사람』, 문학동네, 2017.

다. 그것을 자신의 삶 안에서 보듬고자 한다.

어떻게 살아야 하는가의 문제는 인간의 오랜 역사 속에서 지속적으로 의식되어온 보편적인 문제이다. 작품 속 과거인 1970년대의 폭압적인 현실 속에서도, 또 작품 속 현재인 1990년대의 자유주의적인 현실 속에서도 그것은 여전히 직면할 수밖에 없는 중요한 문제이다. 그런 속에서 강하원이 의식하고 감당하며 또 그 흔적을 기억하고 기념하는 진정성의 가치는 여전히 유의미한 것일 수 있다. 강하원의 삶의 목소리에 귀를 기울여 본다.


## 그 시기, 존재의 위기와 "약간의" 구원의 손길

작품에서 '나', 강하원은 1990년대의 어느 시점에서 우연히 신문기사를 통해 오래 전 지인의 충격적인 죽음을 알게 된다. 자신의 또 다른 존재일 수도 있는 지인의 참담한 소식은 '나'의 의식을 1970년대의 "그 시기"로 이끈다. "그 시기"의 경험은 서사상의 오늘날의 '나', 강하원의 삶과 결코 무관치 않다. 더불어 '나'의 또 다른 존재일 수도 있는, 충격적인 죽음에 이른 지인의 삶과도 무관치 않다. 그 시기는 분명 "미완성"으로 남겨진, 짧은 시기였지만, "일생을 두고 영향을 미치는 시기"였다.

당시 대학생이었던 '나'는 늘 죽음을 의식할 만큼 생존의 어려움을 겪고 있었다. 어머니가 미군 운전병을 따라 미국으로 가 버린 이후 이모 밑에서 자란 '나'는, 이모부의 병원비로 쓰기 위해 땅을 팔아 마련해 놓은 돈을 훔쳐 서울로 도망와서 어렵고 힘겹게 대학을 다니고 있었다. 매일의 생계가 어려웠고, 주변에 아는 사람 하나 없는, 대학 내에서조차 아는 사람이 거의 없는, 지독히 외로운 생활을 하고 있었다. 거기에 고향에서 누군가가 자신을 잡으러 올지도 모른다는 두려움까지, 달리 말해 죄의식까지 의식하며 살아가고 있었다. 늘 죽음을 생각하며 살아가고 있었다. 그러면서도 '나'는 늘 책과 가까이하며 지냈다. 정신적 열망을 떨칠 수는 없었던 것이다. 하여 '나'는 헌책방을 드나들며 금서 등을 포함한 여러 책들을 사다 읽고 생계가 급해지면 다시 그것들을 내다 파는 일을 반복하며 지냈다. 책을 다시 내다 팔아야 할 상황이 오기 전에 급하게 책을 읽어내곤 하였다. 이렇게 그 시기 '나'는 철저하게 물질적으로 그리고 정신적으로 가난하고 고독했고 늘 위기의식에 쫓기면서 살아가고 있었다. 작품은 '나'의 이러한 상황을 반복적으로 강조한다. 그만큼 그 시기의 '나'는 절박한 생존의 위기에 처해 있었던 것이다.

그런 '나'에게 우연히 '안'이라는 구원의 존재가 나타난다. 헌책방 주인이 '나'가 지니고 있는 책을 찾는 사람이 있다는 연락을 주어, 그 책을 찾고 있던 안과 만났는데, '나'에게서 책을 건네받은 안이 '나'의 딱한 사정을 짐작하고 자신이 운영하는 인쇄소에서 잡일을 돕는 일을 '나'에게 제안한다. 그렇게 해서 안은 가난하고 고독하고 늘 위기의식에 쫓기며 살아가는 '나'에게 서울에서 친절을 베푸는 단 하나의 사람이 된다. 그런 안을 두고 '나'는 "안과의 만남은 내게 일자리와 약간의 생기를 동시에 가져다 주었다."라고 이야기한다. 이로써 안이 '나'의 삶 속에, '나'의 마음 속에 어떠한 위치를 차지하게 되었는가는 충분히 짐작할 수 있다.

한밤중에 여행을 할 때 당신은 불빛이 있는 쪽으로 걷지 않나요. 내가 그 불빛을 당신의 인쇄소로 정했다 해서 내 여행이 죄스러울 필요는 없을 것입니다. 가끔 당신에게 하찮은 것이 위로가 될 때는 없습니까. 예를 들면 어떤 사람의 목소리나 어떤 분위기 같은 것 말입니다. 내가 당신의 목소리와 당신들이 하고 있는 일을 선망으

로 바라보면서 약간의 안도와 위로를 얻었다고 해서 당신에게 누가
된 것이 무엇입니까. (20쪽)

위 인용문은 안의 인쇄소, 안의 목소리, 안과 동료들이 하는 일, 그런
것들이 '나'의 인생 행로의 불빛이기도 하고 위로이기도 하고 위안이기도
함을 보여 준다. 지독히 가난했고, 지독히 외로웠고, 지독히 불안했던 '나'
에게 안은 그렇게 구원이 되었던 것이다. 안만이 아니다. 안의 일터와 안
의 일이 모두 '나'에게 구원의 빛이 되고 있다. 안과 인쇄소와 일은 '나'의
존재를 품어준 구원의 세계였다.

그리고 그 구원의 세계는 처음의 평면적 거리를 넘어 좀 더 입체적인
양상으로 '나'의 삶에 개입해 들어온다. 안과 인쇄소와 일의 실체가 조금
더 구체화되고 '나'가 조금 더 그 세계 안으로 진입해 들어가게 된 것이
다. 낮에 인쇄소에 출근해서 통상적인 인쇄소 업무를 돕던 '나'는 어느 날
외로움을 견디지 못하고 밤거리를 배회하다가 자연스럽게 발걸음을 인쇄
소로 향했는데, 그곳에서 희미한 불빛이 새어 나오는 것을 보게 되고 기
계 돌아가는 소리와 남자들의 낮은 이야기 소리를 듣게 된다. 인쇄소 안에
서 비밀리에 무슨 일인가가 진행되고 있었던 것이다. 그 후 '나'는 밤에 자
주 인쇄소를 찾아 그 주변을 배회했는데, 그것은 그곳에서 흘러나오는 안
의 목소리를 들으며 마음의 위로를 얻을 수 있었기 때문이다. 지독한 외로
움과 불안에서 잠시 놓여날 수 있었기 때문이다. 그러나 비밀조직을 운영
하면서 밤이면 신경을 곤두세워 인쇄소에서 조직에 필요한 책자나 유인
물을 은밀하게 작업하던 안과 동료들에게 '나'의 배회는 '나' 자신도 모르
게 발각되었고, '나'는 그들의 의심을 사게 된다. 위 인용문은 이러한 일련
의 맥락에서 안과 동료들의 의심에 대응하는 '나'의 생각을 보여주는 부
분이다. 그런데 '나'의 배회와 그로 인한 안과 동료들의 의심이 결국 역으

로 '나'를 그들의 세계 안으로 이끌게 된다. 의심의 시선으로 '나'를 추궁하던 안이 역으로 '나'에게 밤에 인쇄소에서 자신들의 일을 도울 것을 제안한 것이다. 이후 '나'는 안이 이끄는 조직의 언저리에서 조직과 조직의 일을 돕는다.

안의 조직은 문화혁명회라는 이름의 지하조직으로 오 년 이상 동안 비밀리에 활동해오고 있었다. '나'는 사회주의자도 아니었고 이론적으로 무장된 존재도 아니었다. 그러나 피고용인의 성실함으로 안과 안의 동료들의 일을, 안의 조직의 일을 열심히 도왔다. 그런 중에 '나'가 그들과 함께 했던 그 시기는 '나'의 삶에 분명한 의미의 자국을 남긴다. '나'는 그들을 도왔던 그때를 두고, 자신의 인생에서 "그때부터 무언가가 다시 시작되었"다고 적극적인 의미를 부여한다. 분명 그들과 함께 했던 삼 개월의 시간은 '나'에게 무언가 새로운 시작을 가능하게 해 준, '나'의 삶에 작지 않은 영향을 미친 시간이었다.

> 그들의 얘기를 듣고 있으면 나는 사는 일이 그다지 지옥 같지는
> 않을 수도 있다는 엷은 희망이 생겨나기도 했다. 내가 원하기만 하면
> 좀더 적극적인 방식으로 이들과 한식구가 되어 지금까지와는 다르
> 게 한 걸음을 걸어도 그것이 푹푹 발이 빠지는 모래밭을 걷는 기분이
> 아닐 수도 있을지 모른다는 낙천적인 마음이 들기도 했다. (27쪽)

위 인용문은 비록 '나'가 보조적인 수준에서 그들의 일을 도왔지만, 그러면서도 '나'는 그들의 이야기를 들으면서 인생에서 어떤 희망을 느끼기도 하고, 그 퍽퍽하고 힘겨운 지경에서 벗어날 수 있을 것 같다는 낙천적인 마음을 가지게 되기도 하였음을 보여 준다. 그들과 그들의 일은 '나'에게 삶에 대한 기대를 불러일으켰다. 가난과 고독과 불안 속에서 죽음을 의

식하며 살아가던 '나'에게 어느덧 삶을 살아갈 만한 낙관의 마음이 찾아들었다. 안과 안의 조직은 혹은 그들의 일은 그렇게 '나'의 삶의 빛이 되었다.

그런데 '나'가 그들에게서 보게 된 희망은 "엷은" 것이었다. 애당초 '나'가 안에게서 얻은 위로와 위안도 "약간의" 것들이었다. 생기도 "약간의" 것이었다. 이렇게 '나'는 안과 안의 조직, 그리고 그 일에 전적인 가치를 부여하지는 않는다. 거기에는 거리의 의식이 개재되어 있다. 작품에서 앞 인용 내용을 바로 이어서, '나'는 "내가 만들어낸 인쇄물이 어떤 경로로 어떻게 쓰이고 그들이 바라는 효과가 무엇인지 조금씩 구체적으로 알게 되었다. 그러나 역시 나는 그들에게서 멀리 있었다. 그들은 내게서 멀리 있었다."라고 덧붙이고 있다. 비밀조직인 그들 조직의 일에 대해 '나'의 이해가 깊어지고 있었지만, 그와 더불어 '나'와 그들 사이에는 분명 거리가 있었음을 밝히고 있는 것이다.

물론 그 거리는 '나'의 일방적인 거리만은 아니다. 위 본문의 인용문에서 확인되듯이 '나'도 그들에게 거리를 취하고 있었지만 그들도 '나'에게 거리를 취하고 있었다. 그러나 두 거리는 서로 다른 맥락을 지닌다. 그들이 '나'에게 거리를 취한 것은 비밀조직원의 생리에서 비롯된, 상황적인 것이다. 당초 '나'의 합류는 뜻을 같이한 동지적 관계에서 비롯된 것이 아니라 그들의 조직이 '나'에게 노출된 상황에 의해서 비롯된 것이었다. 때문에 그들의 '나'에 대한 신뢰는 전적이지 않았고, 그것이 그들의 '나'에 대한 거리로 드러난 것이다. 이와는 달리 '나'의 그들에 대한 거리는 그들에 대한 동조의 정도에 대한 거리이다. '나'는 그들과 그들의 일에서 위안, 위로, 희망 등을 느끼지만, 그것들은 "약간의" 혹은 "엷은" 것들이었다. 전적인 것이 아니었다. 그래서 '나'는 그들에게 거리를 취하고 있었던 것이다. 물론 두 거리는 맞물린 문제이기도 하다. 그러나 그러면서도 둘은 분명 다른 내포를 지닌다.

## 진심 어린 동조와 길의 차이

사실 '나'의 고단한 삶에 구원처럼 찾아든 안은 '나'의 마음 속에서 여느 사람들과는 구별되는, 차별적인 존재로 자리할 수밖에 없다. 하여 안을 향한 '나'의 마음은 지극히 개인적인 연모일 수 있다. 그런데 '나'는 안에 대한 그 마음을 또 다른 지경으로 이끌며 보다 높은 차원으로 승화시킨다.

> 대화의 내용과는 관계없이 나는 그와의 한밤중 이 드문 속살거림이 한편으로는 오래 계속되기를 바랐고 다른 한편으로는 그가 어서 저 피곤하고 지쳐 시든 얼굴을 다시 원고지 위로 돌려주었으면 좋겠다는 두 가지 상반된 마음이었다. (33쪽)

어느 날 인쇄소의 일이 많이 밀려서 안과 '나'가 같이 인쇄소에서 밤을 보내게 되는데, 이날 안은 굉장히 절제된, 공적 태도로 자신들을 돕고 있는 '나'의 처지와 안전 여부를 염려해 준다. 이 상황에서 '나'는 위 인용문과 같은 생각에 젖는다. 안을 향한 자신의 지극히 개인적인 마음과 조직의 일을 위한 마음, 그런 두 마음을 자신 안에서 의식하는 것이다. 그런데 그 두 마음은 어느덧 하나의 마음으로 거듭난다.

> 미약한 햇살마저 판자벽을 슬쩍 벗어나 있었고, 그런 응달에서 볼이 튼 어린아이들이 재와 흙으로 범벅이 된 회색 눈으로 눈사람을 만들고 있었다. 나는 그 아이들이 몸통을 만들고 둥근 얼굴을 얹고 그 위에 돌 조각으로 눈을 만들어 붙이고 입을 만드는 것을 오랫동안 바라보았다. 나는 거의 마지막 손질 단계에 있는 우리의 인쇄 책자를 생각했다. (중략) 나는 그리워하고 있었다. 사람을 그리워하는 것이 아니라 일을. 아무 일이나 그리운 것이 아니라, 비록 외곽

에서의 잡일이기는 하지만 몇 달 전부터 내가 하기 시작한 바로 그 일을. 바로 그 인쇄소에서, 다른 사람 아닌 바로 그들과 일하는 것을. 아이들이 눈사람을 다 끝내고 쉰 목소리로 만족의 환호성을 질렀다. 나는 내 목을 두르고 있던 목도리를 벗어, 멋진 나무젓가락 콧수염을 단 회색의 눈사람의 목에 감아주었다. 조개탄을 아껴 써야 했던 어느 저녁, 안이 오버 주머니에서 꺼내 목을 둘러주었던 목도리였다. (37-38쪽)

인쇄소 사람들이 '나'에게 이틀을 집에서 쉬게 한 어느 주말에 소속감을 잃은 외로움에 시달리던 '나'는 마음을 회복하고 눈 쌓인 동네 비탈길을 오르내리다가, 미약한 햇살마저 빗겨 난 응달에서 볼이 튼 아이들이 연탄재와 흙이 범벅된 회색 눈으로 눈사람을 만드는 모습을 보게 된다. 응달진 곳, 눈마저 회색인 세상, 그곳은 그대로 가난하고 고된 세상이다. 그래도 그곳에서 아이들은 눈사람을 만들며 환호성을 지른다. 눈사람은 결국 아이들의 소망이고 희망인 셈이다. 그러니 그 세상에 빛이 들어야 한다. 따뜻함이 스며야 한다. 바로 그 현장에서 '나'는 마지막 손질 단계에 있는 인쇄책자를 생각한다. 그리고 그러한 책자를 만드는 인쇄소의 일을 그리워한다. 그들과 함께한 그 일을 그리워한다. 그 일은 분명 이 응달진 세상에 빛을 들일 일이라 믿기에, 따뜻함을 들일 일이라 믿기에 그렇다. '나'의 의식 속에서 아이들의 환호성과 인쇄소에서의 일이 겹쳐지는 것은 분명 그러한 맥락을 전한다. 그런 속에서 '나'가 안이 자신의 목에 둘러주었던 목도리를 벗어 회색 눈사람의 목에 감아준 것은 '나'가, 안의 목도리에 담긴 인간을 향한 연민과 애정을 가난하고 외로운 '나'만을 위한 것이 아니라 응달진 회색 세상을 위한 것으로 승화시키고 있음을 의미한다. '나'는 자신의 아을 향한 개인적인 마음을, 안과 안의 조직의 일을 향한 마음으로, 그 일이 지향하는 세상을 향한 마음으로 승화시키고 있는 것이다. 이로써 '나'에게 '사람'과 '일'과 '세상'은 분리된 개체들이 아니다. 그것들은 '일체'이다. 일은 사람을 위한 것이고 그 사람이 이루는 것이 세상이니 그것들은 곧 '일체'인 것이다. 그리고 '나'는 그 '일체'를 지향한다. 그렇게 그 '일체'는 '나'의 삶으로 진입해 들어온다. 그것은 그대로 '나'의 삶이 된다.

그렇다고 '나'가 안의 조직으로 본격적으로 편입해 들어가 그 안에서 적극적으로 활동한 것은 아니다. 앞서 살핀 '나'와 조직 간의 거리의 의식은 오래도록 지속된다. 작품 초입에서 '나'가 이 시기를 회고하면서 "우리"라는 단어를 쓰는 것에 "여전히 수줍고 불편함을 겪는"다고 한 것은 그 거리가 마지막까지 극복되지 않았음을 의미한다. 그러나 그들과 그들의 일에 대한 '나'의 마음은 진심이었다. 그 주말이 지나고 다시 월요일 저녁 인쇄소로 향하던 '나'는 먼발치에서 인쇄소의 모습이 여느 때와 다름을 보게 된다. '나'는 안의 조직이 발각된 것임을 한눈에 일별해 낸다. '나'는 긴장과 두려움으로 인쇄소 주변에서 벗어나면서, 그들은 할 일이 많은 사람들이니 자신이 잡혀서 그들에게 누를 끼치는 일이 없게 해달라고, 이제까지는 한 번도 해 본 적 없는 기도 비슷한 것을 수없이 반복한다. 그리고 집으로 돌아와서는 기약 없는 시간들 속에서 그들과 다시 일을 할 수 있기를 간절히 염원하며 그 염원에 대한 끈질긴 기다림과 그리움에 시달린다. 그리고 마침내 그 간절한 염원이 포기의 심정에 이를 수밖에 없게 되자 '나'의 아픔은 극에 달한다. 그럴 만큼 '나'의 그들과 그들의 일에 대한 마음은 진심이었다. '나'는 자신이 "진정으로 그들을 우려했다는 것이 옳다."라고 이야기한다.

그리고 그 진심, 그 진정성을 또 다른 국면에서 '나' 나름의 방식으로 실현한다. 앞서 살핀 것처럼 사람과 일과 세상이 하나를 이룬, 즉 일체를 이룬 관점에서 '나'는 지극한 사적 연대의 방식으로 일을 향한 진정성을 실현한다. '나'가 이성적으로는 다시 그들을 만날 수 없음을 깨닫고 있음에도 그들을 향한 끈질긴 기다림을 놓지 못하고 있을 때, 어느 날 '나'에게 김희진이라고 하는 인물이 찾아온다. 김희진은 '나'가 실제로는 한 번도 만나본 적이 없는, 인쇄소에서 일할 때 활자로만 그 이름을 본 적이 있는 인물이었다. 그런 인물이 안의 소개 편지를 들고 '나'를 찾아온 것이다. '나'는 심신이 피폐해진 상태로 찾아온 그녀를 그대로 보듬는다. 조직의 와해와 조직원들의 검거라고 하는 급박하고 공포스러운 위기 상황이지만 '나'는 망설임 없이 그대로 그녀의 존재 자체를 믿고 포용하며 그녀와 공감적 연대를 형성한다. 그러한 김희진에 대한 '나'의 수용은 '나'의 의식 속에서 지극히 사적인 국면으로 환치되어 의미화된다. 그날 저녁 '나'는 그녀와 마주한 밥상에서 과거 자신과 어머니가 마주했던 밥상의 순간을 떠올린다. 세상에서 가장 친밀한 사적 연대인 엄마와 딸의 연대를 떠올린 것이다. 이는 그럴 만큼 '나'가 자신과 김희진의 관계를 깊게 받아들이고 있음을 보여 준다

그리고 '나'는 김희진에게, 안이 그녀를 통해 전한 편지에서 언급한 자신의 여권을 넘겨준다. 그 여권은 '나'가 미국의 어머니로부터 온 초청장이 있어 발급받을 수 있었던 것으로, 당시로서는 누구나 쉽게 지닐 수 있었던 물건이 아니었다. 그런 만큼 그것은 한국에서 신산한 삶을 사는 '나'에게 인생의 유일한 출구일 수도 있는 것이었다. 뿐만 아니라 김희진에게 자신의 여권을 넘기는 것은 신분 위조에 따른 법적 책임을 감당해야 할 수도 있는 위험한 일이었다. 더욱이 김희진은 국가 질서에 위해를 가한 인물로 간주되어 현재 국가의 추적을 받고 있는 인물이기에 '나'가 감당해야 할 위험의 정도는 결코 가볍지 않았다. 그런 상황들임에도 '나'는 김희진의 도피를 위해 자신의 여권을 기꺼이 내어준 것이다. '나'의 그러한

행위는 김희진에게 자신의 전 존재를 내어준 것으로 이해해도 무방하다. '나'에게 사람과 일과 조직과 지향은 그대로 일체이기에 '나'는 김희진에게 사적 연대의 마음으로 진정성을 다해 '나'를 내어준 것이다.

김희진은 '나'의 방에 약 이십 일 정도 머물며 피폐해진 심신을 회복하고 '나'의 사진을 김희진의 사진으로 대체하는 위조 작업을 마친, '나'의 여권을 들고 미국을 향한다. 이렇게 '나'가 사적 연대의 마음과 방식으로 김희진을 살피고 떠나 보낸 것은 '나'가 인간 삶의 방향을 어느 쪽에 두고 있는가를 보여 준다. '나'는 인간을 위한 가치는 거시적 차원에서 거창하게 외치는 구호나 이념이 아니라, 미시적 차원에서 현실과 밀착되어 현실 안에서 실현되고 구현되어야 한다고 믿었던 것이다. 그리고 그것을 자신의 삶으로 구현한 것이다. 이념이나 일 중심에 사람이 있는 것임을, 그 모든 것이 사람을 위한 것임을 '나'는 그렇게 보여 준 것이다.

그런데 정작 일과 조직의 중심에 있던 안은 '나'와는 다른 방향성을 보인다. '나'와는 다른 길을 걸었던 것이다. 그러한 차이는 '나'가 안과 동료들, 그리고 조직과 조직의 일 등에 진심 어린 동조와 공감을 지니면서도 지속적으로 거리를 의식하는 이유이다. '나'가 사적 연대의 마음과 방식으로 사람과 일과 조직과 지향을 일체로 이해하고 대응했던 것과는 다르게 안은 사람과 일의 문제를 분리적으로 접근하고 나아가 일 중심의 즉 조직 중심의 공적인 태도를 취했던 것이다.

안의 그러한 면모는 '나'를 향한 안의 태도에서부터 드러난다. 사실 안은 '나'의 가난하고 고독하고 불안한 일상에 나름의 위로와 위안이 되었고, '나'의 삶에 일자리와 더불어 약간의 생기를 주었고, 그리고 늘 죽음을 의식하며 살아야 할 만큼 삶에 대해 어떠한 기대도 갖지 못했던 '나'에게 엷은 희망을 의식할 수 있게 길을 열어 준 인물이다. 인쇄소에서 함께 밤을 새운 날 '나'의 미래를 염려해 주기도 하고 추운 날 '나'에게 목도리를 둘러주기도 한 인물이다. 안이 '나'에게 인간적 연민을 지니고 있음을 충분히 이야기할 수 있는 대목들이다. 그러나 연민이 의식되는 상황에서조차 그의 태도는 대단히 절제된 공적인 것이었다. 더불어 그는 '나'에 대한 불신과 견제를 지속적으로 드러냈다. 그의 '나'에 대한 태도는 "따뜻한 음성조차 계산된 거리로 느껴졌"고, "나의 신상에 대한 걱정보다는 약간의 불신을 동반한 불안의 기색"을 엿보이는 식이었다. 이는 그가 '나'와 함께 일을 하면서도 '나'에 대한 신뢰를 배제하고 있음을 의미한다. 나아가 그것은 그의 지향 안에 인간이 배제되어 있음을 의미한다.

'나'가 여권 위조를 부탁하기 위해 같이 일하던 정을 찾아갔을 때 정은 안이 '나'와 같이 일을 하기 전부터 '나'의 여권에 관심을 가졌다는 이야기를 전한다. 더불어 안이 문제를 확대시키지 않기 위해 김희진의 미국행을 서두르고 있다고도 전한다. 일과 사람을 분리하고 인간 중심의 가치를 배제하고, 일 즉 조직을 중시하는 안의 공적 태도를 충분히 확인할 수 있는 대목들이다. 사실 이전에 '나'는 안과 대화를 나눌 때 자신을 향해 흰자위를 드러내 보이며 웃는 안의 모습을 보며 "눈에 흰자위가 많은 사람을 조심하라"고 했었던 이모의 말을 떠올리기도 했었다. '나'의 그러한 의식의 흐름은 진정성을 향하는 '나'조차 문득 안에 대해 인간적 불신을 의식했음을 전한다. 안의 그러한 모습들은 분명 안이 지니는 한계이다. 안의 일 중심의 공적 태도에는 인간을 본원으로 하는 인간 중심의 가치가 배제되어 있는 것이다. 인간을 중시하는 현실적 실천력이 배제되어 있는 것이다. 인간을 향하는 진정성이 배제되어 있는 것이다. 그것은 '나'가 김희진과의 관계에서 보여주었던 사적 연대의 마음과 진정성의 태도와는 분명 대비적이다. 그리고 이 대비는 '나'가 그들에게 지니는 거리의 실체이다. 삶을 향하는 길의 차이이다.

강양!

급히 몇 자 적습니다. 내 몸처럼 중요한 사람을 보내니 도움을 부탁하오. 우리 당분간은 만나기 힘들 것이오. 거두절미하고 어려운 부탁을 합니다. 강양이 지니고 있는 여권을 빌렸으면 하오. 큰 도움이 될 것이오. 일의 성질이 그러하니만큼 거절한다고 해도 이의는 없소. 그러나 다시 한번 말하건대, 만약 강양이 동의한다면 얼마만큼의 도움이 될지는 아무도 알 수가 없소. 그럴 경우 나머지는 김희진과 상의하기 바라오.

안. (46쪽)


"강양, 고맙소." (52쪽)


첫 번째 인용문은 김희진이 가지고 온 안의 편지이다. 두 번째 인용문은 김희진이 '나'의 여권을 위조해 미국으로 향한 후에 안이 주소도 없이 보낸 엽서의 전문이다. '나'는 김희진이 지니고 온 편지를 보면서 "짧고 정확한 내용을 전달하는 사무적인 편지"라고 생각한다. 안의 편지는 자신이 지녔던 사람과 일에 대한 간절한 기다림과 그리움과는 딴판의 분위기와 태도로 채워져 있었던 것이다. '나'는 안이 철저하게 감정을 배제하고, 지극히 공적인 태도로 편지를 작성하였음을 분명하게 의식한다. 김희진이 떠난 후의 답장인 두 번째 인용문은 더 이상 부연할 필요조차 없는, 일과 조직만을 의식하는, 인간적 이해가 배제된, 목적 지향적인 안의 공적 태도를 단적으로 보여준다. 그렇다면 안의 그 지향성의 궁극적인 목적은 무엇일까, 그것은 무엇을 위한 것일까 하는 회의적인 의구심이 인다.

## 후일담, 유명한 혹은 흔적 없는 존재들

안과 동료들, 그리고 '나', 더하여 김희진은 한때 같은 같은 조직에서 같은 일을 한 사람들이지만, 지난 이십 년의 시간이 흐르는 동안 서로 다른 길을 걸어온 사람들이 되어 이제 다른 세계의 사람들이 되어 있다. 안과 동료들과, '나'와 김희진은 서로 다른 세계의 사람들이 되어 있는 것이다. 그 다름이 빚어내고 있는 의미의 결의 차이는 퍽이나 다른 삶의 가치와 지향을 드러낸다.

안과 동료들은 조직의 와해와 검거라는 격랑을 거치면서도 마침내 변화된 세상에서 그 변화를 누리는 삶을 살고 있다. 안은 유명한 민중 예술가이자 운동가가 되어서, 더욱이 이제는 너무 바쁜 사람이 되어서 만나기조차 어려운 인물이 되었다. 그가 사람과 일에 대해 지녔던 분리적이고 공적인 태도는 그대로 공적인 세상과의 소통 방식이 되어 그는 공공 세계의 유명인이 된 것이다.

그런데 그의 유명세에 대한 서술 뒤에 뒤따르는 '나'의 기억 한 토막은 그의 유명세에 대해 회의적인 의식을 지니게 한다. 민중 예술가이자 운동가로서의 그의 위상에, 그 위상의 진정성에 의구심을 갖게 하는 것이다. 과거 조직이 와해되고 조직원들에 대한 검거의 격랑이 몰아칠 때, '나'는 집에 머물면서 간절한 기다림과 그리움으로 인쇄소에서 일할 당시 교정을 보았던, 책자로 발간을 앞두고 있던, 그러나 갑작스러운 조직의 발각으로 발간이 무산된, 그런 원고들을 거칠게나마 요약해 두었었다. 그리고 김희진 역시 '나'의 방에서 머물 때, 밤늦게까지 작업에 몰두하였고, 미국으로 떠날 때 자신이 그동안 작업한 글들을 가방에 담아 '나'에게 맡겼었다. '나'는 자신이 작업했던 글들과 김희진이 맡겨 놓은 가방을, 몇 년 전 '나'가 살고 있는 시골 근처 도시로 강연을 온 안에게 간접적인 방식으로 전

했었다. 그런데 후에 '나'는 어떤 잡지에 그 글들의 일부가 실린 것을 보게 된다. '나'의 이러한 기억의 환기는, 안이 잡지에 그 글들을 발표하면서, 그 글들의 토대를 마련해 준 이들을, 그 사람들을 기억했을까, 적어도 '나' 에게 보낸 편지에서 자신의 몸처럼 중요한 사람이라 칭했던 김희진을 기억했을까 하는 의문을 이끈다. 민중 예술가이자 운동가로서의 그의 진정성에 대한 의구심을 이끈다.

'나'와 김희진의 경우는, 얼추 이십 년의 시간의 흐름 속에서 유명한 공인이 되어 있는 안과는 대비적으로 누구도 관심을 갖지 않는, 흔적 없는 혹은 사라진 존재가 되어 있다. 과거 '나'는, 김희진이 자신의 집에 도착하던 날 피곤에 지친 그녀를 바라보며 자신이 "희망이라는 것에 감염되었음을" 그리고 "그것이 결국은 어떤 형태로든 일생 동안" 자신을 지배할 것을 알아차린다. 하여 '나'는 희망에 대한 기대로 김희진을 돌보았고, 또 그녀를 미국으로 떠나보낸 이후 학교를 그만두고 고향으로 내려와서 이모의 농사일을 오랫동안 도우면서, 자신이 "맛본 희망의 색깔을 주변과 나누려고 여러 가지 일을 벌"였다. 그리고 지금까지 그렇게 살고 있다. 김희진을 떠나 보낸 후 고향에 내려와 희망을 나누는 일을 계속한 것이다. 그렇다고 '나'가 조직을 구성하고 이념을 표방하며 대외적으로 거창한 활동을 하였다는 의미는 아니다. '나'가 김희진에게 사적 연대의 마음으로 진정성을 다했듯이 고향에서의 희망나누기도 그러한 마음과 방향으로 감당해왔다. 그러니 '나'와 김희진의 연대의 일이 세상에 드러나지 않았듯 고향에서의 '나'의 희망나누기 역시 세상에 드러나지 않았다. '나'의 고향에서의 희망나누기는 일상에서의 그것, 삶 그 자체였다. 해서 '나'의 삶은 아무도 관심 갖지 않는 흔적 없는 삶이기도 했다. 자신이 지금 돕고 있는, 은퇴한 노교수의 언제 완성될지 기약할 수 없는 저술 작업처럼 그 희망이라는 것이 언제 실현될지 알 수는 없으나, 그래도 '나'는 그 희망의 실현을 돕는 존재로 지금까지 살아온 것이다. '나'는 분명 빛나지 않은 삶을 살아온 것이다.

그리고 '나'와 사적 연대를 이루며 '나'의 여권을 위조하여 미국으로 도피한 김희진은 '나'의 흔적 없음보다 더한, 참담하기까지 한 삶의 이야기를 전한다. '나'는 도서관에서 노교수를 돕는 자료를 찾다가 신문 기사 하나를 발견한다. 강하원이라는 자신의 이름의 여권을 가진 한인 불법체류자가 뉴욕 센트럴 파크에서 아사한 상태로 발견됐다는 내용이었다. 이십 년 전 비밀조직이었던 문화혁명회에서 중추 역할을 하던 인물이, 변화의 시대라고 하는 1990년대에, 더욱이 같이 활동하던 안은 유명한 민중예술가 및 운동가가 되어 만나기조차 어려운 사람이 되어 있는 시대에, 쇠약에 의한 아사라고 하는 참담한 죽음을 맞이한 것이다.

당시 조직의 한 사람이었던 정의 말에 따르면, 안이 문제가 확대되는 것을 막기 위해 서둘러 그녀를 미국으로 도피시키고자 했다고 한다. 그러한 정의 말은 안이 '나'에게 보낸 편지에 김희진을 자신의 몸처럼 소중하다고 적고 있었던 내용과는 분명 온도 차가 있는 전언이었다. 그것은 안의 변함없는 공적 지향을 더욱 분명하게 확인시키는 전언이었다. 그러나 그래도 지금은 시대가 변했고, 안 자신은 빛나는 존재가 되어 있으니, 지금쯤은, 불법체류자가 되어 운신의 폭이 제한되어 있는 김희진을 위해 안이 무언가를 할 수 있지 않았을까, 무언가를 했어야 하지 않았을까 싶다. 어쨌거나 변화를 맞이한 시대에 모두의 무관심과 무책임 속에서 시대의 변화를 이끌어내고자 자신의 젊음과 나아가 자신의 전 존재를 희생한 김희진은 그토록 참담한 죽음을 맞은 것이다. 흔적없이 사라진 것이다. 공적 지향과 사적 연대의 차이는 그토록 큰 격차를 만든 셈이다.

그렇다면 안으로 표상되는, 변화를 맞이한 1990년대의 가시적 공적 세계는 믿을 만한가, 진정성을 담보하고 있는가. '나'의 시선에 의해 구축

되고 있는 서사는 그것들에 대해 의심과 회의의 시선을 보낸다. 그 시절 '나'는 안과 안의 조직원들과 함께 인쇄소에서 일을 했지만, 늘 그들에게 거리를 두었고, 그들 또한 '나'에게 거리를 두었다. 물론 양측이 서로에게 거리를 의식하는 이유는 앞서 언급했듯이 서로 다르다. 그것은 인간을 향하는 사적 연대와, 일을 향하는 공적 지향의 차이에서 비롯된 것이다. 그런데 '나'는 그래도 지금쯤은 우리라고 말할 수 있지 않을까 생각해 본다. 그러나 여전히 우리라는 단어를 불편하게 느낀다. 이는 '나' 자신도 그들이 향하고자 했던 방향성에 공감하며 나름 그곳을 향하여 살아왔기에 지금쯤은 우리라고 이야기할 생각을 품었다가도, 자신과 그들이 걸어온 구체적 길이 달랐고, 또 그 결과가 다르기에 느끼는 불편함이다. 이 불편함은 의심과 회의의 또 다른 표현이다. 일 혹은 조직 중심의 공적 지향의, 달리 인간이 중심에 서지 못한 공적 지향의 진정성 여부에 의문을 표하는 것이다.

그리고 '나'는 흔적 없이 사라진 존재, 김희진에게 빛의 의미를 부여한다.

> 그 시절의 아픔은 어쩌면 이리도 생생할까. (중략) 이번 겨울에는 동네 아이들을 모아 비어있는 들판에 커다란 눈사람을 만들어볼까. 며칠 전에 지구를 뜬 그녀의 별에 전파가 닿게끔 머리에 긴 가지로 안테나도 꽂고…… 그러나 사람이 죽은 다음에 별이 되지 않는다는 것은 누구보다도 그 아이들이 더 잘 알고 있지 않은가. 아프게 사라진 모든 사람은 그를 알던 이들의 마음에 상처와도 같은 작은 빛을 남긴다. (55쪽)

위 인용문은 작품의 마지막 부분이다. '나'는, 이제는 눈사람에게 희망을 담을 수조차 없는 시대가 되어 버렸으나, 그래도 과거 어느 때 눈사람에게 희망을 담을 수 있었던, 달리 말해 꿈을 꿀 수 있었던 시대에 그 희망과 꿈에 자신의 전 존재를 걸었던, 그러나 지금은 흔적 없이 사라진 김희진을 빛이라 추모한다. 상처를 빛으로 인식하는 역설을 통해 김희진의 희생이 가지는 아픈 가치를 기념하고 기억하는 것이다. 김희진은 곧 강하원, '나'이었기에 김희진의 흔적 없는 상처와도 같은 작은 빛의 삶은 곧 강하원, '나'의 삶이기도 하다. 그러니 '나' 역시 그 작은 빛의 삶을, 희망을 일구는 삶을, 흔적 없는 삶을 끝까지 잘 살아내지 않을까 싶다.

　작가가 작품을 통해 운동의 이념성 내지는 지향성 자체를 부정하는 것은 아니다. 작품 속에서 '나'가 약간의 혹은 엷은 등의 수사를 동원하면서 그것의 가치를 수용하고 인정했던 것이 그를 뒷받침한다. 단 작가는 그것이 현실적으로 실현되는 데 있어서 관념성을 뛰어넘어야 함에 주목한다. 그리고 관념성을 뛰어넘는 현실적인 실천적 방법으로 '나'와 김희진의 관계 속에서 드러났던 사적 연대의 친밀함을 제시한다. 인간을 위한 실질을 제시한다. 그러면서도 작가는 그 길이 여전히 사회적으로 미력한 힘임을 더불어 이야기하고 있다. 작가가 지향하는 사적 연대의 친밀감을 구현한 '나'와 김희진이 아무도 관심을 갖지 않는 흔적 없는 삶을 살거나 참담한 죽음을 맞는 것으로 작품을 마무리하고 있는 것이 그것을 뒷받침한다. 그러나 그럼에도 그 길이 작가가 놓아 버릴 수 없는 희망의 길임은 '나'가 김희진을 빛으로 추모하는 것에서 분명하게 시사된다.

# 공지영의 「인간에 대한 예의」[*]
- 개인적 자유주의의 뿌리, 인간의 존엄과 인간에 대한 예의 지키기

    공지영의 「인간에 대한 예의」는 1993년 여름에 『실천문학』에 발표된 작품으로 1970년대에서 1990년대에 이르는 시대 상황을 중요 배경으로 하고 있다. 우리 사회에서 1990년대는 오랜 군사정권의 암울함에서 벗어나 자유민주주의와 자본주의의 기치를 드높게 내세운 전환적인 시기이다. 분명 1990년대는 민주주의 이념을 토대로 개인적 자유주의의 가치가 급부상하고, 물질주의적 가치가 심화되고, 소비주의가 만연하고, 무한 경쟁 체제가 확산되는 등 사회적 변화의 폭이 크게 부각된 시기였다. 작품은 이러한 시대 상황을 배경으로 과거 시대와 당대 시대를 대표하는 두 인물들을 입상화시켜 변화하는 시대상을 제시하는 가운데 그러한 시대적 이행기를 살아내야 하는 주인공의 혼돈과 갈등을 그리고 있다.

    흔히 전환이라고 할 때 그것은 혼돈의 문제와 분리되지 않는다. 사회의 여러 국면들의 전환은 인간의 의식을 혼돈으로 이끈다. 이러한 경향은 1990년대의 전환기에서도 마찬가지였다. 억압, 탄압, 감금, 그리고 그에 맞선 저항과 투쟁 등으로 표상되는, 대립으로 치닫던 기존의 국면들이 무너지고 새롭게 찾아든 자유주의적이고 개인주의적인 사회상 앞에서 과거

---

[*] 공지영, 「인간에 대한 예의」, 『인간에 대한 예의』, 창작과비평사, 1994.

1970·80년대에 군사정권에 맞섰던 많은 사람들은 아이러니하게도 혼란에 빠지고 만다. 그들은 새롭게 도래한 자유민주주의적 현실이 정녕 자신들이 원했던 현실인가에 대해 의심하고 회의하며 불투명한 미래에 대해 불안해했다. 또 지난 시대에 투쟁의 가치에 충실하지 못했던 사람들은 자신들의 지난날들에 대해 반성하고 부끄러워했다. 그리고 그들은 지난날 투쟁의 과정에서 희생된 이들에 대해 죄의식을 느끼며 고통스러워했다. 그러한 혼돈의 의식들이 1990년대의 일면을 이루었던 것이다. 그리고 그 혼돈을 담아낸 문학적 결과를 후일담 문학이라 이름했다. 「인간에 대한 예의」는 그 후일담 문학의 중앙에 자리한 작품이다.


## 명상가와 장기수의 거리, 시대의 거리

「인간에 대한 예의」에는 시대를 표상하는 두 인물이 전형화되어 있다. 이민자와 권오규가 그들이다. 두 인물은 각각 1990년대라고 하는 당대와 1970년대라고 하는 과거를 표상하면서 대비적인 맥락을 형성한다. 그것은 당대의 가치와 과거의 가치를 대비하는 것이다. 그렇다고 두 인물이 표상하는 시간적 거리가 물리적으로 크게 벌어진 것은 아니다. 그저 20년 정도의 거리를 지니고 있을 뿐이다. 그런데도 그 길지 않은 시간적 거리를 두고 두 인물이 서로 다른 가치를 표상한다는 것은 그만큼 그 시간적 거리 사이에 가치 전환의 폭이 크게 나타났다는 것을 의미한다.

1990년대는 앞에서 언급한 대로 정치적·사회적 대전환이 이루어진 시대이다. 이민자는 바로 그런 시대의 가치를 표상하는 인물이다. 그녀가 쓴 책이 베스트셀러가 되었고, 많은 사람들이 그녀의 "삶의 방식에 은밀하게 귀들을 기울이기 시작"한 것은 그녀가 당대를 표상하는 인물임을 넣받침한다. 당대의 많은 사람들이 귀 기울이기 시작한 그녀의 삶의 방식이란 우선적으로 명상으로 드러난다. 실제로 1990년대는 명상이 유행했던 시기이다. 당대의 그러한 시대적 분위기는 억압적인 정치적 현실에 몰두하면서 민주·민족 등의 집단적이고 사회적인 가치에 몰두했던 1980년대의 경향에 대한 반동이기도 하고, 1990년대의 새로운 시대 상황 속에서 개인의 가치가 부상하는 문제와 맞물린 현상이기도 하다. 명상은 개인의 내면으로의 침잠 혹은 자신의 내면과의 소통을 지향하는 개인주의적 이데올로기의 표상이다. 그리고 그것이 이민자가 표상하는 세계이다. 작품에서 그것은 달리 자유, 방랑 초월, 꿈 등으로도 표상되기도 한다.

그녀의 개인적인 삶의 이력은 그녀 자신이 그러한 표상들의 실체임을 보여 준다. 그녀는 스물한 살의 나이에 대한민국 국전에서 대상을 수상하고, 대학 졸업 후에는 미국 뉴욕에 가서 큰 성공을 거두고, 소더비 경매장에서 그림을 거래할 수 있는 유일한 한국 화가가 된다. 그런데 그녀는 그러한 자신의 성공과 성취가 모두 허망하게 느껴져 다시 인도와 아프리카 등으로 여행을 다닌다. 그러다 불현듯 깨달은 바가 있어서 고국으로 돌아와 정착한다. 정작 이민자 자신은 자신의 그 모든 삶의 이력이 허망하게 느껴졌다고 이야기하고 있지만, 그러나 그녀의 그 허망한 느낌조차도 또하나의 성취가 되어 그녀의 화려한 삶의 이력이 되고 있다. 그녀의 인생 여정은 모든 사람이 새롭게 욕망하는, 90년대적 삶의 꿈을 담아내고 있는 것이다.

권오규는 앞서 살핀 이민자와 대를 이루며 과거 시대의 가치를 대변하는 인물이다. 그는 과거 1970년대에 무정부주의자의 의식을 지니고 비밀결사를 조직해서 독재정권을 무너뜨리려고 한 인물이다. 그러나 그의 그러한 활동은 이내 발각되어 그는 스물여덟 살이라고 하는 젊은 나이에 무기수가 된다. 이후 그는 이십 년에 가까운 세월을 감옥에서 보낸다. 장기

수가 된 것이다. 물론 1990년대의 그는 자유의 몸이 되어 일상인의 삶을 살아가고 있다. 그러나 그는 지난 시간 자신의 몸으로 감당해야 했던 감금의 억압성을 여전히 몸에 지닌 채 살아가고 있다. 오랜 세월을 갇혀서 지낸 그는 스스로 문을 열 수 있다는 사실을 잊어버리고, 방안에 머물면서 누군가가 바깥에서 방문을 열어 주기를 하염없이 기다리기도 하고, 또 갇혀 있던 감방 공간의 협소함에 길들여져 있어 감옥 바깥 세계의 드넓은 자유로움에 깜짝깜짝 놀라기도 한다. 이러한 그의 모습은 그가 여전히 감금의 억압에서 벗어나지 못하고 있음을 의미한다. 모두가 자유를 이야기하는 1990년대에, 정작 그러한 자유를 꿈꾸며 자신의 젊음을 바쳤던 그는, 오히려 자유롭지 못한 아이러니를 보이고 있는 것이다.

작품에서 권오규도 이민자와 마찬가지로 책을 출판한다. 그가 출판한 책은 이민자가 출판한 책과 같은, 화려한 성취를 바탕으로 한 개인의 가치에 주목한 책이 아니다. 그의 책은 어두웠던 사회 현실로 인해 감옥에 갇혀 오랜 시간을 보내야 했던 그가 감옥에서 썼던 편지들을 묶은, 그늘진 책이다. 그런데 1990년대는 그러한 어두움에 관심을 표하지 않는다. 이민자의 책이 베스트셀러가 된 사실과 분명한 대비를 이룬다. 분명 시대가 변한 것이다. 그러나 1990년대의 자유는 권오규와 같은 인물들의 희생에 기대고 있는 것이 사실이다. 그것은 부정할 수 없는 사실이다. 그럼에도 1990년대는 그의 존재에, 그의 희생에 주목하지 않는다. 오히려 그의 존재를, 그의 희생을 몰각하고자 한다.


## 몰각과 몰염치의 세태

변화의 현실 앞에서 작중 인물 '나'는 내면적인 갈등을 겪는다. 단직으로 권오규로 표상되는 삶을 뒤로 하고 이민자로 표상되는 삶을 따라도 좋은가 하는 문제를 두고 갈등한다. 권오규 시대의 저항적인 삶들이 지향했던 것은 분명 '변화'였다. 시대, 사회, 인간 삶의 조건 등의 변화였다. 그 지향은 어두움을 극복하고 빛에 이르고자 하는 열망이었다. 그리고 그러한 변화를 향하는 열망은 70년대를 넘어 80년대를 관통할 만큼 강렬한 것이었다. 그런 속에서 '나'는 70년대를 넘어 80년대로 이어진 그 열망의 언저리에서 그 열망의 실현을 꿈꾸었던 인물이다. 그리고 지금, 1990년대, 그 열망이 실현된, 변화가 현실이 된 상황에서 '나'는 갈등을 겪고 있다. 그것은 지금의 변화가 과연 지난 시간의 숱한 희생들이 꿈꾸었던 그 변화인가에 대한 회의 때문이다.

작품에는 '나'의 이러한 갈등을 뒷받침하는 또 다른 두 인물이 등장한다. 그들은 '나'가 근무하는 잡지사의 데스크와 '나'의 대학 선배인 강선배이다. 매달 화제가 되는 책을 선정해서 작가를 인터뷰하고 책의 내용을 소개하는 기사를 맡고 있는, 여성잡지사에 근무하는 '나'는 어느 날 데스크의 변덕에 부딪힌다. 이번 달에는 권오규의 책을 싣기로 하고 이미 인터뷰까지 마쳐 놓은 상태인데, 이민자의 전시회에 다녀온 데스크가 권오규의 책은 다음 달로 미루고 이번 달에는 이민자를 취재하여 이민자의 책을 소개하라는 지시를 내린 것이다. 데스크의 지시를 함부로 무시할 수 없는 '나'는 잠시 갈등을 한다. 이는 이미 지나가 버리고 스러져 버린 과거와, 새롭게 부상하고 부각되고 있는 현재 사이에서 갈등하는 것이다. 그러나 데스크는 '나'의 갈등과는 무관하게 여성잡지사의 데스크답게 현실적인 판단을 내린 것이다. 그는 과거의 가치보다는 현재의 가치에, 그리고 어둡고 무거운 삶의 모습보다는 가볍고 화려한 삶의 모습에 당시의 독자 대중들이 더 많은 관심을 가질 것임을 간파하고 그에 부합하는 지시를 내린 것이다. 이러한 데스크의 지시는 물질주의적이고 자본주의적인 가치가 확산되고 있는 사회 현실을 시사한다. 뿐만 아니라 데스크라는 인물 자체가 그러한 현실에 잘 부합하고 잘 동참하는 인물임을 보여 준다. 세상은 그렇게 과거를 몰각하고 변화된 현실에 몰입하고 있었다.

작품에서 강선배 역시 그러한 문제적 상황을 증거하는 인물이다. 그는 과거 '나'가 80년대에 대학을 다닐 때 학생운동에 앞장섰던 인물이다. 당시 그는 '나'가 남모르게 사모의 마음을 품었을 만큼, 학생운동권에서 '멋진' 선배였다. 그는 후배들을 따뜻하게 이끌었고, 열심히 투쟁을 하다가 수배자가 되어 도망을 다녔고, 구속이 되어 수감 생활을 했고, 노동자가 되었고, 중학교를 졸업한 노동자와 결혼을 하였고 등의 이력을 지닌 투철한 운동가였다. 그는 오 년 전, 운동권을 말없이 도망쳐 나와 지금의 잡지사에 다니고 있던 '나'를, 수배자의 신세가 되어 변장을 하고 찾아와 안부를 묻고 따뜻한 언사로 다독여 주고, 또 노동 현장에서 임금투쟁 중에 화상을 입고 중태에 빠진 윤석의 이야기를 전해 주었던 인물이다.

그런 그가 다시 오 년 만에 '나' 앞에 나타난다. 딸을 둘 낳고 함께 살던 노동자 출신의 아내와는 이미 이혼을 한 상태이고, 그 아내는 지금 정신병원에 갇혀 있다는 소식이 들리는 상황에서, 지금은 버스회사를 경영하는 아버지 밑으로 들어가 그 회사의 사장이 되어 있다는 그가 나타난 것이다. 노동자의 해방을 꿈꿨던 그가 이제는 자본가가 되어, 자신의 새 결혼의 청첩장을 전해 주기 위해 나타난 것이다. '나'가 그를 만나기 위해 카페에 들어섰을 때, 그는 과거 수배자 신세일 때 어두운 카페의 구석진 자리에 앉아 있었던 것과는 달리 이제는 환한 조명을 밝힌 카페의 한가운데에 앉아 있었다. 마치 세상의 한 가운데에 있는 것 같은, 세상의 중심에 선 모습으로 앉아 있었다. 그는 "내가 그토록 저주했었고 그가 변혁하고 싶었던 세상의 한가운데"에 뿌리를 드리운 자의 모습으로 '나' 앞에 나타난 것이다. 그의 그러한 변화는 결국 세상의 변화를 증거한다. 도덕과 윤리, 인긴애,

그런 것들은 점차 사라져 가고 물질과 자본이 중심이 되고 힘이 되는 세상으로 변화되어 가고 있음을 증거한다. 세상의 몰염치를 증거한다.


### '나', 인간에 대한 예의를 택하다

데스크와 강선배의 모습으로 드러나는 1990년대의 변화는 1980년대의 억압적인 사회 현실에 대항하여 치열하게 투쟁하며 살아온 이들이나 혹은 그러한 모습을 가까이에서 바라보며 같은 염원을 지녔던 이들에게 분명 당혹스러운 모습이다. 그들은 마주하게 된 현실의 당혹스러운 모습 앞에서 자신들이 꿈꾸었던 변화가 과연 이런 것이었나 하는 깊은 회의를 떨쳐내지 못한다. 작품에서 사진기자와 '나'가 그런 인물들이다. 사진기자의 경우는 '나'보다 더욱 깊은 회의를 드러내기도 한다.

더욱이 그들이 그러한 회의에 더 깊게 젖어 들게 되는 것은, 자신들은 그래도 1980년대 당시 죽고 싶다고 고통스러워하면서도 어떻게든 그 시대를 빠져나왔지만, 그 고통의 시간대에서 빠져나오지조차 못한 채 투쟁 속에서 삶을 마감한 이들에 대한 부끄러움과 죄의식 때문이다. 그들로서는 80년대의 터널을 빠져나오지 못한 이들의 희생의 값이 겨우 이것인가, 그 값이 겨우 이것밖에 되지 못하도록 살아남은 자신들은 도대체 무엇을 하고 있는가 하는 자책을 내려놓을 수 없는 것이다.

특히나 '나'는 오 년 전 강선배가 전한 윤석의 죽음, 그 가슴 아픈 죽음과 희생을 잊지 못한다. 윤석은, 형은 공장에서 일하다가 손이 잘렸고, 어머니는 공장에서 하루에 열여섯 시간씩 일을 하며 윤석의 등록금을 대는, 대학에 들어온 것 자체가 놀라울 정도로 집안이 가난했던 후배였다. 그런 윤석이, 집안의 온 희망이었을 윤석이 그 기대를 떨치고 공장에서 노동운동을 하다가 안타까운 죽음을 맞이했다. 겨우 이십 대 초반 나이에 80년 대의 시대를 빠져나오지 못한 것이다. 윤석뿐이 아니다. 데스크의 지시로 새로 이민자를 인터뷰를 하고 돌아온 사진기자와 '나'가 수긍하기 어려운 현실의 변화 앞에서 소주 한 병의 낮술로 마음의 짐을 달래던 그 날은 민주화 투쟁으로 목숨을 잃은 강경대의 죽음 2주기 날이었다. 그런 식으로 숱한 젊음의 희생을 가슴으로 기억할 수밖에 없는 '나'와 사진기자는 마주한 현실의 변화가 고통스럽기까지 한 것이다.

그렇다고 현실의 변화에 마냥 저항할 수만은 없다. '나'의 의식은 분명하게 그 지점을 보여 준다. 데스크의 지시에 따라 이민자를 인터뷰한 후 '나'는 분명 이민자에게서 "자신의 존재만으로도 이미 충만한 사람이 가지는 힘"을 의식한다. 개인의 존재성의 무게와 가치가 의식되는 것이다. 그것은 80년대의 집단성에 익숙한 그녀가 새로운 가치를 발견한 것이고 수긍한 것이다. 때로 그녀도 자신의 일상 속에서 90년대의 자유, 방랑, 초월, 꿈에 대해 나름 호기심을 느꼈던 것이 사실이다. 자신도 자신의 지루하고 쓸쓸한 일상에서 벗어나 이민자 식의 방식에 기대어 자신의 일상을 새롭게 "채색해" 보고 싶은 욕망을 의식하기도 했던 것이 사실이다. '나' 역시 외적 현실의 변화와 자기 안에서 일어나는 변화의 욕망 간의 접점을 의식하지 않을 수 없었던 것이다. 결국 90년대의 변화는 이미 '나' 안에서도 자리하고 있었던 셈이다.

그런 맥락 속에서, 어느덧 '나' 안에는 권오규를 향한 볼멘의 소리가 자리하기 시작한다. '나'는 불과 몇십 명의 비밀결사로 독재정권을 무너뜨리고자 했던, 70년대 권오규가 추진했던 무정부주의적 발상의 투쟁이 드러낸 한계와 오류를 떠올리며, 그 순진하기까지 한 무모함을 냉소적으로 의식한다. 그러고는 80년대, 숱한 사람들이 투옥되고 죽어가던 때에 정작 권오규 그 사신은 감옥에 앉아 있었을 뿐, 무슨 일을 했느냐고, "팔십 년대에 고스란히 이십 대를 보낸 우리들에게 대체 무슨 영향을 끼쳤"냐고 마음속으로 그를 힐난하기도 한다. 그녀의 마음속에서 권오규의 존재성을 인정하고 싶지 않은, 오히려 외면하고 싶은 의식이 솟구치곤 했던 것이다. 70년대의 투쟁이 있었기에 80년대의 투쟁이 가능했음은 너무도 자명한 일임에도 그녀는 애써 그 사실을 부정하고자 한다.

그러나 권오규를 향한 그녀의 볼멘 마음은 그녀 자신조차 설득시키기 어려운 치기 어린 의식일 뿐이다. 그녀는 결국 자신의 이번 달 기사의 대상으로 권오규의 『인간에 대한 예의』를 택한다. 자신 안에서 90년대의 변화의 기류에 합류하고자 하는 욕망이 꿈틀대고 있고 그런 만큼 70년대의 무모함와 미력함을 힐난하고자 하는 의식이 움트고 있다고 해도 80년대의 치열함을 거쳐온 그녀로서는, 윤석의 가슴 아픈 죽음을 기억하는 그녀로서는 70년대의 저항의 희생을 부정할 수는 없는 것이다. 더욱이 70년대의 가치를, 그 정당함의 무게를 권오규는 이 90년대에서도 여전히 증명하고 있기에 '나'는 결코 그를 외면하거나 부정하지 못한다.

권오규가 출판한 책의 제목 '인간에 대한 예의'는 권오규 의식의 핵심을 보여 준다. '나'와 사진기자는 인터뷰를 위해 권오규의 집을 찾아갔을 때, 권오규가 외출 중이어서 그를 기다리다가 대청마루에 걸린 사진틀에 덧끼워진 두 장의 사진을 보게 된다. 그리고 권오규의 동생으로부터 사진의 주인공들에 대한 이야기를 듣게 된다. 사진의 주인공들은 모두 권오규의 동지들로, 한 사람은 재판을 받고 사형을 당했고, 다른 한 사람은 고문으로 옥사를 했는데, 두 사람 모두 연좌제로 인해 가족들로부터도 외면을 당해서, 형 권오규와 자신이 그들을 거두어 그들의 제사를 모시고 있다는 것이었다. 가족들조차 외면한 이들을 거두어 끝까지 보듬어 내는 권오규 형제의 모습은 분명 인간에 대한 예의를 다하는 모습임에 틀림없다. 그리고 그 기저에는 존엄한 존재로서의 인간, 품격을 갖춘 존재로서의 인간의 모습이 자리하고 있음은 물론이다. 그들의 모습은 인간이란 어떠한 존재이어야 하는가에 대한 답이기도 하다. '나'와 사진기자가 방문한 그 날도 권오규는 얼마 전 출옥한, 몸이 아픈 또 다른 장기수를 돌보느라 그들과의 약속 시간에 맞추지 못했던 것이다. 그가 자신의 삶 속에서 보여 주는 인간에 대한 예의는, 90년대 데스크와 강선배로 드러나는 몰각과 몰염치에 자리를 내어주거나 그것들에 의해 가려져서는 안 되는, 모두가 의식하고 감당해야 하는, 존중받아야 마땅한 가치이며 의미이다.

하여 결국 '나'는 그 가치와 의미를 외면하지 못한다. 마침내, 이민자의 기사와 권오규의 기사를 놓고 갈등하던 '나'는 이제껏 그토록 막막하기만 하던 권오규 기사의 첫머리를 떠올리며 데스크를 향해 걷기 시작한다. "여기, 시대와 역사와 인간에 대한 예의를 지켰던 한 사람이 있다." 비로소 떠오른 권오규 관련 기사의 첫 문장이다. '나'는 그 첫 문장을 떠올리면서 권오규가 아닌 이민자를 권했던 데스크를 향해 나아가기 시작한 것이다. 분명 인터뷰를 할 때 이민자는 '나'에게 매력 있고 재미있는 시간을 마련해 주었고 그에 비해 권오규와 그의 동생은 지루하고 고리타분한 이야기만 들려주었다. 그러한 대비적 맥락은 비단 인터뷰 상황에서만이 아니라 그들의 삶에서도, 그들이 삶을 통해 드러내는 가치에서도 드러났다. 그렇게 두 사람은 여러 면에서 서로 다른, 너무도 대비적인 모습들을 보여 주지만, 그리하여 '나'의 마음 한편은 분명하게 이민자를 향하고, 시대는 이미자를 향하지만, 그렇다고 자신조차 권오규의 지난 삶을 잊을 수는 없다고 '나'는 판단한 것이다. 현재의 이민자가 마련해준 매력과 재미는 결국 과거의 권오규의 지루하고 고리타분한 삶에서 싹튼 것이다. 그러니 '나'가 권오규에 대한 미안한 마음을 지니고 그를 기억하는 것이, 더 나아가 그를 기리는 것이, 인간에 대한 예의를 선택하는 것이 마땅한 것이다.

작품 말미에 비유적인 사건 하나가 제시된다. '나'가 오늘 아침 척박한 땅에 뿌리를 내리고 파릇한 싹을 틔운 열무싹이 튼실히 자라도록 그 뿌리 곁에 먹다 남은 차 찌꺼기를 묻어 주었던 사건이 그것이다. '나'는 차 찌꺼기가 빨리 썩어 열무싹을 더욱 튼실히 자라게 해 주기를 바라면서 그것을 그곳에 묻었다. 이는 권오규의 차 찌꺼기 삶이 썩어야 이민자의 열무싹 같은 푸른 삶이 더 파릇하고 튼실할 것이며, 그러하기에 더욱 '나'는, 그리고 우리는 권오규의 차 찌꺼기 같은 삶을 기억하고 기려야 하는 것임에 대한 비유이다. 그것은 달리 '나'와 우리가 권오규에 대한 예의를, 나아가 인간에 대한 예의를 갖추어야 함에 대한 비유이다. 하여 '나'는 그 길의 첫걸음을 내디딘 것이다. 데스크를 향해 나선 것이다. 그렇다면 이제 우리는 그런 '나'를 바라보며, 개인주의와 자본주의의 가치가 확산되고, 때로 횡행하는 가운데, 그것이 주는 매력과 재미 앞에서 그것들이 정녕 파릇한 생명일 수 있는 길을 고민해 보아야 한다. 더불어 늘 우리가 인간에 대한 예의를 다하며 살아갈 수 있는 길을 물어야 한다.

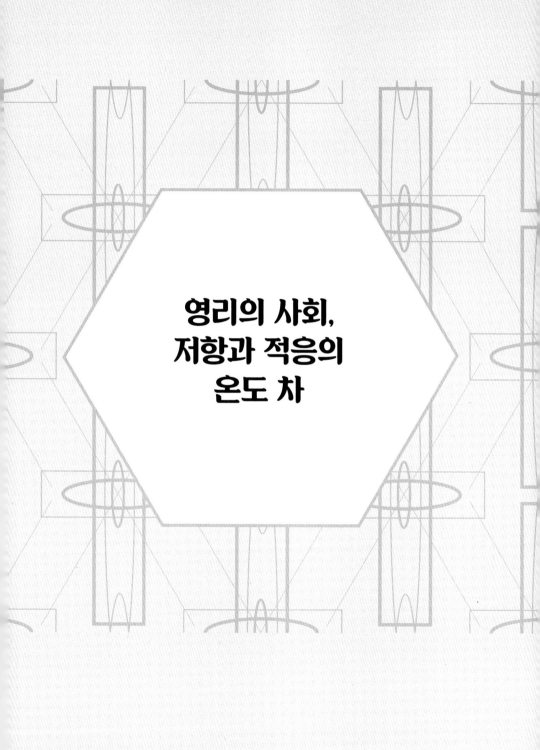

영리의 사회,
저항과 적응의
온도 차

# 김영하의 「삼국지라는 이름의 천국」*
- 가상 천국의 진실, 악마적 현실이 빚은 희망 없음의 세계

    김영하의 「삼국지라는 이름의 천국」은 1996년 겨울 『리뷰』에 발표된 작품이다. 이 작품은 다중 접속 온라인 롤 플레잉 게임이 유행하기 시작한 당시 대중문화 현상에 주목하고 그것을 활용하여 자본주의적 삶의 양식이 개인의 삶에 가해오는 위협의 심각성을 그리고 있다. 즉 당시의 시대적 지향이 사회적 차원의 거시적 담론에서 개인적 차원의 미시적 일상으로 이행되어 가는 상황에서 가시적으로 부상된 자본주의적 사회에서의 개인의 실존 위기와 곤혹스러움의 문제를 그리고 있는 것이다.

    작품이 그리고 있는 그러한 문제적 의식의 기저에는 80년대 저항의 시대에 투혼의 20대를 보낸 이들이 새롭게 도래한 90년대 자유주의적인 기류 속에서 느껴야 했던 충격과 그에 대한 저항 의식이 깔려 있다. 작품의 주인공 '그'는 자동차 회사의 영업 사원으로 살아가는 자신의 현실이 도대체 수용되지 않는 상황이다. 그곳은 인간의 기본적인 도의는 삭제되고 자본주의적 성취만이 유일한 가치로 작동하는 세상이다. '그'는 그러한 세상 속에서 부적응자가 되어 살아가면서 현실이 아닌, 현실 너머의 가상 세계로 도피를 감행한다. 그리고 그 속에서 제목이 시사하는 바 '천

---

* 김영하, 「삼국지라는 이름의 천국」, 『호출』, 문학동네, 2007.

국'을 꿈꾼다. 인간적 도의가 움틀 수 있는 세상을 꿈꾼다. 그렇다면 '그'
의 도피는 천국에 이를 수 있을까. 과연 그것이 가능할까. 결국 그것은 희
망 없음, 전망 부재의 현실을 더욱 깊게 의식하는 경로가 된다. 작품을 통
해 그의 절망의 행각을 살펴보고자 한다.


## 물신적 막장 세상과 자조적 고해의 세상, 도태와 절연

작품에서 주인공이 몸담고 있는 구체적인 현실 세계는 자동차 영업소
로 설정되어 있다. 그곳은 자본주의 체제에서 이윤을 실현하는 첨병적 세
계이다. 하여 그 세계는 소위 '인간적'이라고 하는 가치는 철저하게 배제
되고 실적과 이익만을 최우선으로 하는 자본주의 체제하의 물상화된 세
계이다. 이러한 세계상은 이윤 실현을 위해 영업 실적 올리기에 여념이 없
는, 자본주의 논리에 충실을 기하며 그것을 자기 삶의 원리로 체화시킨 인
물들이 중심적인 존재로 자리하고 있는 것에서 분명하게 확인된다. 그들
은 자본주의 체제의 최전선으로 생산에 대한 실제적 이익을 실현하는 영
업 부분에서 탁월한 능력을 발휘하는, 영업 이익을 위해서는 '인간다움'
과 같은 가치들은 전적으로 내려놓은 인물들로 특징화된다.

작품에서 우선적으로 그 대표적인 인물이 지점장이다. 그는 사회적 혼
란기인, 그리하여 많은 젊은이들이 희생의 자리로 들어섰던 80년대 초에
개인의 일신을 위한 길을 택해 회사에 입사해서, 강남지역에서 판매왕이
될 만큼 영업 부분에서 탁월한 역량을 발휘하며 회사 내에서 자신의 입지
를 다져온 인물이다. 주로 실적이 부진한 영업소들을 돌며 실적을 끌어올
리는 일에 열을 다하는, 실적을 위해서는 물불을 가리지 않는 전형적인 영
업 매니저이다. 그는 실석이 부진한 주인공에게 막말로 채근과 닦달을 서

습지 않는다. 또 다른 대표적 인물은 김상근이다. 주인공의 고등학교 선배이기도 한 그는 타고난 영업사원의 면모를 지닌, 몹시 몰염치한 인물이다. 일례로 그는 주인공이 지난 2주 동안 차를 팔기 위해 공을 들였던 택시운전사를 가로채서 그 운전사에게 차를 팔아 자신의 실적을 올린다. 주인공이 실적을 올릴 기회를 가로챈 것이다. 그러면서도 지점장에게 실적이 부진하다고 호된 수모를 당한 주인공에게 자판기 커피를 내밀며 주인공을 위로하는 척하는 뻔뻔한 인물이다. 이렇게 물신적 가치를 추종하며 그것으로 우위를 점해가는 이들이 중심에 자리하는 세상이 주인공이 몸담은 세상인 것이다.

주인공은 그러한 세상 속에서 그다지 유능하지 못한 모습으로 매일의 일상을 버텨내고 있다. 지점장의 막말 채근과 닦달, 학교 선배이기조차 한 동료의 몰염치한 배신과 강탈 등이 자행되는 세계에서 무력하고 무능력한 영업사원으로 살아 내고 있는 것이다. 그는 영업이 "아는 사람 파먹는 장사라고 하지만 그렇게 살고 싶지는 않"다고 생각한다. 그는 분명 영업사원으로서는 부적합한 인물이다. 염치를 거두고 영리를 취해야 하는 자본주의 사회에 부적합한 인물이다. 하여 그는 김상근의 몰염치한 행위에 대해서도 적극적으로 대응하지 않는다. 그저 마음 속으로 "그래 잘 먹고 잘 살아라. 아무리 못 벌어도 너처럼 후배 실적까지 빼앗으면서 살고 싶지는 않다."라고 내지르거나, 혹은 "될 대로 되라지. 어차피 너나 나나 막장 인생이다."라고 자포자기적인 냉소의 심정을 토로할 뿐이다. 그러면서 그는 그저 한 달에 한 대를 팔면 잘리지는 않는, 기본급에서 10만 원만 손해를 보면 되는 자본주의 사회의 최저 문턱에 자신을 걸쳐 놓을 뿐이다. 그에게 자본주의적 삶에 부합하는 희망이나 비전이나 욕망은 없다. 이는 결국 그가 치열한 자본주의 사회 속에서 도태되어 가고 있는 인물임을 의미한다.

그런 주인공에게 외면하고 싶은, 더 나아가 절연하고 싶은 또 하나의 세상이 있다. 작품에서 그것은 그가 대학 동창으로부터 걸려온 전화를 받는 과정에서 드러난다. 그와, 전화를 걸어온 대학 동창은 1980년대 학생운동으로 20대를 보낸 인물들이다. 하여 두 사람이 함께 인연을 공유하는 사람들 또한 그런 이력을 지닌 사람들이다. 그들은 대개 현재의 변화된 세상에 자신들을 끼워 맞추어 90년대 식의 삶을 살아가고 있었다. 단적으로 노동자와 농민의 해방을 부르짖던 사회주의적인 가치를 포기하고 자유주의적 경쟁의 가치를 지향하는 자본주의 체제에 편승하여 살아가고 있었다. 그러면서도 그들은 여전히 변화된 세상에 대한 자신들의 편입을 변절이라 의식하고 죄의식과 부끄러움을 지닌 채 술로 자신들을 위로하며 자신들의 변절을 고해성사하듯 되뇌이며 살아가고 있었다. 그들의 그러한 모습은 결국 주인공 자신의 모습이기도 하다.

그런데 주인공은 그들의 열패적 모습이 마뜩잖다. 그는 과거의 뜻을 지키지도 못하고 현재의 가치에 충실하지도, 저항하지도 못한 채 어정쩡하게 살아가는 그들의 모습에 환멸감을 느낀다. 그리하여 주인공은 그들과의 인연이 끊기지 않는 것이 피곤할 뿐이다. 전화를 걸어온 대학 동창이 그들과의 만남의 자리에 자신을 참여시키려고 집요하게 구는 것에 그는 넌더리를 낸다. 그런데 대학 동창의 그 집요함은 과거의 삶과 의식으로부터 벗어나는 것이, 나아가 지금의 열패감으로부터의 벗어나는 것이 그렇게 쉽지 않음을 시사한다. 앞에서 살핀 것처럼 주인공이 유능한 영업사원이지 못하고, 자본주의 가치에 충실하지 못한 것도 그러한 상황들과 무관하지 않다. 그러나 그렇다 하더라도 그는 분명 그 집요한 인연의 세계로부터의 절연을 욕망한다. 그 무력함과 열패감으로부터 벗어나기를 욕망한다.

## 현실 회피와 현실 창조의 욕망, 그리고 가상 세계

앞의 논의에 비추어 볼 때 주인공은 자신을 둘러싼 그 어느 세계에서도 자족적인 자신의 삶의 자리를 마련하지 못하고 있다. 그는 물신적 가치를 삶의 원리로 삼아 살아가는 이들의 세계에 냉소를 보내며 도태되어 가거나, 과거의 의식에 매여 열패감을 끌어안고 현재를 살아가는 이들의 세계와의 절연을 욕망할 뿐, 그 어느 세계에서도 자기 안주의 자리를 마련하지 못하고 있는 것이다. 그런 주인공에게 새롭게 열린 세계가 가상 세계이다. 그리하여 주인공은 그 가상 세계에 빠져들어 다중 접속 온라인 롤 플레잉 게임인 <삼국지> 게임을 일상으로 삼아 살아간다. 그런 만큼 그에게 실재의 일상은 즉 현실 세계는 뒷전이 된다. 그의 <삼국지> 게임에 대한 몰입은 탐닉의 수준을 넘어 중독의 수준이다. 그는 분명 현실 회피에 들어선 것이다.

작품에서 주인공이 얼마나 게임에 몰입하여 살아가는지는 쉽게 확인된다. 그는 게임으로 일상을 채우다시피 하며 살아간다. 거의 폐인 같은 삶을 살아 간다. 그는 밤새워 게임을 하다가 수면 부족의 까칠하고 부스스한 모습 그대로 출근에 나서고, 거울 속에 비친 자신의 모습도 낯설게 느낀다. 출근길에서의 그의 의식은 게임 속 세상을 헤맨다. 사무실에 도착해서 보면 이미 출근 시간은 지나 있다. 출근하여 지점장한테 지독한 채근을 당하지만 그는 이내 외근을 핑계로 사무실을 나와 다시 집으로 돌아와 게임을 한다. 방에는 담뱃갑이, 맥주병이, 세탁물이 널브러져 있다. 게임상의 경고음과 현실의 전화벨을 구분하지 못한다. 주인공의 이러한 모습들은 <삼국지> 게임을 도피처로 삼아, 현실적 일상으로부터 이탈하고자 하는 강한 욕망의 표현이다. 그가 게임 세계 안의 광활한 중원과 현실 세계의 자신의 초라한 방안을 대비적으로 의식하는 것은 현실 세계와 <삼국

지> 게임을 대하는 그의 마음 상태를 짐작하게 한다. 결국 그는 물신 숭배의 전쟁에 충실한 이들로부터, 혹은 그러한 현실에 대한 그 어떠한 방어력이나 저항력도 갖지 못한 이들로부터, 달리 환멸스러운 세계로부터 도피하여서 <삼국지> 게임이라는 가상 세계에 몰입해 들어가는, 현실 도피의 길로 치닫고 있는 것이다.

사실 그가 택한 <삼국지> 게임이라는 가상 세계가 현실 도피처일 뿐 인생 출구가 아닌 것은 너무 자명하다. 게임에 몰입하는 그의 폐허화된 일상이 그를 충분히 증명한다. 그럼에도 그가 그 세계에 빠져들어 굳이 그 세계에서 헤어나오기를 애쓰지 않는 것은 그 세계가 지닌 일말의 '기미' 때문이다. 가상 세계란 현실 세계를 있는 그대로 옮겨 놓은 듯 현실을 재현할 수도 있는 중에 더 나아가서는 현실을 넘어선 새로운 세상을 창조할 수도 있을 듯한 곳이다. 그곳은 분명 현실적 제약성을 뛰어넘어 새로운 세상을 꾸려볼 수 있는, 그러한 가능성을 지닌 세상이기도 하다. 그리하여 주인공은 바로 그러한 세상을 찾아들어, 환멸적인 현실을 넘어선, 어쩌면 가상 세상에서는 이룰 수도 있을 듯한 새로운 세상을 시도해 보고자 하는 것이다.

주인공이 빠져든 <삼국지> 게임은 중국의 고전소설 『삼국지연의』를 저본으로 하고 있다. 그것은 『삼국지연의』의 내용대로 중국의 삼국시대를 배경으로 위·촉·오, 삼국의 군주들이, 즉 위나라의 조조, 촉나라의 유비, 오나라의 손권이 패권을 놓고 서로 복잡한 전략적 관계를 형성하며 전쟁을 벌이도록 구성되어 있다. 따라서 게이머가 조조나 유비나 손권 중에 누군가를 택해서 자신이 그 역할을 하면서 전쟁을 치르고 영토를 확장하고 패권을 장악해 갈 수 있다. 이때 게이머는 기본적으로 세팅된 프로그램을 바탕으로 하면서도 그 안에서 자신의 취향이나 관심, 실력 등에 따라 자신만의 전략을 세워 게임에 임할 수 있다. 달리 말해 게이머가 가상의 게임 세계 안에서 자신의 의지와 능력에 따라 자신이 뜻하는 세계를 성취할 수 있는 것이다. 보다 적극적으로 게이머가 하나의 세상을 창조할 수 있는 것이다. 주인공이 <삼국지> 게임에 빠진 이유도 이러한 국면과 무관하지 않다. 앞에서 살폈듯이, 그는 현실 세계에서 자신의 뜻을 펼치는 것은 고사하고 자신의 기본적인 존재 가치조차 확보하지 못한 인물이다. 그렇기에 그는 <삼국지> 게임에 빠져서 가상의 게임 세계 안에서 자신의 뜻과 의지에 따라 새로운 세상을 창조할 수 있는 일말의 '기미'를 누리고자 한 것이다.

그렇다면 그는 그 일말의 기미로나마 어떤 세상을 창조하고 싶었던 것일까. 이는 그가 운영하는 게임의 내용을 통해 시사된다. 그가 게임을 운용하는 데 있어 두드러지는 특징 하나는 그가 게임에서 늘 어진 군주로 평가되는 유비를 택한다는 것이다. 이러한 그의 선택은 물신적 가치가 지배하는 세상에서 벗어나 인간을 향하고자 하는 그의 지향적 의식을 시사한다. 또 하나의 특징은 그가 유비를 내세워 전쟁 게임을 진행하는 중에 도원결의의 의식을 놓치 못한다는 점이다. 유비와 관우와 장비가 복숭아밭에서 평생 의를 함께하기로 결의했던, 그 도원결의에 대한 의식을 놓지 못하는 것이다. 그는 게임상에서 관우가 조조의 군사에게 생포되고, 후에 적의 장수가 되어 유비의 군사를 공격하기 위해 나타나자, 그러한 상황들을 수용하지 못하고 지속적으로 관우를 설득하거나 생포해서 되찾아 오고자 한다. 그는 그렇게 생사가 갈리는, 삶의 가장 치열한 현장인 전장에서 어짊과 의를 의식하는, 도의를 의식하는, 달리 인간을 의식하는 게임을 진행한다. 게임의, 그것도 전쟁 게임의 지상 목표는 승리이다. 그럼에도 주인공은 냉혈적인 승부사의 기질을 발휘하기보다는 도의적인 문제를, 인간다움의 문제를 의식한다. 그는 물신을 향한 전쟁 같은 현실에서 벗어나, 인간이 살아 숨 쉬는 세상을 만들고 싶었던 것이다.

## 가상 현실의 배반

작품에서 주인공이 <삼국지> 게임의 가상 세계를 향해 투영하고 있는 인간을 향한 의식은 그 선의적인 의의에도 불구하고 실현되지 못한다. 가상 세계가 지닌 일말의 기미마저 실현되지 못하는 것이다. 앞에서 언급한 대로 게임의 가상 세계에서는 주인공이 원하는 무엇인가를 이룰 수 있을 듯하지만, 하여 새로운 세계의 창조가 가능할 듯하지만, 정작 그곳에서는 게임의 원천적 속성을 넘어설 수 없다. 게임은 명료한 규칙을 토대로 전략을 통해 승리를 취하는 것이 그것의 원천적인 속성이다. <삼국지> 게임은 전쟁을 소재로 하는 까닭에 그러한 속성은 더욱 분명하다. 그것의 방향은 분명 승리를 향한다. 하여 <삼국지> 게임은 승리를 위한 매뉴얼을 마련하고 있다. 게이머가 그것에 충실할 때 승리가 가능해진다. 그것의 매뉴얼은 천하통일을 위해서는, 즉 승리를 위해서는 조조나 손권을 택할 것을 권한다. 그리고 전쟁에서 승리하기 위해 필요한 요소들로 지력, 전투력, 카리스마를 설정하고 그것들을 장수들 별로 수치로 명료화한다. 따라서 그러한 매뉴얼을 따라 게임을 운용하는 게이머가 승리의 확률을 높일 수 있다. 결국 게임의 가상 세계가 허락하는 새로운 세계의 창조 가능성은 바로 그 매뉴얼의 영역 안에 있는 셈이다. 제시된 매뉴얼을 충실하게 운용하는 범주 안에서 창조 가능성이 열릴 수 있는 것이다.

그런데 주인공은 그 매뉴얼을 충실히 따르지 않는다. 그는 늘 매뉴얼의 지침과 무관하게 유비를 택했고, 매뉴얼이 설정하고 있는 전쟁 수행 능력 지표들과는 무관한 도원결의를 의식한다. 그는 게임에 임하면서도 매뉴얼이 의도하는 승리의 원칙을 따르지 않는 것이다. 앞서 살핀 대로 그는, 영업이 아는 사람 파먹는 장사라고는 하지만 그렇게는 살고 싶지 않은 인물이고, 아무리 못 벌어도 후배 실적까지 빼앗으면서 살고 싶지는 않은 인물이다. 그는 애당초 승리를 향한 의식이 체화된 인물이 아닌 것이다. 그러하기에 그는 현실의 전쟁에서 도피해 <삼국지> 게임의 가상 세계로 온 것이고, 그 도피의 세계에서도 승리의 원리를 외면한 것이다. 그러나 그가 도피해온 게임의 가상 세계 역시 승리의 원리를 근원적으로 내재화하고 있는 세계이다. 때문에 그는 그곳에서 자신이 지향하는, 인간을 향하는 세계의 창조에 이르지 못하는 것이다.

이러한 일련의 상황은 게임으로 표상되는 가상 세계 역시 현실 세계의 원리에 지배되는 세계임을 시사한다. 그 세계 역시 현실을 초월한 세계가 아닌, 현실 안의 세계임을 시사하는 것이다. 이는 가상 세계 역시 현실 세계가 빚어낸 세계인 까닭이다. 그리고 이는 현실 세계는 결코 넘어설 수 없는 강고함을 지닌 세계임을 의미한다.

> 유비를 선택하게 되면 어려움이 많다. 유비는 전투력도 손권이나 조조보다 약할 뿐더러 지력도 떨어진다. 숱한 어려움을 겪는 동안 관우와 장비는 언제나 함께 있어주었다. 지난 형주성 전투에서 관우를 잃기 전까지는 말이다. 그 관우가 이제는 조조의 편이 되어 그를 공격하러 온 것이다. 그는 다시 관우의 신상명세를 불러본다. 현재 관우의 지력은 98, 전투력 99, 카리스마는 99이다. 게임의 모든 장수의 능력은 이 세 가지 척도로 표현된다. 도원결의 따위는 입력되지 않는다. 그는 마지막 희망을 걸고 관우에게 귀순 의사를 타진해본다. 결과는 거절이다. 이제는 싸우는 수밖에는 없다. 그러면서도 마음 한구석에 이는 분노와 서운함은 어쩔 수 없다. (190쪽)

위 인용문은 게임상 지난 전투에서 부상을 입고 적장에게 생포되었던 관우가 조조의 장수가 되어 자신을 공격해오자, 그러한 관우를 두고 유비가 취하는 행동과 의식하는 마음이다. 그리고 그것은 결국 유비로 대리화된 주인공의 생각들이다. 게임의 매뉴얼에 충실한 관우와 달리 도원결의의 의식을 놓지 못하여 적장이 된 관우를 포기하지 못하고 그에게 귀순을 설득하고, 그를 거절하자 분노하는 유비에 기댄 주인공의 의식을 볼 수 있다. 결국 그는 이후의 전투에서 게임의 정석대로 전쟁에 임하는 것이 아니라, 관우를 다시 생포해서 자신의 사람으로 만들리라는 도의적 감정에 매달리다가 전쟁에서 패하고 만다. 승리를 위한 매뉴얼의 지침에 담긴 냉철함을 따르지 않은 결과이다. 승리 그 자체를 유일 목적으로 향하는 게임의 원칙에 충실하지 못하고 자신의 도의적 지향성에 매달린 그에게 패배는 필연적 결과이다. 가상 세계의 원리 역시 냉혈적인 현실 세계의 원리가 빚어낸 결과물인 까닭이다. 그것은 분명 가상 현실의 배반이며, 넘어설 수 없는 현실의 강고함의 표현이다.


## 현실 귀환, 죽음의 세계로

주인공이 승리를 의식하지 않은 것은 아니다. 그가 <삼국지> 게임에 몰입하는 것은 가상 세계가 지닌 일말의 기미에 기대어서나마 새로운 세계를 창조하고자 하는 욕망 때문일 때, 그것은 현실적으로 승리를 통해서만 가능하다. 하여 그도 승리를 의도하고 계획한다. 단 그 의도와 계획이 현실 세계의 논리가 빚은 가상 세계의 승리 준칙에 부합하지 않을 뿐이다. 어쨌든 주인공 역시 게임에서 이길 수 있는 그 나름의 합리적인 전략을 모색한다.

그런데 이미 가상 세계의 원칙조차 장악하고 있는 현실 세계의 힘은 그의 자율적인 기획과 운용의 기회조차 허락하지 않는다. 그의 합리적인 전략의 모색과 실현조차 허락하지 않는 것이다. 주인공이 게임상에서 지난 전쟁의 패배를 수습하고 다시 힘을 회복하여 전장에 나설 합리적인 전략을 세우는 중에 지점장에게 전화가 걸려온다. 지점장이 아침에 사무실에 출근했던 주인공이 영업을 위해 외근을 하고 있는 것이 아니라 집에 '처박혀' 있으리라 짐작한 때문이다. 그리고 그것이 사실로 확인되자 지점장은 그를 향해 막무가내로 욕을 해대며, 식사를 하기 위해 잠시 집에 들른 것이라는 주인공의 변명에 삼시 세끼를 다 집에서 먹게 해주는 수가 있다고 위협한다. 그 도피의 가상 세계에까지 현실 세계의 위력이 작동해 들어오고 있는 셈이다. 주인공이 어찌해도 현실의 위력에서 벗어날 수 없음이 확인된다.

전화를 끊은 주인공은 그 막강한 현실의 위력 앞에서 이제까지 승리를 위해 자신이 세웠던 합리적인 모든 계획을 뒤엎고 게임 안에서 자포자기적인 공격을 감행한다. 우선적으로 그는 게임상에서 지점장과 오버랩되는 위연에 대한 총공격을 휘하의 장수들에게 명령한다. 아침에 출근했을 때 지점장에게 호된 채근을 당하면서 지점장의 뒤통수가 배반을 밥 먹듯이 하는, 반역자의 골상을 지닌 위연의 골상을 닮았다고 의식했었던 그는 게임 안에서 위연을 지점상 삼아 그에 대한 분노를 폭발시키는 것이다. 결국 가상 세계와 현실 세계가 오버랩되어 하나가 된 셈이다.

이미 산동성의 영주는 관우로 바뀌어 있었다. 산동성으로 다가가는 도중에 가장 먼저 맞닥뜨린 장수는 위연. 그는 조자룡과 여포로 하여금 단번에 총공격으로 위연을 공격토록 하였다. 이 개새끼. 배신자. 반골. 삐리리릭. 격렬한 비프음이 컴퓨터에서 울려나오고 있었지만 그는 그 소리를 듣지 못했다. 위연. 뒤통수가 갈라진 채 튀어나온 자. 힘만 세고 머리는 없는 놈. 차 못 파는 게 어째서

내 죄냐? 차만 좋아봐라. 길 가는 거지에게도 할부로 팔 수 있어. 내가 너에게 전생에 무슨 그리 큰 죄를 지었길래 날 그리 못살게 구는 거야? 이놈의 막장 인생이 나도 지긋지긋해. 이 사디스트 자식아.

(202-203쪽)

현실을 피해 찾아든 <삼국지> 게임의 가상 세계, 그곳까지도 현실 세계의 힘이 뻗어오면서 그는 더 이상 현실로부터 분리되지 못한 채 현실의 격랑에 휘둘린다. 위연에 대한, 달리 지점장에 대한 분노의 폭발로 시작된 게임상의 전쟁은 그의 무모한 지휘로 명약관화하게 패배를 향해 치닫는다. 마침내 그는, 달리 게임상의 유비는 모든 것을 잃고 죽음에 이르고 만다.

결국 게임 속에서나마, 즉 가상 세계에서나마 새로운 세계를 창조해 보고자 했던 그의 일말의 욕망은, 넘어설 수 없는 강고한 현실의 위력 앞에서 무너져내린 것이다. 가상 세계는 일말의 대안일 수조차 없었던 것이다. 그곳은 또 다른 막장인생의 판이었을 뿐이다. 지점장과 위연의 오버랩은 분명 그에 대한 명시적 증거이다. <삼국지>라는 게임의 세상은 물신의 전장과 같은 현실에 대한 대안의 장이거나 하다못해 회피처이거나 한 것이 아니라 오히려 더 명료하게 냉혈적인 전장의 현실을 투사하고 있는 세상이었다.

싸움은 끝났다. 모니터는 황혼이 지는 무렵, 망나니에 의해 목이 떨어지는 유비의 모습을 삼차원 그래픽으로 보여준다. 그는 한동안 그 모니터를 망연히 바라본다. 그러고는 고리 모양으로 걸려 있는 넥타이를 꺼내 목에 건다. 그리고 천천히, 아주 천천히 목을 조인다. 때 묻은 셔츠의 깃이 그의 목에 완전히 밀착할 때까지. 그런 후에 그는 컴퓨터의 전원을 끄고 자신의 방을 한번 둘러본다.

그는 언제나처럼 마을버스를 타고 고개를 얼마간 숙인 채 다시 영업소로 돌아간다. 그가 이미 죽여버린 위연에게로.
장마철인데도 여전히 비는 내리지 않고 그의 게임도 계속된다, 언제까지나. (205쪽)

이제 주인공에게 더 이상의 길은 없다. 일말의 기미에 기대어 현실 도 피처로 삼았던 <삼국지> 게임의 가상 세계조차도 이제는 사라져 버린 셈 이다. 그곳 역시 또 다른 형태의 현실 세계임이 증명된 까닭이다. 현실 세 계로부터의 이탈에 대한 그의 일말의 욕망이 투사되었던 유비가 망나니 에 의해 죽음을 맞이한 것은 이제는 그 욕망조차 꿈꿀 수 없는 지경이 되 었음을 의미한다. 그러니 이제 그는 현실 세계로 돌아갈 수밖에 없다. 그 런데 그곳은 그에게 가상 세계의 상실 이전보다 더 혹독한 모습으로 다가 온다. 주인공에게 그곳은 죽음의 세상으로 의식된다. 다시 영업소로 찾아 들어야 하는 주인공이나 영업소에서 분노로 주인공을 맞을 지점장이나 모두 이미 죽음의 이미지를 동반한 존재들이다. 주인공은 망나니에 의해 목이 떨어진 유비인 것이고 지점정은 유비에 의해 죽임을 당한 위연인 것 이다. 그러니 그 죽음의 존재들이 살아내야 하는 세상은 당연히 죽음의 세 상이다. 현실 세상은 삶의 현장이 아닌, 죽음의 세상인 것이다. 주인공이 고리 모양의 넥타이를 목에 걸고 조이는 모습은 또 다른 형식의 죽음의 이미지를 연상시키며 주인공이 향해 가야 하는 현실 세상에 대한 전망을 더욱 어둡게 한다.

그렇다면 이런 중에라도 즉 죽음의 무게가 더해져 가고 있는 이런 중 에라도 혹여 죽음에서 벗어날 수 있는 가능성이 마련될 수 있을까. 앞서 인용문 마지막 부분, "장마철인데도 여전히 비는 내리지 않고 그의 게임도 계속된다, 언제까지나."는 이 작품의 마지막 내용이다. 이미 <삼국지> 게임의 가상 세계는 대안적 세상이 아니며, 그것은 현실 도피처이지조차 못했음이 드러난 상황에서, 그럼에도 그의 게임은 언제까지나 계속된다는 서술은 더 혹독한 절망의 깊이를 전한다. 이미 길이 아님이 여실해진 그 길을 그가 여전히 부여잡은 채 언제까지나 이어간다는 사실은 길 없음의, 전망 없음의 극한적 표현이다. 장마철인데도 비가 오지 않는 후텁지근한 기운의 숨막힘은 차라리 견딜만한 세상일 듯싶다. 삼국지라는 이름의 천국, 길이 아닌 그 세계가 천국이라면, 길이 아닌 그 세계를 향하게 하는 현실 세계는 얼마만큼이나 혹독한 세상일 것인지. 새롭게 들어선 1990년대의 현실은 작품의 주인공에게 지독한 물신의 세계로, 혹독한 현실로, 죽음의 세계로 다가선 것이다.

# 장류진의 「일의 기쁨과 슬픔」<sup>*</sup>
- 자본주의적 질서에 대한 체념적 수용과 '소확행'의 일상

「일의 기쁨과 슬픔」은 2018년 가을 『창작과 비평』에 발표된 작품으로 장류진 작가의 등단작이기도 하다. 작품은 판교 테크노밸리에 위치한 중고 거래 앱을 만드는 스타트업 회사를 주된 배경으로 삼아 첨단화된 현대 사회에서의 직장인의 일상을 다룬다. 작품은 발표될 당시 많은 직장인들의 공감을 얻었고, 또 사회적으로도 큰 반향을 불러일으켰다. 이 작품의 주인공 안나는 세계에 대한 강한 저항선을 지니고 깊은 고뇌와 우울에 빠져 있곤 하는, 현대소설의 많은 문제적 주인공들과는 거리가 있다. 자기가 몸담은 세계에 대한 인정과 수용, 그리고 그 안에서의 자기 삶의 모색이 주인공 안나가 보여 주는 모습이다. 거기에는 자본주의적 세계 질서에 대한 체념의 정서가 자리하고 있다.

작품 안에서 자본주의적 세계는 개인이 저항조차 꿈꾸지 않을 만큼 견고한 지배력을 지니고 일상에 깊게 스며 있다. 그러한 세계 안에서의 주인공 안나의 삶과 의식은 비극적이지 않다. 그녀는 자신이 몸담고 있는 세계를 있는 그대로 인정하고 수용한다. 그렇다고 그 세계와 적극적인 합일을 지향하지도 않는다. 오히려 그녀는 세계로부터의 적당한 분리를 지향한

---

<sup>*</sup> 장류진, 「일의 기쁨과 슬픔」, 『일의 기쁨과 슬픔』, 창비, 2019.

다. 그리고 그러한 분리를 토대로 보다 충일한 자기를 지향한다. 삶의 질
서와 체제로서 안정화된 자본주의적 양식을 그대로 인정하고 수용하면서
그 안에서 자신은 개별적이고 독립적인, 그리고 자족적인 자기 삶의 자리
를 마련하고자 하는 것이다.

제목 '일의 기쁨과 슬픔'은 일을 매개로 자아와 세계의 접점을 마련해
가는 삶의 기본적인 패턴이 우리의 기쁨이기도 하고 슬픔이기도 함을 의
식하게 한다. 그리고 그것은 작중 인물 안나가 세계와 맺고 있는 관계의
이중성에 대한 시사이다. 더불어 그러한 안나의 모습은 첨단화된 현대 사
회에서의 새로운 자아상을 보여 준다. 물론 그것이 발전이라고 이야기하
기는 어려울 수 있다. 안나가 새로이 드러내고 있는 자아상은 앞서 언급한
대로 세계에 대한 체념적 정서를 동반하고 있기 때문이다. 어떠하든 그녀
가 보여 주는 일의 기쁨과 슬픔의 실체와 그것들을 통해 빚어지는 그녀의
새로운 자아상에 주목해 보고자 한다. 그녀가 보여 주는 새로운 자아상은
현재의 우리를 반영하고 있는 까닭이다.


## 자본주의 사회와 노동의 가치

작품에서 이야기의 주요 공간은 스마트폰의 위치를 기반으로 중고 물
품을 거래할 수 있는 앱을 만드는 스타트업 회사이다. 회사 이름은 우동마
켓이고, 이 회사가 위치한 곳은 판교 테크노밸리이다. 그곳은 마치 공상과
학 영화에서 본 "비정한 우주도시"와 같은 느낌을 주는, 지나치게 미래적
으로 지어진 건물들이 늘어서 있는 세계이다. 대단히 첨단적인 분위기의
세계인 것이다. 그렇다고 그 세계가 기존 세계의 틀로부터 빗겨나 있거나
벗어나 있는 것은 아니다. 그 세계는 여전히 자본주의 체제의 틀 안에서

오히려 그것의 심화를 구현하고 있다.

그러한 상황을 전제로 일반적인 관점에서 자본주의 경제 사회의 특징을 이전의 농촌 경제 사회와 비교해 본다면, 그것의 가장 큰 특징은 생산과 노동의 분리이다. 노동자는 생산에 참여하지만 그 생산물은 노동자의 것이 아니다. 그것은 자본가의 이윤을 위한 상품이 된다. 따라서 노동자는 생산물로부터 소외되어 있다. 하여 노동자는 생산물과 거리를 취할 수밖에 없다. 극단적으로 말하면 노동자에게는 생산의 잉여가 의미가 없다. 그 잉여는 자본가의 몫일 뿐이다. 또 자본주의 사회에서는 이미 노동자의 노동 역시 상품화된 상태이므로 노동의 가치 그 자체는 그다지 의미가 없다. 노동자는 오직 상품화된 자신의 노동력의 가격에 관심을 가질 뿐이다. 노동의 가치와 관련하여서 자본가의 입장도 크게 다르지 않다. 자본가에게도 노동 가치의 숭엄함보다는 상품에 의한 이윤 확대가 더 중요하다. 극단적으로 말하면 그렇다는 것이다. 어쨌든 그것은 분명 자본주의 사회의 근간이다. 그리하여 자본주의 사회에서는 노동과 존재의 분리가 강화되고 노동을 통한 자기 실현의 의미는 약화된다. 이는 당연히 노동력의 상품화를 통한 존재의 상품화가 심화되는 상황으로 나아간다. 작품이 그리고 있는 세계는 여전히 그러한 고전적인 자본주의 논리가 지배하는 곳이다.

작품에서 우선적으로 드러나는 자본주의 사회의 특징은 자본가와 노동자 간의 권력 구조에 기반한 계층적 위계이다. 우동마켓은 직원이 채 열 명도 안 되는 소규모 스타트업 회사이다. 중고 물품 거래 앱을 개발하고 운영하는 스타트업 회사답게 회사 운용의 효율성을 높이기 위해 프로젝트 관리 기법으로 스크럼 회의를 진행한다. 그것은 서로의 작업 상황을 최소 단위로 공유하면서 일을 효율적으로 진행하기 위한 방식으로 15분 이내로 진행되어야 하는 회의 방식이다. 하지만 회사의 박 대표는 그것을 조회처럼 인식하고, 의도의 불순함의 여부를 떠나서 그것을 경영자로서의 권력 행사의 기회로 사용하는 결과를 빚는다. 또 우동마켓은 회사 내에서 수평적인 업무 환경을 위해 영어 이름을 사용하는데, 직원들은 누구도 박 대표를 그의 영어 이름인 데이빗이라 부르지 못한다. 직원들은 자연스럽게 그를 데이빗께서로 호칭한다. 자본가와 노동자 간의 권력적 구조는 일상적 차원에서조차도 해체되기 어려운 문제인 것이다.

자본가와 노동자 간의 권력 구조에 기반한 계층적 위계의 문제를 보다 극단적으로 보여 주는 사건이 우동마켓의 어뷰저로 의심되다가 결국은 충성 고객으로 확인되는 이지혜의 저간의 사정 이야기이다. 이지혜가 다니는 유비카드사의 조운범 회장은 클래식 마니아이면서 인스타그램의 셀럽이다. 그런데 어느날 그의 팔로워들이 그에게 러시아 연주자 루보프 스미르노바의 내한 공연을 성사시켜달라고 청한다. 그러자 조운범 회장은 회사의 공연기획팀 소속이었던 이지혜에게 특진까지 약속하며 공연을 성사시키라고 지시한다. 회장의 지시를 받은 이지혜는 러시아를 오가며 열심을 다해 루보프 스미르노바의 내한 공연을 성사시킨다. 그런데 그 공연 소식을 대외적으로 공지하는 과정에서 이지혜는 기존의 회사 관례에 따라 루보프 스미르노바의 공연 소식을 회사 홈페이지에 올리는데, 루보프 스미르노바의 공연 소식을 자신의 인스타그램에 먼저 올리려 했던 회장이 그 사실을 알고 분노하여 결국 이지혜는 다른 팀으로 옮기게 된다. 그리고 나중에는 월급을 일 년간 포인트로 받게 되는 수모까지 겪는다. 이지혜는 월급이 포인트로 들어온 것을 확인하게 된 순간 "심장께의 무언가가 발밑의 어딘가로 곤두박질쳐지는 것만 같은 모멸감을 느꼈다"고 전한다. 이지혜의 그 느낌은 실존의 흔들림이다. 회사의 운영 시스템이 회장 개인의 의중에 따라 좌우되고, 더하여 회장의 감정에 따라 직원의 처우조차, 하여 그 실존조차 좌우되는 부조리한 상황이 버젓하게 자행된 것이다. 그런데 더욱 문제적인 것은 유비카드사 내에는 이지혜기 겪은 그 황당한 에피소

드가 반년 정도 회자될 작은 규모의 사건이고, 그 밖에도 일 년, 오 년 혹은 십 년 간이나 회자될 만한 사건들도 많다는 것이다. 이는 자본주의적 체제 안에서 계층적 권력 구조의 위계가 얼마나 강력한지를 짐작하게 한다.

작품에서 드러나는 또 하나의 자본주의 사회의 특징은 일과 자아의 분리, 나아가 노동의 상품화에 대한 체화와 수용이다. 안나를 주인공으로 하는 작품에서 안나가 다니는 우동마켓 회사는 대표나 이사는 물론 모든 직원들이 영어 이름을 사용한다. 이유는 일터에서의 자아와 일상에서의 자아를 분리하여 일의 효율성을 기하기 위해서이다. 일터에서의 자아와 일상에서의 자아 간의 분리가 명시적으로 의도되고 있는 것이다. 그러한 분리 의식은 다음과 같은 케빈을 향한 안나의 의식 속에서 일차적으로 확인된다.

> 대체 그렇게 똘똘하다는 케빈이 왜 이 회사에 왔는지 궁금한 적이 있다. 대표가 입버릇처럼 하는 말이 '연봉은 광고 붙이고 나면 그때부터 잘 챙겨주겠다'여서 돈으로 유인한 것도 아닐텐데, 싶었다. 의외로 대표가 케빈에게 내민 카드는 '개발적으로 하고 싶은 거 다 하게 해주겠다'였다고. 겨우 그런 말로 설득을 한 것도 신기했지만, 고작 그런 말로 설득이 된다는 것도 놀라웠다. 그래서 케빈은 지금 '개발적으로' 하고 싶은 걸 다 하고 있나 모르겠다. 매일 나오는 버그 잡기 바쁜 것 같은데. (54쪽)

위 인용문에서 안나의 의식을 통해 드러나는 케빈의 노동에 대한 태도는 노동의 가치에 대한 이상적인 모습이다. 앱 개발자인 천재 케빈이 포털사를 마다하고 스타트업 회사인 우동마켓을 택한 이유는 돈 때문이 아니라, 우동마켓 대표의 "개발적으로 하고 싶은 거 다 하게 해주겠다"라는 약속 때문이었다. 그처럼 자신의 노동의 상품성을 마다하고 노동을 자기 존재의 근거로, 자기 실현의 발판으로 삼고 있는 케빈은, 일과 자아의 일체를 지향하며 자본주의 사회에서의 노동의 상품성을 극복한 매우 이상적인 존재이다. 그러나 직장 동료 안나는 오히려 그러한 케빈을 이해하지 못한다. 안나의 그러한 모습은 일과 자아가 분리되고 노동의 상품화가 당연시되는, 자본주의 논리가 자연스럽게 체화된 일상의 현실을 그대로 보여준다. 안나는 노동이 상품화된 현실에 대해 갈등을 느끼지 않는다. 그것은 안나에게서뿐만 아니라 작품의 또 다른 인물인 이지혜에게서도 분명하게 확인된다. 작품에서 이지혜가 회장의 분노를 사 근무 부서를 공연기획팀에서 혜택기획팀으로 옮기게 되고 근무지도 강남에서 판교로 옮기게 된 것에 대해서는 그럭저럭 수용하다가 월급이 포인트로 지급되자 깊은 모멸감을 느낀 것은 노동의 상품화에 대한 현실적 수용을 역으로 증명하는 것이다.

## 평행한 육교, 계층적 고착에 대한 체념적 수용

이 작품에는 안나나 이지혜와 같은 작중 인물들이 처해 있는 입지를 시사하는 상징물이 하나 등장한다. 평행한 육교가 바로 그것이다. 안나의 회사 대표가, 매일 우동마켓을 거북이알이라는 닉네임으로 중고 상품 판매도 아닌 신상품 판매로 도배를 하는 이지혜를 어부저로 의심하고 안나에게 그녀를 만나보도록 지시하자, 대표의 지시를 따를 수밖에 없었던 안나는 이지혜가 올린 물건들 중의 하나를 구매하는 것을 핑계로 그녀를 만난다. 그리고 그녀와 이야기를 나누면서 그녀가 월급을 포인트로 받게 된 경위와, 포인트를 현금으로 전환시키기 위해 포인트로 물건을 구매해 그것을 우동마켓에 올려 팔고 있는 상황 등을 알게 된다. 이지혜의 어이없고 난감한 사정을 알게 된 안나는 자신이 우동마켓의 직원임을 밝히고 두 사람은 친밀하게 이야기를 나눈다. 회사 생활을 하는 공통된 상황이 그들을 급속도로 친밀하게 한 것이다. 두 사람은 그렇게 함께 하면서 간단한 식사를 마치고 거리로 나서 길을 건너기 위해 육교로 올라선다. 그리고 그들은 그 육교가 특이하다는 사실을 발견한다. 그 육교는 도로를 가로지르지 않고 도로와 평행하게 놓여져 있었다. 그 육교 위에서 그녀들은 자신들의 또 다른 깊은 속내 이야기를 나눈다.

> "어디서 읽었는데, 전체 스타트업 중에서 마지막까지 살아남는 비율은 3퍼센트밖에 안 된다고 하더라고요. 어때요, 우동마켓은 성공할 것 같아요?"
> (중략)
> "글쎄요. 저희 대표나 이사는 매일매일 그런 생각을 하겠죠? 어떻게 돈 끌어오고, 어떻게 돈 벌고, 어떻게 3퍼센트의 성공한 스타트업이 될지 잠들기 직전까지 고민하느라 걱정이 많을 거예요. 전 퇴근하고 나면 회사 생각을 안 하게 되더라고요."
> "나도 그래요. 사무실 나서는 순간부터는 회사 일은 머릿속에서 딱 코드 뽑아두고 아름다운 생각만 하고 아름다운 것만 봐요. 예를 들면 거북이라든지, 거북이 사진이라든지, 거북이 동영상이라든지." (56-57쪽)

위 인용문은 회사나 회사 일에 대한 안나나 이지혜의 철저한 거리 의식을 보여 준다. 그녀들에게 회사 일은 회사 안에서의 일일 뿐이다. 퇴근하면 그녀들은 철저하게 회사 일을 잊는다. 그녀들의 그러한 태도는 안나의 대화에서 시사되는, 회사를 키워내고자 노심초사하는 경영자들의 모습과는 대조적이다. 그 대조는 분명 회사와 회사 일을 향한, 고용인과 피고용인 간의 간절함의 거리를 표현한다. 이는 앞서 언급한 자본주의 체제에서 생산과 노동이 분리된 문제와 무관하지 않다. 그런 중에 보다 주목되는 것은 안나나 이지혜가 보여 주는 거리 의식이 그 어느 때보다 심화되어 있다는 사실이다. 그녀들의 의식은 단순히 거리를 지니는 정도를 넘어 단절과 분리의 지경을 보여 준다. 앞의 논의에서 살폈듯이 일에 대한 케빈의 일체적 의식에 대해 안나가 의아하게 생각하는 것이나, 이지혜가 안나에게 자신이 월급을 포인트로 받게 된 상황을 이야기하며 그러한 지시를 내린 조운범 회장을 염두에 두고 "그런 자리에 있는 사람들은 우리 같은 일반 회사원들과 사고구조가 아예 다르기 때문에 그들의 논리나 행동에 의문을 갖지 않는 편이 좋다"라고 이야기한 것은, 그녀들이 경영진들의 세상과 일반 사원들의 세상을, 범주를 달리한 별개의 세상들로 의식하고 있음을 보여준다. 분명 그녀들에게는 두 세계 간의 단절과 분리에 대한 의식이 깊게 자리하고 있는 것이다.

그러나 그것은 비단 그녀들만의 의식이거나 혹은 그녀들에게서 비롯된 의식은 아니다. 그것은 보다 확장적으로 사회학적인 맥락에서 계층의 고착화 문제에 대한 반영이고 표현일 뿐이다. 그녀들은 계층 간의 거리가 극복될 수 없는, 단절과 분리의 지경임을, 그것이 구성원들의 삶의 전제가 되고 삶의 태도의 지반이 되고 있음을 구체화하고 있을 뿐이다. 그녀들이 지금 올라서서 대화를 나누고 있는 평행의 육교는 바로 그러한, 그녀들이 처한 현실의 상징물이다. 도로가 길이고 인생의 비유라면 육교는 인생의 횡단, 가로지름일 수 있다. 그런데 그녀들이 서 있는 육교는 평행의 육교이다. 그것은 횡단을, 가로지름을 불가능하게 한다. 그저 지금의 그 길을, 그 방향을 그대로 걷게 할 뿐이다. 계층의 가로지름, 계층 간의 거리 극복, 그런 것들은 결코 가능하지 않음을, 그것이 현실임을 평행의 육교는 그대로 상징하고 있는 것이다.

사실 그녀들에게 자본주의적 열망이 없는 것은 아니다. 이지혜가 자신이 애호하는 거북이들의 이름을 최고가의 스포츠카들의 이름인, 람보르기니, 마쎄라티, 페라리를 본떠 람보, 마쎄, 페라라고 지은 것은 그러한 열망의 표현이다. 그러나 그것은 동시에 체념의 의식과 맞물려 있다. 가장 느린 거북이에게 가장 빠른 스포츠카의 이름을 붙여 놓은 반어적 풍자는 극복할 수 없는 계층적 거리에 대한 체념적 의식의 표현이다. 그러니 결국 그녀들은 자신 안의 열망을 체념으로 '승화시켜' 살아가고 있는 셈이다.


## '월급날'의 위로, 일상의 '소확행'

평행의 육교에서 풍경을 바라보는 그녀들의 시야에 압도적인 크기의, 판교에서 가장 큰 게임 회사 엔씨소프트의 사옥이 포착된다. 그 건물의 압도적인 분위기는 그녀들이 살아내야 할 세상의 거대함의 상징이다. 그 거대한, 그 압도적인 세상을 그녀들은 살아내야 하는 것이다. 그렇다고 그녀들이 그 거대하고 압도적인 세상에 크게 관여할 입지나 존재감을 지닌 것도 아니다. 비유적으로 본다면 그녀들은 그저 그 거대한 "건물의 유리 한두장" 정도의 규모에나 영향을 미칠 수 있을지조차도 불분명한, 미미한 입지나 존재감을 지니며 살아갈 뿐이다. 그러하기에 안나는 엔씨소프트의 건물이 빚어내고 있는 미음자 모양의 구멍을 통해 하늘을 바라보며 그 구멍을 통과해 빠져나가는 용을, 세떼를, 열기구를, 헬리콥터를 상상한다. 그것들은 자유의 나래를 펼치는 그녀 자신의 대유물들이다. 그녀는 그렇게 자유를 꿈꾸며 '평행'의 현실을 살아내는 것이다.

안나가 '평행'의 현실을 살아내는 방식은 말 그대로 현실적이다. 이념적이거나 이상적이지 않다. 자신의 삶의 영역 안에서 자신의 존재감을 실현하며 자신이 감당할 수 있는 가치를 지향하며 세상과 갈등하지 않고 자신을 위한 삶을 세련되게 살아가는 것이다. 안나는 이지혜와 헤어져 회사로 돌아오면서 그녀에게서 회사 동료인 케빈을 위해 레고를 하나 산다. 회사에서 안나는 업무상 케빈과 밀접한 관계에 있다. 기획자인 안나가 앱 운용상의 문제인 버그의 문제를 케빈에게 넘기면 케빈이 그 버그 문제를 해결하여 다시 안나에게 넘겨 주는 식의 업무 관계에 있다. 그런데 자신의 업무에 자신의 존재성을 건 듯한 케빈의 예민한 업무 태도가 안나에게는 부담이다. 더욱이 두 사람은 사무실 안에서 근무 위치상으로까지 밀접한 상태여서 케빈으로 인한 안나의 스트레스는 가볍지 않다. 안나는 케빈 때문에 눈물을 흘린 적도 있다. 그런 케빈을 위해 안나는 월급 포인트를 현금화 하기 위해 이지혜가 포인트로 구입한 물품들 중에서 레고를 하나 산 것이다. 그리고 안나는 회사로 돌아와 카이스트 레고 동호회에서 삼 년 동안이나 총무일을 한, 간단히 말해 레고광인 케빈에게 레고를 전하며 "자기가 짠 코드랑 자기 자신을 동일시하지 않았으면 좋겠"다고, 업무와 자신의 존재성을 분리시켜서 업무의 결과에 너무 예민하게 반응하지 않는 것이 좋겠다고 당부의 마음을 전한다. 케빈도 안나가 전하는 레고를 받아 들고 더불어 안나의 마음을 받아들이며 안나를 바라보고 웃음을 나누는 것으로 답한다. 이제 그녀는 케빈과의 갈등에서 조금은 더 자유로워질 수 있을 것이다.

그리고 그녀는 월급날이라는 명목에 기대어 자신을 위한 삶의 자리를 마련한다. 그녀는 퇴근 이후 시간에 사무실에 남아 예매가 어려운 루보프 스미르노바의 연주회 티켓을 예매한다. 그리고 홍콩에서 열리는 조성진의 연주회에 참석하기 위해 홍콩 여행 티켓 예매도 마무리한다. 거듭되는 예매에 그녀는 문득 과한 소비인가 생각하지만 오늘은 월급날이니까 괜

찮다는 위로를 자신에게 보낸다. 그녀는 평상시 사무실에서 케빈과 등를 맞대고 일을 할 때도 케빈으로 인한 스트레스를 음악으로 달래곤 한다. 그렇게 음악은 그녀에게 일상에서의 위로이고 출구이고 지향이다. 그리고 그녀는 일의 댓가로 지불되는 월급으로 그 위로와 출구와 지향의 자리를 마련한다. 그런 맥락에서 그녀는 일을 기쁨으로 수용하며 평행의 현실을 살아내는 것이다.

그녀가 늦게까지 사무실에 남아 있는 자신을 발견하고 놀라는 대표에게 할 일이 남아서 그렇다고 둘러대고 실제로는 이처럼 자신의 개인적인 취향의 일들을 수행하는 상황은 그녀에게 회사 일이 어떠한 의미를 지니는지를 짐작하게 한다. 그녀는 노동, 노동의 신성성, 노동을 통한 자기 실현, 그런 것들에 집착하지 않는다. 노동의 상품화를 비판하며, 인간 소외를 이야기하던 담론은 그녀에게는 이미 지나간 시대의 유물일 뿐이다. 그녀에게 노동의 상품화는 그녀의 자연스러운 실존의 조건이다. 하여 그녀는 그 실존의 조건을 수용하며 자신의 노동의 상품화의 결과물인 월급을 재도구화시켜 자신의 일상의 소소한 행복을 찾아나서는 것이다. 그것이 평행의 현실을 살아내는 그녀의 삶의 논리이고 지혜이다.

그런데 역설적이게도 그러한 맥락 속에서 일의 슬픔의 맥락이 들어선다. 일은 그 자체로 행복이지 못하다는 것, 그 자체로 기쁨이지 못하다는 것, 그 결과를 도구화시켜 행복을 향해 가야 한다는 것, 그래야 비로소 기쁨의 외피를 입을 수 있다는 것, 그러한 일련의 흐름은 그대로 일의 슬픔이 되는 것이다. 작품에 등장하는 문구대로 "적게 일하고 많이 버"는 것이 꿈이 되고 덕담이 된 세상. 작품의 제목 '일의 기쁨과 슬픔'은 어느덧 병치가 아닌 역설이 되어, 노동하는 인간의 근원성은 소외되고 소비적인 논리가 통어하는 현실을 의식하게 한다.

여성, 품는 자와
배제된 자

# 신경숙의 「부석사」<sup>*</sup>

- 관계, 틈과의 동행, 그리고 '품음'의 미덕

「부석사」는 2000년 겨울 『창작과 비평』에 발표된 작품이다. 작품의 제목인 부석사는 경상북도 영주에 실재하는 부석사를 지칭한다. 그곳에는 뜬 돌이라는 의미의 부석이 있다. 그 부석은 신라의 고승 의상대사를 향한 선묘 낭자의 지극한 사랑 이야기를 배경 설화로 지니고 있는데, 부석과 그것을 받치고 있는 돌 사이에는 아주 미세한 틈이 있다고 한다. 작품은 그러한 부석을 주요 상징으로 활용하며 작품의 의미를 구축한다.

이 작품은 그다지 친숙하지 않은 두 남녀가 부석사로 함께 여행을 떠났다가 길을 잃는 상황에서 서로를 향해 마음을 열어 가는 이야기이다. 만남의 서사, 달리 관계의 서사이다. 이 서사를 통해 작가는 인간 관계의 근원성을 묻고, 더불어 그에 대응할 현실적 길을 모색한다. 연애와 같은 가장 사적이고 가장 친밀한 관계에서조차 기어이 상처가 동반되고 마는 것이 인간 관계일 때, 그렇다면 그런 치명적인 관계성의 근원은 무엇이고 그 근원에 대한 현실적 대응은 어떠해야 하는가를 작가는 작품을 통해 묻고 답하고 있는 것이다.

작가는 부석을 상징화하여 인간 관계의 근원성을 틈과 거리로 이해하

---

<sup>*</sup> 신경숙, 「부석사」, 『이상문학상수상작품집 25』, 문학사상사, 2001.

고, 부석이 틈을 지니고 있음에도 불구하고 상호 지탱과 버팀을 통해 어우러짐의 미학을 형성하고 있듯, 인간 관계 역시 그것의 근원적인 틈과 거리에도 불구하고, 서로를 품고 지탱하는 것이 근본적인 길이라 이야기한다. 작가는 여러 상징들과 더불어 시학적 구성 등을 통해 그러한 맥락의 이야기를 전하고 있다.

## 병치의 시학, 실존의 틈과 차이

작품에서 그와 그녀는 모두 과거의 상처를 끌어안고 살아가는 인물들이다. 그런데 그들에게 갑자기 다시 그 상처에 직면해야 하는 상황들이 발생한다. 하여 두 사람은 그 상처로부터 도피할 의도로 함께 부석사 여행길에 오른다. 그것은 분명 상처로부터의 도피이다. 그런데 뜻하지 않게 그들은 목적지에 무사하게 도착하지 못하고 늦은 밤, 차가 낭떠러지에 빠져버리는 난국에 처하게 된다. 길을 잃어버린 것이다. 그 난국에서 그들은 오히려 이제까지 자신들이 지녀왔던 상처들에서 헤어나오는, 치유와 극복의 경험을 하게 된다. 대단히 역설적인 상황이 벌어진 것이다. 물론 그 치유는 두 사람이 함께 함으로써 가능했다. 그렇다고 두 사람이 합치나 합일의 길을 걸었던 것은 아니다. 그들은 다름, 차이의 모습 그대로 공존하는, 더 나아가 서로를 포용하고 수용하는 길을 걷는다. 서로 간에 존재하는 틈을 그대로 존중하며 그것을 그들의 관계 안으로 받아들인 것이다.

그런 맥락에서 작품의 제목 부석사에서 부석은 상징하는 바가 크다. 부석사에 실재하는 부석은 커다란 두 개의 돌이 포개져 있는데, 그 두 돌사이에는 바늘과 실이 드나들 수 있는 정도의 틈이 있다고 한다. 틈을 지닌 재 포개져 있는 돌의 형상은 작품에서 합체될 수 없는 인간 존재 간의 실존적 틈을 상징한다.

　작품은 우선적으로 시점과 구성을 통해, 그리고 그밖의 여러 서사적 국면들을 통해 병치의 시학을 구현하고 그것을 통해 존재와 존재 사이의 본원적 틈 혹은 거리를 구체적으로 전한다. 먼저 거시적으로 시점과 구성의 병치 문제에 주목해 볼 수 있다. 총 세 개의 장으로 구성된 이 작품은 3인칭 서술자가 등장하지만, 작품의 두 등장 인물인 그와 그녀를 초점화자로 하는 인물 시각적 서술상황의 작품이다. 일 장은 그녀가 초점화자가 되어 그녀의 시각과 의식이 전경화되고 있고, 이 장은 그가 초점화자가 되어서 그의 시각과 의식이 전경화되고 있다. 시점에 있어서 일 장과 이 장이 병치적인 관계를 이루고 있는 것이다. 삼 장은 그녀와 그의 시각과 의식이 교차적으로 제시되고 있는데, 이 교차적 제시가 또 하나의 병치를 이룬다. 그리하여 이 작품은 두 인물이 함께 부석사를 향해 가는 동행자임에도 불구하고 각자의 시각과 의식이 개별적으로 병치화되어 전경화되는 특징을 보인다. 이러한 서술적 특징은 그대로 두 인물 간의 분리, 거리, 틈을 상징한다.

　일 장과 이 장은 두 사람이 차를 타고 부석사를 향해 출발하여 교대로 운전을 하면서 각자의 생각에 젖어 드는 상황을 바탕으로 하고 있어 그 병치성을 쉽게 수긍할 수 있다. 그에 반해 삼 장의 병치적 구성은 자못 의아스럽기도 하다. 삼 장에서 두 사람은 여행 막바지에 부석사로 가는 길을 잃어 동일한 위기 상황에 처했음에도 서로 갈등을 빚지도 않고, 그렇다고 문제 해결을 위해 적극적으로 나서지도 않고, 그저 직면한 위기 상황을 두고 각자의 생각에 빠져드는, 그리하여 여전히 개별적인 시각과 의식을 분리적으로 드러내는 병치적 구성을 보인다. 상황을 공유하고 있음에도 그들의 시선과 의식은 각자의 내면으로 향한다. 그리고 그런 구성은 결국 두 인물 간의 거리와 틈을 더욱 명료하게 부각시키는 결과를 낳는다.

이렇게 두 인물의 시선과 의식이 거듭 병치되는 구성 속에서 두 인물은 그 어떤 합치점을 마련해 가지 않는다. 물론 서사 상황의 전개 속에서 두 인물은 서로에 대한 이해를 깊게 하고 서로에 대해 호감의 감정 또한 깊게 해 간다. 하지만 그렇다고 하여 두 인물이 각자의 의식을 털어놓고 서로 간의 의식의 접점을 애써 마련하거나 하지는 않는다. 그저 각자 자신의 의식 속에서 상대를 향한 자신의 마음의 변화를 의식할 뿐이다. 두 인물의 존재 간의 경계는 허물어지지 않는 것이다. 결국 작품은 병치적인 인물시각적 시점을 통해 두 인물의 병치적인 의식을 제시함으로써 의식과 의식 사이의 틈, 달리 인간과 인간 간의 관계의 틈을 형상화한다. 그리고 그 틈은 메울 수 없는 인간과 인간 간의 실존적 틈을 상징한다.

작품은 그러한 인간 간의 틈의 문제를 두 사람의 그밖의 여러 국면들에서 드러나는 차이를 병치화시키는 것으로 형상화하기도 한다. 두 사람은 동반 여행에 나서기 전에도 각자의 방식으로 자신들의 상처에 대응해 왔는데, 그 대응 방식에는 당연히 차이가 존재한다. 작가는 굳이 그 차이를 전함으로써 존재 간의 차이 문제를 강조한다. 그녀에게는 P라는 연인이 있었다. P는 끔찍이도 그녀를 위하던 인물이었는데, 너무도 어이없게 속물적인 방식으로 그녀를 떠나갔다. 그는 갑작스럽게 자신과 전공이 같은 영문학계의 원로가 아버지인 여자와 약혼을 한 것이다. 그녀는 P와의 관계가 깨어지자 그로 인한 심리적인 충격을 쉽게 떨쳐내지 못한다. 하여 자기 안의 분노를 쏟아내기 위해 운전학원에 가서 운전을 배워 한밤에 고속도로로 나가 질주하며 욕을 쏟아내기도 하고, 오피스텔 앞에 관상용으로 늘어놓은 화분들을 일부러 흩뜨려 무질서하게 만들어 버리기도 하고, 또 오 년 동안 다니던 회사를 그만두고 닥치는 대로 일을 찾아 하면서 자신을 끊임없이 몰아치기도 한다. 그렇게 그녀는 P로 인한 자신의 상처를, 그 분노와 이픔을 외적으로 발산하며 저돌적으로 대응하곤 했다.

그와는 달리 남자는 칩거의 방식을 택한다. 그에게는 과거 K라는 연인이 있었다. 그는 자신이 군대에 입대하면서 K와의 관계가 어그러진 것을 의식했지만, 오래도록 그 마무리를 미루어 둔 채 지내다가 어머니가 돌아가시자 그 사건을 계기로 K의 연민에 기대어서라도 그녀와의 관계를 회복시키고자 그녀를 찾아간다. 그런데 그곳에서 그는 K가 과거 자신과 함께 나누던 사랑의 행각들을 다른 남자와 그대로 반복하고 있는 모습을 보고 충격을 받아 그대로 귀대해 버린다. 그에게 귀대는 칩거였던 것이다. 뿐만이 아니다. 그는 회사에서 의기투합하여 함께 일하던 박 PD가 업계에서 자신의 입장을 곤혹스럽게 만들어 버린 배반에 직면해서도 회사에 나가지 않고 그냥 집안에 칩거해 버린다. 그리고 기껏 자신이 나고 자란 옛집을 다녀오는 것으로 자신을 다독인다. 그는 자신의 상처를 두고 '집'으로 향하는, 안의 세계로 향하는 내향적인 대응을 한 것이다. 이렇게 두 인물은 상처에 대응하는 방식에 있어서도 차이를 지닌, 틈을 지닌 존재들이다. 그 틈은 결국 인간과 인간 간의 실존의 틈이다.

이러한 병치를 통한 틈의 문제는 서사의 또 다른 국면에서도 확인된다. 동반 여행길에 나선 두 사람에게 그들의 목적지인 부석사는 초행길이다. 두 사람이 그곳에 가기 위해서는 길을 아는 것이 급선무인 셈이다. 그 상황에서 남자는 그녀에게 자신이 찾아본, 부석사로 가는 길에 대한 자료의 내용을 소상하게 들려준다. "영주시 부석사에 있다. 소수서원 앞에서 오른쪽 부석사로 난 931번 지방도로를 따라 10.4킬로미터 가면" 하는 식으로 도로 번호와 차로 달려야 하는 길의 길이까지를 외워 세세하게 들려준다. 그러나 그녀는 지도를 보지 않고 어디든 찾아다녔다. "길을 잘못 들어 목적지를 한 번에 찾지 못해 왔던 길을 되돌아가 처음부터 다시 시작하는 경우가 생겨 시간이 걸"리더라도 그녀는 그렇게 즉흥적인 방식으로 목적지를 찾아다녔다. 그가 보여 준 치밀함과는 대조적이다. 이렇게 길을 나서는 데 있었어도 두 사람은 다르다. 여자는 직관적이고 감각적으로 대응하고 남자는 정밀하고 정확하게 대응한다. 그것은 마치 여성들이 보여주는 감각적이고 직관적인 삶의 태도와 남성들이 보여주는 논리적이고 이성적인 삶의 태도를 보여 주는 듯싶기까지 하다. 그럴 만큼 두 인물은 다르다. 이 길찾기 국면에서도 두 사람 간의 실존의 차이, 틈의 문제가 전해지고 있다.


### 길을 잃다: 생의 통찰과 상처의 치유, 그리고 동행의 힘

앞 장의 논의에서 살폈듯이 실존의 틈과 차이를 지닌 두 인물이 각자의 상처로부터 도피하기 위해 동반 여행에 나선다. 오래 전 자신을 배반하고 다른 여인과 갑작스럽게 약혼을 해버린 P가 또다시 갑자기 자신을 찾아오겠다고 오피스텔 관리사무실에 꽃바구니와 함께 메시지를 남기자, 그녀는 다시 P에 대한 감정의 혼돈에 휩쓸리고 싶지 않은 마음에 같은 오피스텔에 사는 남자에게 연락을 하여 함께 부석사에 다녀오자는 제안을 한다. 남자 역시 자신을 배반한 직장 동료 박 PD로부터 찾아오겠다는 전화를 받은 상황이어서 박 PD와의 만남을 피하기 위해 그녀의 제안을 받아들인다. 그렇게 두 사람은 또다시 직면해야 하는 과거의 상처들을 피하기 위해 동반 여행에 나선 것이다. 이 지점에서 강조적으로 의식할 문제는 그들이 동행에 나섰다는 사실이다.

사실 이 작품은 '또 다른 만남'을 향한 만남의 서사이다. 그것은 두 사람이 동행의 여행에 나서게 되기까지의 서사 상황에서 분명하게 뒷받침된다. 두 사람은 한 오피스텔에 거주하고 있었고, 우연이기는 했지만 몇 번의 만남의 인연이 있었던 사이였다. 오피스텔 건너편 산자락으로 각자

산책을 다녀오다 서로 스치기도 했고 또 여자가, 남자가 산자락 밑의 밭에서 상추를 서리하는 것을 목격하게 된 사건을 계기로 서로 인사를 나누는 정도의 사이는 된 상태였다. 언제부턴가 여자의 오피스텔 현관 투입구 안쪽으로 야채거리가 들여져 있기도 하고, 남자의 오피스텔 현관 앞에 조리된 음식이 놓여 있기도 한 사건이 생기기도 했다. 이렇게 두 사람 간에는 만남의 인연들이 쌓여 가고 있었던 것이다. 더하여 남자는 여자의 우편함을 들여다보기도 하고, 또 그녀가 밤늦게 차를 몰고 나갔다가 돌아와서는 일부러 차 바퀴를 어긋 내놓는 모습을 보기도 하고 때로는 아파트 화분을 일부러 어긋 내놓는 모습을 보기도 한다. 그는 분명 일상에서 여자를 의식하고 있었다. 여자도 산책 중에 남자를 만나게 되면 공연히 야채를 서리하고픈 마음이 동하기도 하는 식의 마음의 움직임이 있었기는 마찬가지였다. 그러한 저간의 상황이 있었기에 여자는 P가 찾아오겠다는 소식에 당황하여 남자에게 부석사 여행을 제안할 수 있었던 것이고, 남자 역시 찾아오겠다는 박 PD의 전화를 빌미로 여자의 제안에 동의할 수 있었던 것이다. 그렇게 두 사람은 각자의 상처로부터의 도피를 빌미로 '또 하나의 만남'을 향하고 있었던 것이다.

실제로 두 사람은 P나 박 PD가 찾아오겠다는 1월 1일 아침에 약속된 장소에서 만나 부석사를 향해 출발한다. 그리고 두 사람은 그 동행의 여정에서 때로 각자의 상념에 젖어 들면서도 상대에 대한 배려와 이해의 마음을 쌓아 간다. 여자가 준비한 도시락을 두 사람은 따뜻한 배려의 마음으로 나누고 남자는 잠든 여자를 위해서 조심스럽게 운전을 하기도 하는 등등의 사건들이 그를 뒷받침한다. 두 사람은 분명 동행을 통해 '또 다른 만남'을 향해 가고 있었던 것이다.

그런데 그 만남의 여정은 깊이를 더하여 생에 대한 통찰을 깊게 하며 인간 관계에 대한 본원적 이해와 그것에 대한 승화의 길을 마련해 간다.

그들은 서울을 벗어나 곧게 뻗은 고속도로를 달리다, 마침내 안내표지판 조차 불분명한, 비좁고 복잡한 지방도로를 달린다. 그것은 일면 부석사에 가까워졌다는 의미이지만, 애석하게도 그들은 미로같은 지방도로에서 길을 잃는다. 흔히 길은 인생에 비유된다. 넓고 분명한 길에서는 여정에 크게 문제될 것이 없겠지만, 좁고 복잡하고 굴곡진 길에서는 그 여정이 만만치 않기 마련이다. 그것은 인간 관계에서도 마찬가지이다. 적당한 거리와 격식을 갖춘 관계의 길에서는 무던한 흐름을 보이다가도 오밀조밀한 사적 사적 관계의 길로 들어서면 크고 작은 난항에 부딪히게 마련이다. 작품에서의 두 사람의 관계도 마찬가지이다. 복잡하고 불명료한 지방도로를 달리다 결국 길을 잃어버린 그들의 상황은 그들이 직면할 관계성에 대한 비유이기도 하다. 그렇다면 어떠한 지혜로 그 난항을 헤쳐가야 할까.

> 사방은 어둡고 여기가 대체 어디인지 짐작조차 못하겠다. 차의 헤드라이트 불빛만이 앞을 비추고 있을 뿐 뒤도 옆도 캄캄하다. 헤드라이트 불빛조차 멀리까지 비추지 못한다. 점점 좁아지며 끝이 나고 그 뒤론 칠흑 같은 어둠이다. 이 길이 아니다 싶어 후진과 전진을 반복하여 겨우 차를 돌리려는 순간 차바퀴 한쪽이 뒤쪽의 깊은 진창에 빠져 버렸다. 산으로 이어지는 그곳이 깊은 진창일 줄은 몰랐다. (중략) 산을 뒤로 하고 자동차는 앞길도 뒷길도 아닌 먼 허공에 머리를 둔 채 정지해 있다. (60쪽)

그들은 구체적으로 공간을 지각할 수도 없는 어두운 밤에 산으로 이어지는 길 어디쯤에서 차바퀴가 진창에 빠져 꼼짝도 할 수 없는 지경에 처한다. 그들은 그렇게 길을 잃은 난항에 처하게 된 것이다. 그렇다면 그들은 그 난항을 어떻게 해결해야 할까. 이 지점에서 두 사람이 보여 주는 모습은 이제까지 그들이 보여 주었던 서로 다른 모습과 다르지 않다. '변함 없음'이다. 두 사람은 이제까지처럼 각자의 방식으로 이 상황에 대응한다. 단적으로 그녀는 깨어 있음의 방식을 통해서 명료한 의식 속에서 자신들이 처한 상황의 의미를 파악하고, 더 나아가 자신을 객관화시켜서 바라보며 과거 자신의 상처까지도 치유하는 모습을 보인다. 반면에 그는 잠들어가는 방식을 통해서 몽환적으로, 즉 자기 안으로의 침잠을 통해 현재의 상황에 대응하고 과거의 상처를 들여다보며 치유에 이르는 모습을 보여 준다. 그들의 이러한 난항에 대한 대응과 상처에 대한 치유의 방식의 차이는 앞에서 살폈던 대로 존재들 간의 틈과 차이를 그대로 보여 준다.

그런 중에 여기서 보다 주목할 사실은 그들이 여전히 틈과 차이를 드러내면서도 어쨌거나 이 난항 속에서 자신들을 회복시킬 수 있는 길을 찾는다는 것이다. 그들은 분명 각자의 방식으로 자신들이 직면한 난항에 대응하며 나아가 자신들의 상처를 들여다보고 그것을 넘어서는 치유의 길로 나아간다. 그런데 이 지점에서 그들이 그 길로 나아갈 수 있었던 것은 두 사람이 함께 동행의 길을 걸었기 때문이다. 달리 동행의 힘이 그들의 치유를 가능하게 한 것이다. 각자가 홀로 있을 때는 상처에서 헤어나오지 못하고, 상처 안에서 지속적으로 맴돌다가, 두 사람이 함께 동행함으로써 비로소 회복의 길로 나아갈 수 있었던 것이다. 작가는 결국 인간의 관계성은 합치가 아닌 동행임을 그렇게 이야기하고 있는 셈이다.

작품에서 여성 인물의 대응과 치유는 낭떠러지와 반달로 상징화된다. 그녀는 차가 진창에 빠지자 차 밖으로 나온다. 그리고 자신들의 차가 낭떠러지 위에 있음을 보게 된다. 그녀가 의도치 않게 직면한 세상이 낭떠러지였던 것이다. 잔뜩 긴장해 있던 여자는 헤드라이트 빛 속에서 돌연 웃음을 터트린다. "P라는 낭떠러지를 피해 온 이 낯선 지방의 산길에서 마주친 것은 또 다른 낭떠러지"인 것을 의식하면서 그녀는 그 순간 생의 비의를 깨달은 것이다. 굳이 P만이 그녀의 인생에서 낭떠러지였던 것이 아니라, 인생은 그 자체로 도처에 낭떠러지를 품고 있음을 의식한 것이다. 그러니 인생에서 낭떠러지를 만날 때마다 그것을 피해 도망다닐 수는 없는 것이다. 하여 그녀는 길을 잃고 낭떠러지에 처한 지금의 현실에 대해 차분히 대응해 나간다.

낭떠러지로 표상되는 삶의 비의를 의식한 그녀는 차로 돌아와서 첼로 곡을 틀고 연주자인 자클린느 뒤프레의 비극적인 삶을 떠올린다. 그녀가 떠올리는 자클린느 뒤프레는 손목을 다쳐서 첼로를 연주할 수 없게 된 비련의 연주자이고, 더하여 병원에 입원하고 있을 때 이혼을 요구받아 비련의 깊이를 더한 인물이다. 이제 그녀는 그런 자클린느 뒤프레를 통해 의식되는 삶의 비극성을 담담히 가슴으로 받아낸다.

그러고는 오히려 그녀는 하늘에 뜬 반달을 보며 생기롭게 자신을 회복한다. 도시에서 P로 인한 상처에 휘둘리며 그것을 부여잡고 몸부림쳤던 자신을 객관적인 거리를 두고 바라보면서 도시에서의 자신을 가엾기조차 하다고 생각한다. 그것은 그녀가 P의 배반 이후 지난 오 년 동안 허우적거렸던 자신을 보듬어 내는 회복의 지점에 이르렀음을 의미한다. 신화적 차원에서 달은 여성의 원형이라는 상징성을 지닌다. 그것은 여성적 힘 혹은 생명성의 원천이라는 의미를 지니는 까닭이다. 따라서 그녀가 반달을 보며 생기롭다 의식하는 것은, 달리 그녀 자신이 생기를 회복하고 있음을 의미한다. 반달을 향한 그녀의 의식은 반달이 완전한 충일을 향해 나아가듯 그녀 자신 역시 생명성을 회복하고 P에 대한 증오의 마음을 털어내고 건강한 삶을 향해 나아갈 것임을 시사한다. 그녀가 반달을 보며 "반달이다. P는 돌아갔을 것이다."라고 의식하는 것은 그에 대한 분명한 근거이다. P가 떠났다는 것이 비단 그녀의 오피스텔 앞에서 P가 물리적으로 떠난 것만을 의미하는 섯이 아니라 그녀의 의식상에서 떠난 것까지도 의미하는 것임은 물론이다. 이제 그녀는 P로부터, P로 인한 상처로부터 자유로워진 것이다. 이렇게 그녀는 길을 잃고 낭떠러지에 직면한 상황에서 비로소 이제까지 자신을 지배해 왔던 지독한 상처로부터 자유로워지고 나아가서 자기 자신을 끌어안는 회복에 이른다.

　남자도 길을 잃은 난국의 상황에 나름 대응하며 더불어 자신에 대한 치유의 과정을 보여 준다. 이에 대한 그의 일련의 과정은 그가 개에게 손을 내밀고 잠에 빠져드는 것으로 표상된다. 처음에 그는 어디에서 길을 잘못 든 것인지, 여기가 도대체 어디인지, 여기를 어떻게 빠져나가야 하는지 등을 생각하며 조급한 마음으로 지도책을 꺼내 들여다본다. 하지만 전혀 방향에 대해 감을 잡지 못한 채 결국 차 뒷자석에 있던 개에게 손을 내민다. 그의 이러한 행위는 박 PD와의 화해를 시사한다. 사실 그 개는 애당초 박 PD가 키우던 개였다. 과거 그와 박 PD 간에 문제가 생기기 전에, 박 PD가 키우던 개를 더 이상 키울 수 없다며 안락사시키겠다는 것을 남자가 가엾은 생각에 자신의 오피스텔로 데려왔다가 자신도 감당하지 못해 오피스텔 건너편 북한산 자락에 있는 양로원에 데려다 놓았던 것인데, 어찌 된 일인지 그 개를 오늘 그녀가 데려온 것이다. 그는 여행을 출발할 당시 차 뒷자석에 있는 개를 보고 별다른 내색을 하지 않았었다. 그러다가 이 난국의 상황에서 자신을 이 상황에 이르게 한, 애당초 이 여행을 떠나게 한 박 PD를 생각하게 되면서 결국 박 PD가 기르던 그 개에게 손을 내민 것이다. 그도 결국은 자신과 각별했던 박 PD가 자신을 배반한 것은 회사의 인력 감축에 대한 불안감 때문이었으리라는, 생의 비극적 비의를 담은 누군가의 추측을 마냥 부정하거나 거부할 수만은 없음을 인정한 것이다. 어두운 산속에서 휘몰아치는 바람 소리에 불안을 느끼고 낑낑거리는 개의 모습은 생존의 비극적 비의 앞에서 떨어야 했을 박 PD의 모습이기도 함을 그는 수용하지 않을 수 없었던 것이다. 그러고는 이내 그는 차바퀴가 진창에 빠진 이 난국의 상황에서 빠져나갈 방법을 찾아봐야 한다고 생각하면서도 잠 속으로 빠져들어 가고 만다. K와의 이별이 확인되었을 때 부대로 귀대해 버렸듯이, 박 PD의 배반을 알게 되었을 때 집안에 칩거해 버렸듯이 그는 이 난국의 상황에서 잠으로 빠져들어가는 것이다. 결국 그도 그다운 방식으로 이 난국의 상황에 대응하며 그래도 과거의 자신의 상처를 쓰다듬어내고 있는 것이다.

결국 두 사람은 틈과 차이를 보이며 각자의 방식으로, 당면한 난항 앞에서 생에 대한 보다 깊은 통찰에 이르며 자신들의 과거의 상처를 치유하고 회복에 이른다. 그들의 동행이 이를 가능하게 한 것이다. 혼자였다면 떠나기 어려웠을, 아니면 아예 떠날 생각조차 하지 못했을, 그 동행의 여행이 이를 가능하게 한 것이다. 이로써 그들은 홀로의 몸부림과 침잠이 아니라 있는 그대로의 더불음이 생의 길이고 삶의 힘임을 의식하고 그것을 자신들의 삶 안으로 품어낼 지점에 이르게 된다.


## 결핍을 품고 틈을 초월하다

틈과 차이를 보이며 각자의 방식으로 난항에 대응하며 생의 비의를 통찰하고 그에 기대어 상처를 치유하는 중에 두 사람은 마침내 서로를 깊게 의식한다. 그 모든 것이 동행의 힘이 있어 가능했기에 그들의 의식의 향방이 마침내 서로를 향하는 것은 당연하기까지 하다. 당초 그들의 동행의 여행이 '또 다른 만남'을 향한 것이기도 했기에 그러한 향방은 충분히 개연적이기도 하다. 단 그들의 '또 다른 만남'은 단순한 일상성을 넘어 성찰적 깊이를 동반한 승화적인 차원으로 다가오는 매력을 지닌다. 그 승화적인 매력은 여성 인물에게는 부석으로, 남성 인물에게는 옛집으로 상징화되어 제시된다.

　　그녀는 보온통을 기울여 종이컵에 커피를 따른다. 부석사의 포
개져 있는 두 개의 돌은 닿지 않고 떠 있는 것일까. 커피를 들지 않
은 한 손으로 자꾸만 자신의 얼굴을 쓸어 내리고 있다. 그녀는 문득
잠든 그와 자신이 부석처럼 느껴진다. 지도에도 없는 산길 낭떠러
지 앞의 흰 자동차 앞유리창에 희끗희끗 눈이 쌓이기 시작한다. 또
얼마나 지났을까. 그녀가 뒷자리에 개켜져 있는 담요를 끌어와 그
의 무릎을 덮어 준다. 그녀의 기척에 가느스름하게 눈을 뜬 그는 이
순간만은 반복되지 않을지도 모른다고 생각한다. 혹시, 저 여자와
함께 나무뿌리가 점령해 버린 옛집에 가 볼 수 있을는지. 이제 차창
은 눈에 덮여 바깥이 내다보이지도 않는다. (72쪽)

길을 잃은 난항의 상황에서 그들은 자동차 안에 머문다. 그 안에서 그
녀는 커피를 따르며 잠든 그를 보고 그와 자신을 부석처럼 느낀다. 자신들
의 관계를 닿지 않은 채 포개어져 있는 두 개의 돌로 의식하는 것이다. 맞
닿을 수 없는 틈을 지닌 관계. 그렇다고 그 관계가 부정적으로 의식되는
것은 아니다. 이제까지의 논의에서 누차 확인되었듯 틈은 실존적 차원의
본원적인 것이지만, 그 틈의 존재에도 공존과 공감은 충분히 그리고 넉넉
히 가능하다. 그것이 실존적 차원의 본원적인 것이라면 그대로 인정하고
수용하는 것이 관계 형성의 지혜임은 물론이다. 분명한 것은 부석이 틈을
지니고 있지만, 맞닿아 있다는 것이다. 함께 하며 서로를 지탱해 주고 있
다는 것이다. 따라서 본원적인 틈을 인정하고 이해하고 수용하면서 함께
어우러질 수 있는 길을 마련해 내는 것이 보다 중요하다. 그것이 사람과
사람이 함께 살아가는 길이다.

그녀가 담요를 끌어와서 그의 무릎을 덮어주는 포용의 모습은 틈이 있는 존재와 함께 하는, 더 적극적으로는 틈을 넘어서는 관계의 지혜이다. 그녀가 커피를 따르는 것은 깨어 있음의 표상이다. 그녀는 그렇게 늘 깨어 있는 존재였다. 깨어서 활동하는, 동적인 존재였다. P로 인한 상처에 대응했던 그녀의 모습들은, 즉 고속도로를 질주하고, 욕을 해대고, 화분을 비틀어 놓곤 하던 그녀의 모습들은 그대로 그녀의 동적인 존재성을 보여 준다. 지금의 상황에서도 그녀는 자신의 존재성 그대로 깨어 있음의 동적인 모습으로, 자신과는 다른, 틈을 지닌, 그리하여 잠 속으로 빠져들고 있는 그를 배려하며 관계의 깊이를 다져 간다. 결국 부석사를 향해 가던 그들은 길을 잃은 상황에서 그들 스스로가 부석이 된 것이다.

그도 마찬가지이다. 그녀와는 다른, 그녀와 틈을 지닌 그는 잠결에 그녀가 담요를 덮어주는 것을 의식하면서 "이 순간만은 반복되지 않을지도 모른다고" 생각하면서, 더하여 "혹시, 저 여자와 함께 나무뿌리가 점령해 버린 옛집에 가볼 수 있을"지도 모른다고 생각한다. "옛집"은 그에게 존재의 근원과 같은, 끊임없이 돌아가고 싶은, 그의 원형적 세계이다. 과거 그가 아버지와 어머니와 함께 행복한 유년을 보냈던, 낙원과 같은 세계이다. 바슐라르가 『공간의 시학』에서 집은 우리들의 최초의 세계이자 하나의 우주로서 인간의 사상과 추억과 꿈을 한데 통합하는 가장 큰 힘의 하나라고 했을 때 그에게 옛집은 바로 그러한 곳이다. 그는 그러한 곳을 그녀와 함께 가볼 수 있지 않을까 생각하는 것이다. 그녀를 자신의 본원적 세계를 향한 동행자로 의식한 것이다.

과거 그는 연인 K와도 그곳, 옛집에 갔었다. 그런 K였음에도 그가 어머니의 장례식을 치른 후 위로받고자, 사랑의 연을 이어가고자 그녀의 집을 찾아갔을 때, K는 자신이 아닌 다른 남자와 자신과 나누었던 사랑의 행각을 그대로 반복하고 있었나. K에게 그와의 사랑은 유일한 것이 아닌, 누구와도 나눌 수 있는, 반복 재생이 가능한 것이었던 셈이다. 그는 결국 K에게 유일한 존재성을 인정받지 못했던 것이다. 그는 그 충격으로 어떻게 귀대했는지조차도 의식하지 못한 채 곧바로 귀대했었다. 그런데 지금 그는 K가 아닌 그녀와 옛집에 갈 수 있지 않을까 생각한다. 아직까지도 그를 지배하고 있던 K로 인한 상처를 떨치고 새로운 사랑의 가능성을 의식하는 것이다. 나아가 자신의 존재성의 유일성을 의식하는 것이다. 존재의 고유성은 인간 관계 속에서 보장되어야 할 기본적인 가치이다. 그 보장이 그녀와의 관계 속에서는 가능할 듯하다고 그는 생각하는 것이다.

이렇게 여성 인물은 부석의 모습으로 그와 함께함을 생각하고, 남성 인물은 옛집과의 동행을 의식하는 것으로 그녀와 함께함을 생각한다. 그들의 함께함의 의식은 부석과 옛집이라는, 서로 다른 상징으로 또 다른 병치를 이룸으로써 존재들 간의 틈과 차이를 재강조하는 가운데, 어떻게 함께 해야 하는가 하는 문제에 대한 방향을 부각시킨다. 그것은, 함께함이란 합치나 합일을 욕망하는 것이 아니라 개별 존재성을 전제한, 하여 틈과 차이를 전제한 동행임을 부각시키는 것이다. 그렇게 한다고 해서 공존과 공감이 불가능한 것이 아님을 두 사람의 관계 형성의 과정이 증명하고 있다.

사실 부석으로 드러나는 틈과 차이의 인정, 그리고 옛집으로의 동행으로 의식되는 고유성의 존중은 표층적으로는 전적으로 다른 가치인 듯하나, 그 기저에는 일면 다름의 인정과 존중이라는 같은 가치를 공유하고 있다. 개별성 안에 보편성이 자리하고 있는 것이다. 그리고 그 지점이 우리로 하여금 공존을 가능하게 하는 것이다. 작품의 마지막 문장, "이제 차창은 눈에 덮여 바깥이 내다보이지도 않는다."라는 문장은 개별적이면서 보편적인 가치에 주목한 그녀와 그가 이끌어낼 새로운 세상을 기대하게 한다. 흰 눈으로 뒤덮인 차 안의 세계, 그곳은 순수한 재생과 부활을 의식하게 하는, 동굴과 같은 원형적 세계일 수 있다. 그곳은 이제까지 세상에서 인간 관계로 인한 상처로 고통받던 그들이 그 상처를 치유하고 그것에서 회복되어, 하여 틈과 고유성을 존중하며 새로운 관계 맺음을 실현하는 생성과 부활의 공간일 수 있다.

그렇다면 그녀와 그가 이끌어낼 세상은 보다 구체적으로 어떠한 세상일까. 이와 관련하여 작가는 작품에 숨은그림과 같은 서사를 하나 마련해 놓고 있다. 개의 서사가 그것이다. 앞의 논의에서 개를 박 PD와 연결지어 언급한 바 있지만, 그 개의 문제를 즉 개의 서사를 좀더 확장적으로 의미화시킬 필요가 있다. 개는 이 여행의 또 다른 동행자이다. 일단 여성 인물이 개를 데리고 왔기 때문이다. 앞의 논의에서 밝혔듯이 그 개는 원래 박 PD의 개였고, 남자가 양로원에 데려다 놓았던 것인데, 어찌 된 일인지 오늘 여자가 그 개를 데려온 것이다. 사실 저간의 사정을 전혀 알 길 없는 그녀는 그저 어느 날 북한산을 산책하던 중 산자락에 있는 양로원에 들렀다가 기진한 채 쓰러져 있는 개를 발견하고, 안쓰러운 마음에 쓰다듬어 주었는데, 개가 그녀의 따뜻한 손길을 쫓아왔고, 그녀는 쫓아보내도 다시 쫓아오는 개를 어찌 할 수 없어서 그냥 그대로 개를 길렀던 것이다. 그런데 그 개가 성질도 포악하고 몸도 아프고, 기르기가 몹시 까탈스러웠다. 오늘도 그런 개를 집에 혼자 둘 수가 없어서 이 여행에 데려온 것이다.

그런데 이러한 개의 서사에서 두 인물의 차이점에 기반한 여성 인물의 특이점이 드러난다. 우선 첫 번째 차이점은 두 인물 모두 병든 개에 대해서 연민을 지녔으되, 남성 인물은 그 개를 끝까지 감당하지 못하고, 여성 인물은 끝까지 그 개를 보듬고 책임진다는 것이다. 두 번째 차이점은 남성 인물은 개에게 통상적인 관습대로 바람이라는 이름을 붙여 개를 부르는 데 반해 여성 인물은 개를 개라고 부르는, 특이한 명명을 한다는 것이다. 이러한 차이점들 속에서 여성 인물이 까탈스러운 개를 끝까지 책임지고, 또 개를 개라고 부르며 그 존재 사체를 그대로 빚아들여 주는 모습은 상대적으로 여성 인물의 포용성을 보여 준다.

개의 서사에서 드러나는 여성 인물의 이러한 특이점들은 보다 확장적인 의미를 지닌다. 작품에서 개는 어찌 보면 남성 인물에 대한 상징적 대리물일 수 있다. 물론 그 개는 애당초 박 PD가 기르던 개였지만, 박 PD에게 버림받은 개이다. 또 그 개는 자기와 같은 종의 개를 보면 굉장히 공포스러워하는 불안 증세를 보인다. 수의사는 그러한 개를 두고 같은 종의 개에게 물렸거나 큰 상처를 입은 것 같다고 진단한다. 이렇게 볼 때 개는 박 PD에게 배반당하고 그로 인한 상처로 힘겨워하는 남자와 상동적인 맥락을 형성한다. 그렇다면 작품에서 여성 인물이 병들고 까탈스러운, 즉 결핍적인 상황으로 인해 살핌이 필요한 개를 따뜻한 마음으로 돌보고 있는 상황은 자연스럽게 여성 인물이 남성 인물을 따뜻하게 품는 문제로 확장될 수 있다.

사실 개가 결핍으로 인해 돌봄이 필요한, 그리하여 남성 인물과 상동적인 관계를 이룬다고 할 때 남성 인물이 지닌 여러 국면들이 그 상동성을 뒷받침한다. 일단 남성 인물이 개를 데리고 왔다가 끝까지 책임지지 못했다는 사실은 그가 자신의 삶을 주도하고 감당하는 책임성으로부터 빗겨나 있는, 결핍의 인물임을 시사한다. 또 그가 세상에서 갈등과 어려움에 직면했을 때마다 부대로, 집으로, 잠으로 칩거해 들어가는 모습 역시 그러한 맥락을 뒷받침한다. 작품에서 제시되고 있는 그의 옛집에 대한 기억 역시 그러한 맥락과 무관하지 않다. 옛집은 남성 인물에게 존재의 근원과 같은 원형적이고 지향적인 공간이지만, 동시에 그것은 그가 유년의 기억과 상처에서 미처 다 헤어나오지 못한 존재라는 의미이기도 하다. 그는 일곱 살 때 아버지가 돌아가시고 그 옛집을 나와서 어느 집의 문간방으로 이사를 가서도, 계속해서 집에 가자고 떼를 쓰며 울음을 그치지 않았던 아이였다. 그리고 아직까지도 옛집에 대한 유년의 의식을 떨쳐내지 못해서 옛집에 가자고 보채는 소년 시절의 꿈을 꾸고, 어머니가 그것은 더 이상 집이 아니라고, 사내아이가 되어서 아무 데서고 눈물을 흘리느냐고 엄하게 꾸짖는 소리에 깨어나곤 하는 인물이다. 그는 여전히 유년의 상처에서 헤어 나오지 못하는 결핍의 존재인 것이다. 이러한 일련의 상황들은 그가 돌봄과 살핌이 필요한 존재임을 여실히 한다. 이로써 개가 남성 인물의 객관적 상관물임이 분명해진다.

이상의 맥락은 여성 인물의 개에 대한 돌봄과 살핌이 곧 남성 인물에 대한 돌봄과 살핌으로 이어질 수 있음을 보다 깊게 시사한다. 작품에서 길을 잃은 난항의 상황에서 제시되고 있는, "골짜기가 자동차를 품었듯 그녀는 개를 품고 있다."라는 서술은 개를 객관적 상관물로 하는 남성 인물에 대한 여성 인물의 돌봄과 살핌의 맥락으로 이해 가능하다. 여성 인물이 포용적 마음으로 결핍의 존재인 남성 인물을 품어내는 맥락으로 이해 가능한 것이다. 그렇다면 이 여성 인물의 포용적 자세는 부석으로 상징화된 인간 간의 거리, 틈, 차이를 넘어 공존과 동행을 공고히 할 수 있는 관계의 또 다른 지혜일 수도 있는 셈이다.

# 한강의 「채식주의자」[*]
- 육식의 거부, 가부장적 폭력의 거부, 그리고 배제와 감금

    한강의 「채식주의자」는 2004년 여름 『창작과 비평』에 발표되었다. 작가는 이후 「채식주의자」의 연작으로 「몽고반점」과 「나무불꽃」을 발표하고, 세 연작들을 모아 2007년에 소설집 『채식주의자』를 발간한다. 소설집 『채식주의자』는 2016년에 세계 3대 문학상의 하나로 꼽히는 맨부커상을 수상한다. 『채식주의자』의 세계적인 문학상 수상 이력은 이 작품집을 베스트셀러로 급부상시키기도 했다. 맨부커상의 수상이 이 작품집을 대중화시키기는 했지만 작품이 담고 있는 의식은 쉽게 대중화되기 어려운 측면이 있다. 그 난해한 의식의 첫 시작점에 놓이는 단편 「채식주의자」에 주목해 그 난해한 의식의 출발선을 탐색해 보는 것도 의미 있는 독서의 길이 아닐까 싶다.

    「채식주의자」의 주인공 영혜는 어느 날 선혈이 낭자한 육식의 꿈을 꾸고 채식을 선언한다. 그녀에게 육식은 가부장적 폭력성의 또 다른 문화적 양식이다. 가부장적 폭력성은 그녀의 아버지를 통해 물리적인 측면으로 드러나기도 하고 남편을 통해 일상에 만연된 권위와 중심성으로 드러나기도 한다. 그것이 어떠한 형태이든 그것은 생명의 존엄을 말살하고 죽음

---

[*] 한강, 「채식주의자」, 『채식주의자』, 창비, 2016.

을 야기하며 약육강식의 논리로 세상을 지배한다. 그녀는 꿈을 통해 그 폭력성이 자기 안에 내재화되었음을 인식하고 자기 안에서 그것을 걷어내고자 한다. 그녀의 채식 선언은 그러한 맥락을 전제한다.

그러나 그녀의 채식 선언과 그에 대한 실천은 사회의 지배 이데올로기에 대한 저항이고 거부인 까닭에 쉽게 용인되지 않는다. 남편도, 친정 식구들도, 사회도 모두 그녀의 채식 지향에 대해 수용적이지 않다. 비록 인식적 차원에서이기는 하지만, 어쨌거나 그녀는 소외와 배제와 감금에 직면하며 비정상의 범주로 내몰린다. 육식을 거부하는, 가부장적 폭력성을 거부하는 그녀에게 가부장적 세계는 그녀가 머물 수 있는 자리를 허락하지 않는다. 가부장적 세계는 저항과 차이를 용납하지 않는 것이다. 그런 속에서 가부장적 세계가 그녀를 거부하는 방식은 지극히 폭력적이다. 하여 가부장적 세계의 거듭되는 폭력 속에서 그녀의 존재성은 메말라갈 뿐이다. 철저하게 대상화되어 가는, 그리하여 피폐화되어 가는 그녀의 저항과 좌절의 여정을 살펴보고자 한다.


## 육식, 가부장적 폭력성의 내재화와 일상화

「채식주의자」는 주인공인 영혜의 남편 '나'를 주된 서술자로 내세우면서 사이사이에 영혜의 서술이 삽입되어 있는, 이원적 서술 구조를 보인다. 이 이원적 서술 구조는 소통의 단절을 의미화하면서, 서술의 중심성이 남편에게 놓여지는 것을 통해 담론의 권력 구조를 드러낸다. 두 개의 담론이 발화되고 있지만 두 담론은 소통되지 않으며 그런 중에 남편의 담론이 중심성을 확보함으로써 남편의 담론이 권력을 확보하고 있음을 드러내는 것이다. 두 담론 간의 소통이 단절되는 것도 담론의 권력을 지닌 남편의 시선이 아내 영혜의 시선을 거부하기 때문이다. 이러한 상황에서 남편에 의한 담론의 시선이란 가부장성이다. 달리 가부장적 폭력성이다. 작품의 이러한 담론적 특성은 그대로 작품의 의미를 형성한다.

어느 날 아내인 영혜가 육식을 거부하고 채식을 시작한다. 이로 인해 남편인 '나'의 일상에 심각한 문제들이 야기된다. 아내인 영혜의 육식의 거부가 남편인 '나'의 일상의 문제로 이어지는 것은 육식과 일상 간의 긴밀한 상관성을 의미한다. 그런데 작품에서 그 육식과 긴밀하게 어우러진 일상이란 곧 가부장적 폭력성의 세계임이 드러난다. 영혜의 기억 속에 깊게 자리하고 있는 하나의 사건이 분명하게 그와 같은 의미를 전하고 있다.

> *내 다리를 물어뜯은 개가 아버지의 오토바이에 묶이고 있어 (중략) 무더운 여름날이야. (중략) 아버지는 녀석을 나무에 매달아 불에 그슬리면서 두들겨패지 않을 거라고 했어. 달리다 죽은 개가 더 부드럽다는 말을 어디선가 들었대. 오토바이 시동이 걸리고, 아버지는 달리기 시작해. 개도 함께 달려. (중략) 다섯 바퀴째 돌자 개는 입에 거품을 물고 있어. (중략) 여섯 바퀴째, 개는 입으로 검붉은 피를 토해. 목에서도 입에서도 피가 흘러 (중략) 그날 저녁 우리집에선 잔치가 벌어졌어. (52-53쪽)*

아내가 아홉 살 때 집에서 기르던 개가 아내의 다리를 문 사건이 발생한다. 그때 아버지는 단지 더 부드러운 고기를 얻기 위해서 개를 오토바이에 매달고 동네를 예닐곱 바퀴를 돈다. 아주 잔인한 방식으로 개를 죽인 것이다. 그리고 그날 밤 아내의 집에서는 잔치가 벌어진다. 아내의 기억 속에 깊게 자리하고 있는 이 사건에 담겨 있는 일련의 상황들은, 즉 기르던 개를 아주 잔혹한 방식으로 죽이는 잔인한 폭력성, 그 잔인한 폭력성을 아무렇지도 않게 자행한 아버지, 그리고 뒤이어지는 잔치 등의 상황들은 모

두 하나의 맥락으로 모아지면서 결국 육식은 가부장적 폭력성의 표상임을
드러낸다.

그리고 그 폭력성을 내장한 가부장적 세계는 아내가 나고 자라고 살아
가는 세계이다. 작품에서 그러한 국면은 우선적으로 그녀를 양육한 아버
지의 면모를 통해 확인된다. 앞의 논의에서 드러났듯이 아버지는 기르던
개를 아주 잔혹한 방식으로 죽였을 뿐만 아니라, 성격 자체가 매우 다혈질
적이고, 가부장이기 때문에 주변 사람들에게 배려의 말따위를 하지 않으
며, 딸이 고기를 먹지 않는 문제로 사위를 염려하며 사과하는 것이 오히려
어색하게 느껴지는 인물이다. 뿐만 아니라 그는 월남전에 참전해서 무공
훈장을 받은 것을 매우 자랑스럽게 여기는 인물이고, 딸이 18살이 되도록
까지 종아리를 때린 인물이다. 아내는 그러한 아버지 밑에서 가부장적 폭
력성을 내재화하면서 그것을 자신의 일상으로 받아들이고 그에 순응하며
살아온 것이다. 아내는 폭력적인 가부장적 세계의 내적 존재인 것이다.

다음의 인용문에서 제시되고 있는 사건에서 그녀의 가부장적 폭력성
의 내재화가 분명하게 확인된다.

> 그 개의 꼬리털을 태워 종아리의 상처에 붙이고, 그 위로 붕대를 친
> 친 감고, 아홉 살의 나는 대문간에 나가 서 있어. *(중략)* 나는 꼼짝 않고
> 문간에 서서 점점 지쳐가는, 헐떡이는 눈을 희번덕이는 흰둥이를 보고
> 있어. 번쩍이는 녀석의 눈과 마주칠 때마다 난 더욱 눈을 부릅떠. *(중략)*
> 개에 물린 상처가 나으려면 먹어야 한다는 말에 나도 한입을 떠넣었지.
> 아니, 사실은 밥을 말아 한그릇을 다 먹었어. *(중략)* 국밥 위로 어른거리
> 던 눈. 녀석이 달리며, 거품 섞인 피를 토하며 나를 보던 두 눈을 기억
> 해. 아무렇지도 않더군. 정말 아무렇지도 않았어. (52-53쪽)

위 인용에서 확인되듯 아홉 살 때의 그날에 아버지가 잔인하게 개를 잡는 모습을 어린 아내가 눈을 부릅뜨고 바라보고 또 잡은 개로 만든 국밥을 맛있게 먹었다는 사실은 아내가 가부장적 폭력성을 자기 안에 깊게 내재화하였음을 상징적으로 드러낸다. 인용의 마지막 부분, 아무렇지도 않았다는 반복적인 진술이 이후 작품을 이해하는 데 있어서 최종적으로는 어린 아내의 위장적인 반어로 이해되기는 하지만, 그러나 어쨌든 아내는 위 인용의 사건이 시사하듯 가부장적 폭력성을 내재화한 존재이다. 그리고 이후로 그녀는 오랫동안, 달리 육식의 거부를 선언하기까지는 가부장적 사회에 부합하는 존재로, 가부장적 사회 안에서 무난한 일상을 살아온 존재이다.

실제로 그녀가 가부장적인 일상의 삶에 무난하게 적응하며 살아왔음은 지극히 평범한 가부장인 남편의 시선 속에서 명료하게 포착된다. 단적으로 남편인 '나'는 아내가 처녀 시절 특별한 매력이 없었고, 특별한 단점이 없었고, 또 굉장히 무난하고 편안한 존재였기 때문에 그녀와 결혼한 것이라고 이야기한다. 그녀가, 어려서부터 조무래기들을 데리고 골목대장을 하는 정도의, 자신에게 장학금을 주는 대학에 다닌 정도의, 자기 능력을 알아봐 주는 작은 규모의 회사에 다니는 정도의, 보통의 평범한 자신에게 버겁지 않은 인물이었기에 그는 그녀와 결혼했다는 것이다. 이렇게 아내가 평범한 가부장적 남편에 의해 무난하다고 판단되고 배우자로 선택되었다는 사실 자체는 아내가 가부장적 사회에 잘 적응해 살아왔다는 의미이다. 그리고 실제로 아내는 결혼 이후 경제에도 작으나마 보탬을 주며 가정 내적 존재로서의 역할도 무리 없이 잘 감당해 내었다.

그런데 아내가 가부장적 사회에 잘 적응하며 살았다는 사실은 달리 가부장적인 폭력성에도 잘 적응하며 순응적이었다는 의미이기도 하다. 그러한 정황은 아내를 대하는 남편의 태도의 여러 국면들 속에서 거듭 확인된다. 앞의 논의에서 살폈듯이 남편이 아내를 결혼 상대로 결정한 이유부터가 폭력적이다. 그녀가 평범한 자신에게 버겁지 않은 존재였기 때문에 그녀를 택했다는 것부터가 아내에 대한 남편의 폄하적 의식을 드러내는 까닭이다. 결혼 이후의 상황에서도 아내를 바라보고 이해하는 남편의 시선에는 도구적인 관점이 농후하다. "애당초 열렬히 사랑하지 않았으니 특별히 권태로울 것도 없"고 그저 가정 내적 존재로서의 역할은 무난하게 수행해 주니 아내에게 특별히 불만은 없다는 식이다. 또 일상에서 그가 아내를 대하는 언사는 거칠고 거침이 없다. 남편은 아내를 향해 "미쳤어? 왜 안 깨웠어? 지금이 몇신데……" 혹은 "미쳤군. 완전히 맛이 갔어."와 같은 언사를 서슴지 않는다. 아내를 향한 남편의 이러한 의식 혹은 일련의 언행들은 가부장적 폭력성의 또 다른 국면들이다. 그리고 그것들은 가부장적인 폭력성이 일상 속에 얼마나 깊고 넓게 만연되어 있는지를 보여 준다. 그런데 아내는 그런 남편과 그런 세상 속에서 무난하고 무탈한 결혼 생활을 이어온 것이다. 그것은 분명 아내가 가부장적 폭력성에 적응하여 순응적으로 살아왔음을 의미한다.

그런 중에 가부장적 폭력성은 일상적 만연을 넘어 부도덕함을 거침없이 드러낸다. 남편의 처형을 향한 의식은 그러한 국면들을 분명하게 보여 준다. 그는 가부장적 의식을 처형을 향해서도 거침없이 작동시킨다. 그는 아내보다 처형에게 더 긍정적인 의식을 보이는데, 이유는 처형이 아내보다 더 예쁘기 때문이고, 무엇보다 아내보다 더 여자다운 데가 있기 때문이고, 또 성적인 긴장감을 주기 때문이고, 경제력을 갖추었기 때문이고, 사려 깊은 말씨로 마음을 다독여 주기 때문이다. 이쁨, 여자다움, 성적 긴장감, 경제력, 사려 깊음 등의 잣대는 일반적으로 제부되는 사람이 처형을 향해 들이댈 수 있는 도의적인 기준들이 아니다. 그것들은 가부장적 남성이 여성에게 투사하는, 지극히 이기적이고 속물적인 욕망의 시선들이다.

그럼에도 그는 처형을 향해 그러한 잣대를 들이댄다. 그러고도 그의 의식은 당당하다. 부끄러움이나 저어함이 없다. 그의 그러한 모습은 가부장적 폭력성의 일상화, 그리고 그것을 넘어서는 부도덕함을 보여 준다. 아내는 분명 그러한 세상 속에서 무탈한 삶을, 순응적인 삶을 살았던 것이다.

## 각성과 육식성 '벗기'

가부장적 일상에 순응하며 평범하게 살아가던 아내는 어느 순간 가부장적 일상이 죽음과 맞닿아 있는, 대단히 폭력적이고 문제적인 세계임을 의식하게 된다. 어느 날 아침 그녀는 언 고기를 힘겹게 썰고 있었다. 그때 남편이 옆에서 "제기랄, 그렇게 꾸물대고 있을 거야?"라고 화를 내며 그녀를 재촉하였고 그녀는 남편이 화를 내며 재촉하자 허둥대다 손가락을 벤다. 그 와중에 고기를 썰던 식칼의 이도 나간다. 그 상황에서 아내는 피가 나는 손가락을 입에 넣고 마음을 진정시킨다. 그리고 "선홍빛 색깔과 함께, 이상하게도 그 들큼한 맛이 나를 진정시키는 것 같았"다고 의식한다. 이날 아침도 그녀의 집에서는 앞 장에서 살핀 바와 같은 일상적인 가부장적 폭력성이 그대로 구현되고 있었던 것이다. 그날 아침의 상황에 등장하고 있는 고기와 식칼과 남편의 폭력적 언사와 선홍색 피와 그것의 들큼한 맛 등은 육식으로 표상화된 가부장적 폭력성의 일상화를 강력하게 이미지화 하고 있다. 그런 중에 아내가 남편의 채근으로 인한 자신의 불안정한 마음을 언 고기를 썰다 벤 손가락을 입에 넣고 그것에서 흐르는 피의 들큼한 맛에 기대어 진정시키는 모습은 육식으로 표상되는 가부장적 폭력성과 그것의 일상화를 자신 안에 내재화하여 그것에 순응하며 살아가는 아내의 모습을 그대로 보여 준다. 그런데 이날 아침 그녀는 문득 자신이 이제까지의 존재성에서 분리되는, 의식적인 경험을 하게 된다.

> 두 번째로 집은 불고기를 우물거리다가 당신은 입에 든 걸 뱉어냈
> 지. 반짝이는 걸 골라 들고 고함을 질렀지.
> 뭐야. 이건! 칼조각 아냐!
> 일그러진 얼굴로 날뛰는 당신을 나는 우두커니 바라보았다.
> 그냥 삼켰으면 어쩔 뻔했어! 죽을 뻔했잖!
> 왜 나는 그때 놀라지 않았을까. 오히려 더욱 침착해졌어. 마치 서늘
> 한 손이 내 이마를 짚어준 것 같았어. 문득 썰물처럼, 나를 둘러싼 모든
> 것이 미끄러지듯 밀려나갔어. 식탁이, 당신이, 부엌의 모든 가구들이.
> 나와, 내가 앉은 의자만 무한한 공간 속에 남은 것 같았어. (26-27쪽)

위 인용문 이전의 논의에서 언급된 대로 아내는 언 고기를 허둥대며
썰다가 손을 베는 등의 곡절을 거쳐 식사를 마련했는데, 그 마련된 식사를
하던 남편이 입에서 뭔가를 뱉어낸다. 그것은 고기를 썰다 부러져 나갔던
식칼의 칼날 조각이었다. 자신의 입에서 나온 것이 부러져 나갔던 식칼의
칼날 조각임을 발견한 남편은 또다시 폭력적 언사로 아내를 몰아친다. 그
런데 그 순간 아내는 이전의 존재와는 다른 자신을 의식한다. 남편의 사나
운 채근에도 놀라지 않고 침착하고 냉철해진 자신을 의식한다. 뿐만이 아
니라 자신을 둘러싼 부엌의 모든 가구가, 심지어 남편까지도 모두 밀려 나
가는 것을 의식한다. 이제까지의 가부장적 세계 안에서 가정 내적 존재로
서의 자기 존재성이 떠나가는 것을 의식한 것이다. 그 상황을 아내는 "마
치 서늘한 손이 내 이마를 짚어 준 것 같았"다고 서술하고 있다. 여기서
아내를 일깨운 그 서늘함의 실체는 육식과 칼날과 남편의 추궁이 어우러
져서 드러내는 죽음의 문제와 무관하지 않다. 육식으로 표상되는 가부장

적 폭력성이 칼의 이미지와 어우러져 야기하는 죽음을 의식한 것이다. 육식이 근본적으로 죽음과 연결되어 있듯이 가부장적 폭력성도 결국 죽음과 연결된 세계임을 그녀는 의식한 것이다. 가부장적 폭력성의 실체인 남편이 "죽을 뻔했잖아!"를 외치는 것은 가부장적 폭력성이 지니는 심각한 문제성에 대한 자기 고백이다.

위에서 언급한 식사 상황에서 자신의 일상 안에 깃든 육식으로 표상되는 가부장적 폭력성의 심각한 문제성을 의식한 그녀는 다음날 새벽 꿈을 꾸게 된다. 그리고 그 꿈을 통해 이제까지의 자신의 존재성과 정면으로 대면한다. 그날의 꿈에서 그녀는 수백 개의 시뻘건 고깃덩어리들이 매달려 있는 헛간을 헤매다 옷에 피를 묻히게 되고, 또 고깃덩어리를 주워 먹고 입에 피를 묻히게 되고, 헛간 바닥의 피웅덩에 비친 자신의 얼굴을, 자신의 번쩍이는 눈을 보게 된다. 그녀의 피웅덩이에 비친 자신의 얼굴에 대한 응시, 그것은 분명 육식의 폭력성에 물든 자신의 존재성에 대한 확인이다. 더하여 그녀는 그 꿈 속에서 숲 속을 헤매다 피 묻은 날것의 모습으로, 즉 죽음의 모습으로 나무 뒤에 웅크리고 앉아, 무언가를 죽여 그것으로 잔치를 벌이며 행복해 하는 폭력적인 세상을, 달리 죽음의 붉은 피를 생명의 초록빛으로 위장하며 살아가는 참혹한 세상을 바라본다. 그리고 그녀는 그 세계를 향해 나서지 못한다. 죽음과 같은 자기 존재성을 인식한 그녀는 육식으로 행복을 치장하는, 그 가부장적 폭력성의 세계에, 즉 그 죽음의 세계에 합류하는 것을 두려워하게 된 것이다. 하여 그녀는 그 세계와 거리를 유지한다. 그녀는 그렇게 그 날의 꿈에서 육식과 폭력과 죽음에 매인 자신을 대면한 것이다.

그러고도 꿈을 통한 그녀의 자기 존재성 인식은 계속된다. 그녀는 계속해서 잔혹한 폭력, 죽음, 살의 등의 강력한 이미지와 행위가 동반되는 끔찍한 꿈을 꾼다. 그 끔찍한 꿈 속 상황 안에는 늘 그녀 자신이 존재한다.

이런 식이다. 어느 날 꿈에서 그녀는 누가 또 다른 누군가를 죽이고, 새로운 또 다른 누군가가, 누군가를 죽인 또 다른 누군가를 감추어 주고, 그런데 그 누군가들이 도대체 누구인지, 자신인지, 남편인지, 다른 누구인지, 전혀 알 수 없는, 죽음이 난무하는, 잔혹하고 끔찍한 세상과 직면한다. 또 다른 어느 날의 꿈에서는 "누군가의 목을 자를 때, 끝까지 잘리지 않아 덜렁거리는 머리채를 잡고 마저 칼질을" 하는 등의 형언하기 어려운 참혹한 세상과 대면하기도 한다. 더하여 그 꿈에서의 잔혹함들은 깨어나서도 그녀의 의식을 지배하여 그녀에게 동물에 대한 살의와 육식의 욕망을 불러일으키기도 한다. 그녀로서는 그 낯섦과 참혹함을 감당할 수가 없다. 그녀가 꿈들을 통해 직면하는 그 세상 어디에도 생명과 삶은 없다. 그녀는 오래도록 그런 세상에서 살아왔던 것이다. 더욱이 그 끔찍한 세상에서 잔혹한 폭력의 동참자로서 살아왔던 것이다.

그녀는 이제 그 잔혹한 꿈들로 인해 잠들지 못하고 야위어 간다. 감당할 수 없는 자기 존재성의 확인에서 오는 고통으로 그녀의 존재가 메말라 갔던 것이다. 하여 그녀는 그 끔찍한 육식과 폭력의 세계에서 자신을 끌어내기로 결단한다. 그 세계와 자신의 혼용을 더 이상 용납하지 않기로 한 것이다. 사실 그녀의 용단은 헛간의 피웅덩이에 비친 자신의 얼굴을 보게된 꿈을 꾼 날 새벽부터 시작되었다. 그날 그녀는 냉장고에 가득히 저장된 온갖 육류들을 꺼내어 내다 버린다. 이어서 그녀는 우유도, 계란도, 육식과 관련된 일체의 모든 것들을 내다 버린다. 그녀는 철저한 채식주의자가 된다. 뿐만 아니라 일상 용품 중에서도 가죽 제품은 모두 내다 버린다. 동물과 관련된 일체의 소비와 생활조차 거부한다.

작품에서 그런 그녀의 육식에 대한 거부는 '옷벗기'로 상징화되어 응집된다. 그녀가 너무도 평범하고 무난하여 결혼했다는 남편도 결혼 전에 그녀에게 의아하게 느낀 점 하나는 그녀가 브래지어를 잘 하지 않는디는 것이었다. 그녀는 브래지어의 조임을 몹시 불편해 했던 것이다. 작품 말미에서 그녀는 명치에 무언가가 걸려 있다고, 덩어리가 느껴진다고, 그것은 고함과 울부짖음이 뭉쳐있는 것이라고, 고기를 너무 많이 먹었기 때문에 그런 것이라고, 브래지어를 하지 않아도 덩어리가 느껴진다고 서술하고 있다. 물론 그녀의 그러한 서술은 육식을 거부한 이후의 것으로 결혼 전 브래지어를 잘 하지 않던 당시의 의식은 아니지만, 어쨌거나 그녀가 결혼 전부터도 무의식적 차원에서나마 육식의 억압성을 느끼고 있었고 그 억압성에서 벗어나기 위한 또 다른 무의식적 차원의 대응으로 브래지어의 조임을 불편하게 여기며 그것을 벗어버리곤 하였던 것임을 짐작할 수 있다. 그러니 육식의 억압성을 의식한 현재의 그녀로서는 그 억압성에서 벗어날 필요가 더욱 절실해진 셈이다. 하여 그녀는 그 절실함을 상의 전체를 탈의한 채 여윈 가슴을 그대로 드러내는 방식으로 표출한다.

현관문을 열고 아내의 모습을 보자마자 나는 황급히 들어서서 문을 닫았다. 복도식 아파트였으므로 지나는 사람이 있을까 두려워서였다. 아내는 옅은 회색 면바지 위로 상체를 벌거벗은 채 텔레비전 장식장 앞에 기대앉아 감자껍질을 벗기고 있었다. 선명히 드러난 쇄골 아래로, 너무나 살이 빠져 이제는 조금 둔덕져 있을 뿐인 젖가슴이 보였다.

"옷은 왜 벗고 있어?"

웃음을 지으려 애쓰며 나는 물었다. 아내는 고개를 들지 않은 채 계속해서 감자칼을 놀리며 대답했다.

"더워서." (40-41쪽)

어느 날 남편이 퇴근하고 집에 돌아왔을 때 그녀는 거실에서 상의를 벗고 여윈 가슴을 드러낸 채 감자를 깎고 있었고, 남편이 옷은 왜 벗고 있느냐고 묻자 더워서라고 답한다. 그녀가 아홉 살 때 그녀의 다리를 문, 집에서 기르던 개를 잔인한 방식으로 잡아 부드러운 고기를 얻어 잔치를 벌이던 날, 그날도 몹시 더운 날이었다. 그 폭력적인 육식의 잔치가 벌어진 날, 기르던 개가 잔혹한 죽음에 처해지던 그날도 몹시 더운 날이었던 것이다. 그러한 맥락 속에서 더위는 육식의 광기의 표상이다. 그리고 그 육식의 광기가 고스란히 그녀의 가슴에 더위의 고통으로 남아 그녀로 하여금 옷을 벗게 한 것이다. 그리고 그것은 그대로 그녀가 육식성을 벗는 상징적 행위로 의미화 된다. 그녀는 분명 자신에게서 육식성을 걷어내고자 하는 간절한, 절실한 욕망을 그렇게 표현하고 있는 것이다.


## 소외와 배제, 그리고 소환과 감금

문제는 자신에게서 육식성을 거두어내고자 하는 그녀의 의지가 순항을 이어나가는 것이 애당초 불가능하다는 것이다. 그녀의 육식의 거부 혹은 채식으로 표상되는 지향은 달리 한 세계에 대한 거부이다. 오래도록 강고한 지배력을 행사해온 가부장적 세계에 대한 거부이다. 그러니 가부장적 세계는 당연히 강력한 지배력을 바탕으로 그녀의 그러한 지향을 수용하지 않는다. 오히려 억압의 강도를 더해 가며 그녀를 극단의 상황으로 몰아간다. 그리고 마침내 그녀는 이념적 차원에서 추방의 자리로 내몰린다.

당장에 가장 가까이에 있는 남편조차도 그녀의 의지를 용납하지 않는다. 그는 아내의 육식의 거부에 대해 몰이해로 일관한다. 그는 그녀가 육식을 거부하는 것으로 인해 자신이 고기를 먹지 못하게 된 것에 대해 불만과 분노를 터뜨린다. 그는 채식을 고집하는 아내를 두고 자기중심적이라, 이기적이라, 제멋대로라, 비이성적이라 비난한다. 뿐만 아니라 아내가 몹시 야위어 가는 것이 꿈 때문임을, 아내가 꿈 때문에 밤마다 잠들지 못하고 있음을 짐작하면서도 아내의 고통에 대해 주의를 기울이고자 하지 않는다. 그는 그녀의 고통을 "꿈 나부랭이" 정도로 여길 뿐이다. 그렇게 그녀는 자신과 한 공간 안에서 함께 생활하는 남편으로부터도 철저히 외면되고 소외당한다. 그녀의 야윔은 비단 꿈 때문만이 아닌 것이다. 이해받지 못하고 공감받지 못하고 고립과 외로움으로 내몰려가는 상황 때문이기도 한 것이다. 육식, 폭력, 죽음에서 헤어나와 생명으로 나아갈 수 있는 길을 마련할 수 없는 까닭이기도 한 것이다.

육식의 거부로 인해 그녀가 직면한 소외의 문제는 점차 그 반경을 넓혀 확대되기 시작한다. 그녀가 육식을 거부하는 일상을 살아가는 중에 남편은 회사의 사장 이하 임원급들의 모임에 부부 동반 초대를 받는다. 과장급이 그런 모임에 초대받기는 자신이 처음인 까닭에 그는 긴장과 기대로 그녀를 대동하고 그 모임에 참석한다. 그런데 남편의 입장에서 볼 때 그 중요한 자리에서 아내는 음식에 손을 대지 않는다. 철저한 채식을 고집한 까닭이다. 그녀의 그러한 모습에 그 자리에 모인 사람들은 대단한 불편함을 느끼고 나중에는 아내가 그 모임에 존재하지 않는 듯이 그들끼리의 대화를 이어간다. 그 속에서 대화는 당연히 육식이나 채식과 관련된 것으로 모아지고, 그들은 육식은 본능이라고, 채식은 본능을 거스르는, 자연스럽지 않은 것이라고, 모든 것을 골고루 먹는 것이 신체적으로나 정신적으로나 원만한 증거라고 이야기들을 한다. 아내는 그들 속에서 본능을 거스르는, 원만하지 않은 존재로 규정당하고 그들의 세상에서 그들과 공존할 수 없는 존재로, 배제의 대상으로 내몰린다.

그리고 마침내는 주도적 세상으로부터 소외와 배제의 대상이 되어가고 있는 그녀를 다시 그 세상으로 재편입시키기 위한 소환이 진행된다. 그리고 그것은 가족의 이름으로, 더하여 가부장의 이름으로 대단히 폭력적인 방식으로 진행된다. 회사 임원진들과의 부부 동반 모임에서 돌아온 남편은 상황의 심각성을 의식하고, 아내의 친정 식구들에게 차례로 전화를 걸어, 육식을 거부하는 아내의 현재 상황을 전한다. 그들의 힘에 기대어 아내의 이탈을 멈추게 하려는 것이다. 그리고 실제로 아내의 친정 식구들은 처형의 집들이로 함께 모여 식사를 하는 자리에서 그녀에게 고기를 권한다. 모두 아내에게 기존의 삶을, 가부장적 삶을, 그 폭력적인 삶을 권하는 것이다. 그 세계로의 재편입을 권하는 것이다. 달리 그녀를 그곳으로 소환하는 것이다. 그리고 그 소환이 아내의 저항으로 거부되자, 결국 가부장적 세계는 그 폭력적인 본원의 모습을 날것으로 드러낸다. 가부장적 폭력성을 자신의 삶의 방식으로 지녀왔던 아버지는 가족들이 차례로 권하는 육식을 아내가 지속적으로 거부하자, 더하여 자신의 권유조차 거부하자 분노를 참지 못하고 사납게 딸의 뺨을 때리고, 사위와 아들을 불러 딸을 꼼짝 못 하게 붙들게 하고 탕수육을 딸의 입에 욱여넣는다. 가부장의 폭력성을 여실히 드러낸 것이다. 아버지의 그 폭력성은 아내가 벗어나고자 하는 현실의 실체를 보여 준다.

일호의 포용조차 없는 이 폭력적인 상황에서 아내는 마침내 자기 파괴적인 길로 들어선다. 그것은 자발적인 선택이기보다는 폭력적인 상황에 의한 내몰림이다. 아버지의 폭력에 절규하던 아내는 교자상 위에 있던 과도가 눈에 들어오자 그것을 집어 자신의 손목을 긋는다. 폭력을 거부하고 생명을 지향했던 그녀가 아버지의 폭력에 의해 극단으로 내몰려 자신에게 폭력을 행사한 것이다. 결국 가부장적 폭력성은 타자를 향하는 것에 그치지 않고 자신을 향하게까지 하는 것임을 드러내 보인 것이다.

*내가 믿는 선 내 가슴뿐이야. 난 내 젖가슴이 좋아. 젖가슴으론 아*

*무엇도 죽일 수 없으니까. 손도, 발도, 이빨과 세 치 혀도, 시선마저도,*
*무엇이든 죽이고 해칠 수 있는 무기잖아. 하지만 가슴은 아니야. 이 둥*
*근 가슴이 있는 한 난 괜찮아. 아직 괜찮은 거야. 그런데 왜 자꾸만 가*
*슴이 여위는 거지. 이젠 더 이상 둥글지도 않아. 왜지. 왜 나는 이렇게*
*말라가는 거지. 무엇을 찌르려고 이렇게 난 날카로워지는 거지.* (43쪽)

위 인용문에서 드러나듯이 그녀는 아무도 죽일 수 없는 둥근 가슴을,
생명의 가슴을 믿고 의지했었다. 그런데 가부장적 폭력성은 그런 그녀의
생명의 가슴조차 야위게 하고 날카로운 무기가 되게 하여, 결국은 그녀로
하여금 자신의 손목을 긋게 하고 스스로를 파괴하게 하는 극한을 드러낸
것이다. 더욱이 그것은 자신 안에 내재한 가부장적 폭력성을 걷어내고자
하는 그녀를 통해 그 극한을 증명하게 하는 잔혹함까지 드러낸 것이다. 결
국 그녀가 가부장의 폭력성에서 헤어날 길은 없는 셈이다.

그런데 작품에는 아내의 저항을 어렵게 하는 또 하나의 국면이 제시되
어 있다. 그것은 바로 아내의 언니인 처형과 아내의 어머니인 장모의 가부
장적 폭력성에 대한 동조와 동행이다. 처형은 앞에서 살폈듯이 아내의 남
편인 '나'가 가부장 남성으로서 매력을 느끼는 여러 국면들을 지닌 인물
이다. 그녀는 실제로 가정 안에서 경제적으로 무능력한 예술가 남편을 완
벽하게 뒷바라지하며 집안을 잘 이끌어가고 있다. 가부장적 사회 안에서
유능하게 잘 살아 내고 있는 인물인 것이다. 그녀의 그 유능한 무탈함이라
는 것도 가부장적 사회에 대한 동조와 동행에 근거하고 있는 것이다. 장모
역시 딸이 고기를 먹지 않는다는 소식에 안타까워 하며 고향에서 흑염소
를 해가지고 와서는, 손목을 그어 병원에 입원해 있는 딸에게 문병을 와서
그것을 한약이라고 속여서까지 먹이려고 한다. 또 고기를 먹지 않는 딸로
인해 사위에게 무척 면목 없어 한다. 딸의 육식의 거부에도 불구하고 그

러한 딸의 입장과 의식을 전혀 이해하지 못한 채 여전히 고기에 집착하는 장모의 모습 역시 가부장적 사회에 대한 동조와 동행임은 물론이다. 이와 같이 처형이나 장모 등을 통해서 드러나는 가부장적 사회에 대한 동조와 동행은 결국 가부장적 체제의 안정성을 뒷받침하고 나아가 그것을 견고하게 하는 바탕으로 작용한다. 이러한 상황에서 아내의 저항의 의지는 낯설고 의아한 일탈일 뿐이다.

그런 속에서 작품은 육식과 가부장성의 합치점을 더욱 견고하게 드러낸다. 병원에서 자신의 어머니가 자신에게 먹이려 한 것이 한약이 아님을 안 아내는 어머니가 병실에 없는 틈을 타 그 흑염소 진액을 갖다버린다. 그런데 그 사실을 알게 된 어머니는 다시 그것을 되들고 와서는 아내를 향해 그것이 얼마짜리인 줄 아느냐고, 부모의 피땀이 어린 돈으로 마련한 것을 버리느냐고 야단을 친다. 또 "네가 고기를 안 먹으면, 세상사람들이 널 죄다 잡아먹는 거다."라고 잔소리를 한다. 아픈 딸을 향한 어머니의 염려 속에는 피땀어린 '돈'을 버렸다는 것과 고기를 먹지 않으면 사람들이 아내를 무시한다는 식의, 단지 모성의 애틋함으로 이해하기에는 석연치 않은 국면들이 깃들어 있다. 거기에는 육식이 자본이고 힘임을, 권력임을 시사하는 의식이 깃들어 있는 것이다. 어머니의 그와 같은 의식은 이전의 서사에서 아내가 헛간 피웅덩이 꿈을 꾸고 냉장고에 있던 육식거리들을 전부 마룻바닥에 내동댕이쳐 놓고 쓰레기 봉투에 담는 것을 보고 남편이 "쇠고기와 돼지고기 토막난 닭, 적게 잡아도 이십만 원어치는 될 바닷장어를" 다 버리느냐는, 이 돈을 다 내다버리느냐는 식의 반응을 보인 것과 겹쳐진다. 결국 육식은 돈과 힘의, 권력의 표상이며, 그것은 그대로 가부장의 표상으로 자리 잡는다. 그리고 거기에는 약육강식의 논리가 그대로 적용된다. 비싼 고기를 먹는 존재는 힘을 가진 자이고 반대로 고기를 먹지 못하는 존재는 힘이 없는 자이며, 하여 힘 있는 자는 힘 없는 자를 잡아먹는, 약육강식의 논리가 그대로 배어 있는 것이다. 이러한 맥락은 이전 서사에서 어느 날 남편이 퇴근하여 아파트 문을 열었을 때 아내가 거실에서 웃옷을 벗고 수북이 쌓이도록 감자의 껍질을 벗기고 있던 사건을 환기시키면서 두 상황 간의 상호 대비적인 맥락을 의식하게 한다.

약육강식의 논리가 지배하는 폭력적인 가부장적 세상에 대한 동조와 동행에서 이탈을 욕망한 아내는 이상의 논의에서처럼 소외와 배제와 소환의 여정을 거치며 결국 감금의 지경을 향하게 된다. 아내는 자기가 자기에게 위해를 가하도록 강제하는 극한의 폭력적인 세상에 의해 여지없이 그 폭력의 희생타가 되어 버린 상황에서 아무도 자신을 "도울 수"도, "살릴 수"도, "숨쉬게 할 수"도 없음을 절박하게 의식한다. 그런 속에서 제시되는 남편의 잔혹한 꿈의 서사는 아내의 그러한 절박한 심정에 깊은 타당성을 부여한다.

> 얼핏 든 잠에 꿈을 꾸었다. 내가 누군가를 죽이고 있었다. 칼을 배에 꽂아 힘껏 가른 뒤 길고 구불구불한 내장을 꺼냈다. 생선처럼 뼈만 남기고 물컹한 살과 근육을 모두 발라냈다. 그러나 내가 죽인 사람이 누구인지는 잠에서 깨어난 순간 잊고 말았다. (61-62쪽)

손목의 상처로 입원한 아내를 간호하기 위해 병원에 남아 잠을 자던 남편은 누군가를 잔혹하게 죽이는 꿈을 꾼다. 이제까지 아내의 육식에 대한 거부를 몰이해로 일관해 오던 그는 아내가 자신의 손목까지 긋는 극단적 상황이 벌어지자, 아내에 대한 심리적 거리를 더욱 넓게 한다. 그는 아내에 대한 일말의 공감은커녕 일말의 연민도 없이, "한 가지 사실만은 분명했다. 이런 일은 나에게 일어나선 안되었다."라고 분명한 경계 의식을 드러낼 뿐이다. 그리고 그 경계 의식의 정도가 위 인용의 내용으로 확인된다. 꿈으로 간접화되었으나, 그의 아내에 대한 심리적 경계 의식은 참혹하기 그지없다. 더불어 그것은 일말의 인간적 여지도 없는 가부장적 폭력성의 실체를 확인시켜 준다. 그리고 그것은 육식을 거부하는, 즉 가부장적 폭력성을 거부하는 아내가 그 어디에서도 길을 찾을 수 없음을 절박하게 의식하는 이유를 증명한다.

마침내 아내는 그 절박함을 세상을 향해 자신의 몸의 절규로 표한다. 그러나 그녀는 공공의 시선에 의해, 그 시선의 권력에 의해 오히려 감금의 지경으로 내몰린다. 더하여 남편은 기꺼이 그 공공의 시선을 대변한다. 아침에 병실에서 눈을 뜬 남편은 아내가 자리에 없는 것을 발견하고 밖으로 아내를 찾으러 나간다. 그리고 그는 사람들이 웅성거리며 모여 있는 곳에서 아내를 발견한다.

> 아내는 분수대 옆 벤치에 앉아 있었다. 환자복 상의를 벗어 무릎에 올려놓은 채, 앙상한 쇄골과 여윈 젖가슴, 연갈색 유두를 고스란히 드러내고 있었다. 그녀는 왼쪽 손목의 붕대를 풀어버렸고, 피가 새어나오기라도 하는 듯 봉합부위를 천천히 핥고 있었다. (중략) 루즈가 함부로 번진 듯 피에 젖은 입술을 보았다. (중략) 나는 저 여자를 모른다, 라고 생각했다. (중략) "여보 뭘 하고 있어, 지금." (중략) "더워서 벗은 것뿐이야." (중략) "…… 그러면 안돼?" 나는 아내의 움켜쥔 오른손을 펼쳤다. 아내의 손아귀에 목이 눌려 있던 새 한마리가 벤치로 떨어졌다. 깃털이 군데군데 떨어져나간 작은 동박새였다. 포식자에게 뜯긴 듯한 거친 이빨자국 아래로, 붉은 혈흔이 선명하게 번져 있었다. (63-65쪽)

남편의 시선에 환자복 상의를 벗어 무릎에 올려놓은 채 앙상한 쇄골과 여윈 젖가슴을 고스란히 드러내고 있는 아내의 모습이 들어왔다. 상의 탈

의로 상징화된 아내의 육식성 거부가 가정의 울타리를 넘어 공공의 세상으로 나온 것이다. 그 공공의 세상에서 남편은 마치 타인인 듯, 구경꾼들 중의 한 사람인 듯 아내를 바라본다. 그리고 위 인용문에서 확인되듯 자신은 "저 여자를 모른다"라고 생각한다. 가정 안이라고 하는 사적 공간에서 남편으로서 거부하던 아내의 지향을 이제는 아예 타인의 시선으로, 구경꾼의 시선으로 바라보고자 하는 것이다. 그 시선은 구경꾼들 사이에서 들려오던, "정신병동에서 나왔나봐, 젊은 여자가."라는 발화에 담긴 시선이다. 그 시선은 정신병동이라는 표현이 시사하듯, 아내를 정상에서 이탈한 비정상의 존재로 간주하는 시선이다. 그 시선은 육식을 거부하는, 가부장적 폭력성을 거부하는 아내의 지난한 몸짓을, 그 탈의의 저항을 그저 정신이상자의 이상 행동으로, 비정상적인 행동으로 바라볼 뿐이다. 그 시선은 애당초 그녀의 저항의 절박함을 의식할 의지조차 없었다. 남편은 바로 그러한 시선에 합류하고 있는 것이다.

그렇게 타인의 시선으로 아내를 바라보던 남편은 "어쩔 수 없는 책임의 관성"으로 그녀에게 다가가 뭘 하고 있는 것이냐고 묻는다. 그때 아내는 더러워 벗은 것뿐이라고, 그러면 안 되느냐고 되묻는다. 아홉 살 때 자신을 문 개가 아버지의 오토바이에 매여 처참하게 죽어가던 그날은 몹시 무더운 날이었기에, 그날의 일로 상징화된 가부장의 폭력성은 그녀의 가슴에 열기로 맺혀 있기에 그녀는 옷을 벗어, 그 열기를, 그 가부장의 폭력성을, 그 폭력성의 표상인 자신에게서 걷어내고자 하는 것인데, 그것이 그렇게 안 되는 일이냐고 그녀는 묻는 것이다. 그런데 공공은, 그리고 그 공공의 일환이고자 하는 남편은 안 된다고 한다. 남편은 "아내의 무릎에 놓인 환자복을 들어 그녀의 볼품없는 가슴을 가"릴 뿐이다. 안 된다는 것이다. 아내의 탈의는 그 자체로 정상성을 벗어난 비정상적인 일탈이라는 것이다.

그리고 남편은 공공의 시선으로 계속해서 아내를 바라본다. 그것은 앞의 인용문에 제시된 동박새 사건을 통해 분명하게 드러난다. 작품 맨 마지막이기도 한 앞 인용문의 끝부분을 보면 남편이 아내의 움켜쥔 오른손을 펼치자 아내의 손에서 포식자에게 뜯긴 듯한 혈흔이 선명한 작은 동박새가 떨어진다. 이 사건은 마치 아내가 정신이상자가 되어 그 동박새를 물어뜯은 포식자인 듯한 분위기를 형성한다. 앞서 구경꾼인 듯 아내를 바라보던 남편이 "루즈가 함부로 번진 듯 피에 젖은" 아내의 입술을 본 서술 내용이 그러한 분위기를 형성하는 것이다. 그보다 앞서 구경꾼들 중의 누군가가 젊은 여자가 정신병동에서 나왔나보다고 말했던 것에서 그러한 분위기는 더욱 강하게 뒷받침된다. 분명 그러한 분위기 속에서는 아내가 정신이상 상태가 되어 작은 동박새를 물어뜯은 셈이 된다. 그런데 정말 그랬을까는 알 수 없다. 앞 인용문의 전반부에는 지금의 분위기를 반전시킬 수 있는 또 다른 사건이 제시되어 있다. 분수대 앞에서 상의를 벗고 앉아 있는 아내를 발견한 남편은 왼쪽 손목 붕대를 풀어버리고 피가 새어 나오기라도 하는 듯 봉합 부위를 천천히 핥고 있는 아내를 본다. 그렇다면 피에 젖은 그녀의 입술은 그녀의 왼쪽 손목에서 묻은 피일 수도 있는 것이다. 그러니 그녀의 입술에 묻은 피가 동박새의 것인지 그녀 자신의 것인지는 알 수가 없다. 그럼에도 그녀는 공공의 시선에 결탁한 남편의 시선에 의해 정신 이상 상태로 작은 동박색을 물어뜯은 포식자인 듯 간주되며 작품은 마무리되고 있다.

　　이 지점에서 거듭 강조적으로 주목할 문제는 누가 그녀를 그렇게 바라보느냐, 하는 시선의 문제이다. 이 작품은 남편인 '나'의 서술이 지배적이다. 남편 '나'가 아내를 바라보고 의식하는 초점화자이다. 아내가 자신의 이야기를 전하는 서술이 서체를 달리하여 삽입되어 있기는 하지만, 전체적인 서술자이자 초점화자는 남편 '나'이다. 따라서 작품 말미의 일련의 사건들의 시선의 주체 역시 남편이다. 아내를 작은 동박새의 포식자로 의식하는 듯한 분위기 형성의 주체도 남편 '나'이다. 그런데 그 남편의 시선이란 결국 공공의 시선이다. 앞 논의에서 살폈듯이 남편은 구경꾼의 한 사람이 되어 그녀를 바라보았고, 그 구경꾼의 시선은 결국 공공의 시선인 것이다. 그리고 그 공공의 시선은 그녀를 정신병동에서 나온 자, 달리 정신이상자로 바라보고 있다. 공공의 장소에서, 그것도 여자가 상의를 벗고 앉아 있는 까닭이다. 정상적이라면 공공의 장소에서는 누구도 하지 않을 일을 그녀는 버젓이 하고 있으니 그녀를 비정상의 존재로 간주하는 것이다. 사실 작은 동박새의 혈흔에 대한 연유는 분명하지 않다. 그녀의 입술에 묻은 피의 실체도 분명하지 않다. 앞의 논의에서 언급했듯이 두 상황의 관련성을 뒤집을 수 있는 여지도 있다. 그녀의 입술에 묻은 피는 그녀의 손목의 피가 묻은 것이고 그녀가 손안의 동박새를 손에 쥐고 있었던 것은 이미 포식자에게 뜯긴 동박새에 대한 연민의 행위일 수도 있는 것이다. 그러나 그 누구도, 심지어 남편조차도 그러한 상황에 대한 전후 맥락을 헤아릴 의지는 없다. 그저 공공의 상황에 맞지 않는 낯선 여인에 대한 가늠의 시선만이 존재할 뿐이다.

그리고 그 가늠의 시선은 권력이 되어 그녀를 가두어 들인다. 그녀를 감금하는 것이다. 그녀는 이제 옴짝달싹할 수 없을 듯하다. 가장 사적일 수 있는 남편조차 애당초 그 공공의 한 가운데에 서서 그녀를 바라보았고, 지금은 아예 그 공공을 대변하고 있다. 그러니 그녀의 감금은 더없이 견고하다. 정신이상자라는 공공의 낙인, 그 사회적 낙인은 사회적 형벌의 다름 아니다. 그녀에게 탈 육식, 탈 가부장, 탈 죽음을 향할 지향의 자유는 없다. 그것은 감금의 시선에 의해 철저하게 봉쇄되고 있다.

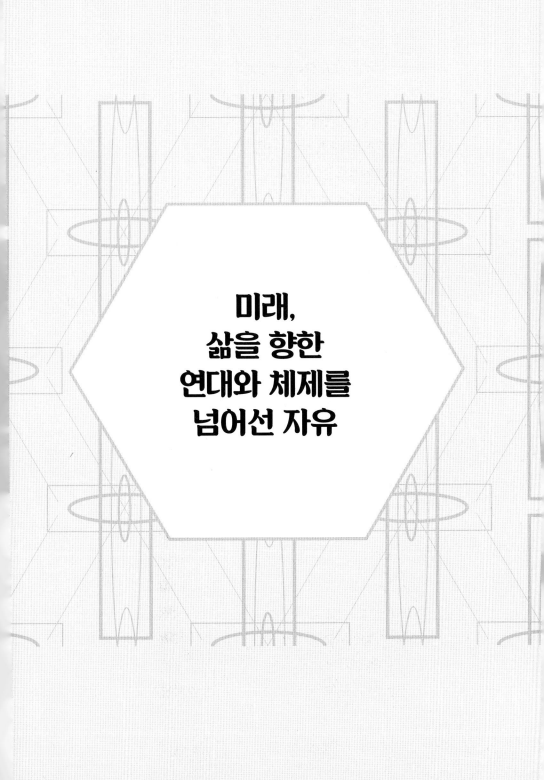

미래,
삶을 향한
연대와 체제를
넘어선 자유

# 김애란의 「어디로 가고 싶으신가요」[*]
## - 상실을 넘어 삶을 향한 연대로

　　김애란의 「어디로 가고 싶으신가요」는 2015년 가을 『21세기문학』을 통해 우리에게 다가온 작품이다. 개인주의적 삶의 가치와 양식을 넘어 그것들의 질적 승화를 생각해 보게 하는 미학으로 우리에게 다가온 작품이기도 하다. 제목 그대로 작품은 주인공 명지의 고통을 통해 우리로 하여금 어디로 가고 싶은가를 묻게 한다.

　　작품은 남편을 잃은 여인 명지의 비통한 슬픔을 이야기한다. 명지의 슬픔에는 남편을 향한 섭섭한 마음이, 화가 난 마음이 담겨 있다. 명지는 슬프고 서러운 중에도 남편이 죽은 연유가 이해되지 않는다. 마음에서 수용되지 않는다. 현장 학습을 나갔던 남편은 물에 빠진 제자를 구하기 위해 뛰어들었다가 제자와 함께 죽음의 길을 갔다. 남편은 왜 자신과 가정을 택하지 않은 것일까. 남편의 죽음 앞에서도, 그 비통함 앞에서도 명지가 떨칠 수 없는 의문이다.

　　그런데 작품의 이야기는 거기에 머물지 않는다. 작품은 거기에, 남편의 죽음의 연유에 기대어 위안을 얻는, 장애를 지닌 연약한 소녀의 이야기를 더한다. 하여 명지는 그 역설적 난국 앞에서 부정할 수 없는 자신의 내

---

[*] 김애란, 「어디로 가고 싶으신가요」, 『바깥은 여름』, 문학동네, 2018.

면의 소리와 만난다. '나'를 덜어내야 하는 아픔을 선의라는 명분으로 당연시할 수는 없다. 그런데 '너'의 더한 아픔이 손을 내밀며 말을 거는 형국 앞에서 명지는 자신 안에 내장된 생의 비의에 눈을 둔다.

　인생에서 '너'와 '나' 모두를 위한 선의란 현실 가능한 것이 아닐 수도 있다. 그럴 때 '너'와 '나'는 어느 길을 가야 하는 것일까. 단적으로 우리는 어떻게 살아야 하는 것일까. 거시 담론의 홍수도 사라진 지 오래이고, 모두가 미시적 개인이 되어 치열하게 부딪히며 살아가고 있는 것이 지금의 현실이다. 그리고 그러한 현실 속에는, 달리 미시적 일상 속에는 개인에게는 결코 작지 않은, 숱한 상처와 아픔 들이 있고, 그런 속에서 그것들의 연유와 깊이는 모두 다르다. 그러니 우리는 어떤 공분모 위에서 공존해야 하는 것일까, 혹은 공존할 수 있는 것일까. 작품은 명지를 통해 그 길을 묻고 있는 듯싶다. 미시적 일상 속에서, 개인이 단위화 된 세상에서 우리는 어떠한 가치를 지향하며, 어디로 가야 하는 것일까. 작품에 제시된 명지의 비통한 슬픔과 그 회복의 여정을 따라가며 작가 김애란이 모색하고 있는 지향의 길에 주목해 보고자 한다.


## 왜 '나'를, 분리

　중학교 1학년 담임 교사인 도경은 현장학습에서 물에 빠진 제자 지용을 구하려다 물에서 빠져나오지 못한 채 지용과 함께 죽음을 맞았다. 아내 명지는 남편 도경의 죽음에 대한 비통함으로 몇 달의 시간을 보내고 있다. 그 비통함에는 도경이 홀로 남겨질 자신, 자신과 함께 이룬 가정에 대해서는 일말의 배려도 없이 떠나가버린 듯싶어, 그러한 도경을 향한 섭섭한 마음이 잠복되이 있다.

나는 당신이 누군가의 삶을 구하려 자기 삶을 버린 데 아직 화가 나 있었다. 잠시라도, 정말이지 아주 잠깐만이라도 우리 생각은 안 했을까. 내 생각은 안 났을까. 떠난 사람 마음을 자르고 저울질했다. (265-266쪽)

위 인용문은 아내 명지가 떠난 남편을 향해 가지는, 남편의 죽음에 대한 비통함과 더불어 지니고 있는 명지만의 아픔을 보여 준다. 명지는, 도경이 자신과 함께 하기로 한 삶을 왜 버렸는지, 자신을 왜 버렸는지를 도대체 이해할 수 없다. 제자를 구하기 위해 물에 뛰어든 도경의 선택을 수용할 수가 없다. 명지는 그렇게 선택받지 못하고 버림받은 자의 상처로 내적인 몸부림을 친다. 도경의 죽음은, 물에 빠진 제자를 구하려다 죽음을 맞이한, 의로운 죽음이라는 대외적으로 숭고한 명예를 지닐 수 있는 죽음이다. 그러나 그것이 남편의 죽음을 맞이한 개인 명지에게 유의미한 것은 아니다. 대외적 명예가 개인적 삶의 실재를 대체하거나 그것보다 우월한 가치를 지닐 수는 없는 것이다. 적어도 명지에게는 그렇다. 하여 개인 명지에게는 그저 자신을 택하지 않고 제자를 택한, 자신들의 삶을 택하지 않고 제자의 목숨을 택한 남편이 섭섭하고, 남편의 부재가 고통스러울 뿐이다.

도경이 현장학습을 떠나던 날의 두 사람의 상황은 명지의 그런 마음의 흐름을 더욱 깊게 한다. 그날은 두 사람이 부부로서 새로운 삶을 계획하고, 그 계획을 실현하기 위한 시작점으로 삼은 날이었다. 그날은 두 사람이 아이를 갖기로 하고, 각자 부모가 되기 위한 준비를 시작한, 특별한 날이었던 것이다. 도경은 그날 금연을 시작했고, 명지는 "웬지 엄마들만 할 줄 아는 크고 어려운 일처럼 여겨졌"던 김치 담그기를 시도했다. 바로 그런 날, 남편은 자신들의 삶이 아닌, 더욱이 그녀 자신이 아닌, 제자를 택해 죽음의 길로 떠나가 버린 것이다. 이제 명지에게 그날은 계획했던 것을 시작조차 하지 못한 지경을 넘어, 계획 그 자체가 불가능해져 버린, 부부의 삶 자체가 산산히 부셔져 버린, 혹은 무화된, 그런 참담한 날이 되었다. 명지의 슬픔과 아픔의 깊이가 헤아려지는 대목이다.

그런데 그렇게 슬픔과 아픔으로 고통스러운 나날을 견디고 있던 명지에게 그 현장에서 빗겨설 수 있는 기회가 찾아든다. 스코틀랜드에 사는 사촌 언니가 전화를 해서 자신과 자신의 남편은 휴가로 한 달 정도 집을 비우니 명지에게 그동안 그곳에 와서 지내라는 제안을 한 것이다. 그리하여 명지는 남편과 함께 했던 한국을 떠나 스코틀랜드로 향한다. 그것은 고통의 현장으로부터의 이탈, 곧 분리의 여정이다. 그런 만큼 그것은 거리를 통한 치유의 여정일 수 있다.

그녀는 스코틀랜드 사촌 언니 집에 도착해 어두운 집 안에서 며칠 동안 긴 잠을 잔다. 그것은 마치 동굴 속에서 재생을 모색하는 듯한 신화적 모티브를 연상시키기도 한다. 그것은 분명 회복의 시간일 수 있다. 실제로 명지는 그곳에서 한국에 있을 때보다는 덜 외롭다는 생각을 한다. 한국에 있을 때 명지는 남편과 함께 했던 공간 속에서 시시때때로 남편의 부재를 느낄 수밖에 없었고, 그럴 때면 그녀의 마음은 "유리벽에 대가리를 박고 죽는 새처럼" 바닥으로 곤두박질치곤 했었다. 그런데 스코틀랜드에서는 그런 고통으로부터는 조금 놓여날 수 있었다. 그렇다고 스코틀랜드에서의 시간이 명지의 슬픔과 아픔에 대한 온전한 치유와 극복의 길이 되지는 않는다. 그것은 거리화가 주는 잠시의 얇고 엷은 완화제일 뿐이었다.

스코틀랜드에서의 시간이 온전한 치유와 극복의 길이 되지 못함은 그녀가 스코틀랜드에서 꾼 남편의 꿈에서도 시사된다. 그녀는 어느 날 오래간만에 남편 꿈을 꾸는데, 그 꿈은 사고가 난 날의 아침을 그대로 재현한다. 꿈속에서 남편은 아침에 일어나 늦었다고, 그녀가 애써 차려 놓은 아침 밥상은 뒤로한 채 서둘러 나가면서 고개 한번 돌려주지 않고 사라져버린다. 그녀는 그런 남편에게 섭섭함을 느낀다. 변화된 것은 없는 것이다. 꿈속에서 고개를 돌려주지 않는 남편의 뒷모습은 남편 그 자신의 마음의 표현이 아니라 남편을 향한 명지 자신의 마음의 표현이다. 하여 그것은 명지가 여전히 자신은 남편으로부터 버림받은 존재라는 아픔에서, 그리고 그를 잃은 슬픔에서 벗어나지 못하고 있음을 드러낸다.

그런 정황을 반영하듯 그녀는 그곳에서도 또 다른 남편의 그림자에 젖어 든다. 그런 중에 그녀는 문득 출구를 의식한다. 과거 남편은 주말이면 스마트폰을 만지작거리는 것으로 시간을 보냈다. 그 안에는 스마트폰 음성인식 프로그램인 시리와 시답잖은 대화를 나눈 시간도 포함된다. 그때 명지는 그런 남편의 모습이 마땅치는 않았지만, 그것이 남편의 쉼의 방식이라 이해하며 그 모습의 순간들을 넘기곤 했었다. 그러던 그녀가 스코틀랜드에 와서 우연한 접속을 기회로 스마트폰 음성인식 프로그램인 시리와 직접 대화를 나눈다. 못마땅히 여기기도 했지만, 곱게 보아 넘겨 주었던 그 일, 그 시리와의 대화에 그녀도 젖어들어 간 것이다. 그것은 남편을 향한 애잔한 그리움과 그로 인한 외로움과 막막함의 표현이다. 그녀는 시리에게 자신의 슬픔을 이야기하기도 하고 때로는 인간에 대해 묻기도 하고 또 고통에 대해, 죽음 이후에 대해 묻기도 한다. 그녀는 남편을 연상시키는 시리에게 자신의 슬픔과 아픔을, 막막함을 토로하며 길을 묻는 것이다. 출구를 묻는 것이다.

그러나 시리는 역으로 명지에게 묻는다. "어디로 가고 싶으신가요?" 라고. 시리는 "누군가의 상상을 상상하는," 인간의 상상 안에서 계산된 프로그램일 뿐이다. 그런 시리는 명지가 지닌 인간적인 슬픔, 아픔, 외로움, 막막함, 그런 고통들을 근본적으로 이해하거나 치유해 줄 수 없다. 명지의 고통은 누군가의 상상 속에 존재하는 '상상'이 아닌, 명지의 '실존' 그 자체이다. 그러므로 상상에 의한 가상의 시리가 현실 속 명지에게 출구를 알려 줄 수는 없다. 출구의 발견은 결국 명지의 몫이다. 명지에게 가상의 존재 시리조차도 묻고 있지 않은가, 어디로 가고 싶으냐고.

명지는 스코틀랜드로 떠나오면서 한 인물을 의식했다. 현석이 바로 그이다. 현석과 도경과 명지는 대학 동창으로 세 사람은 친구 사이였다. 그리고 현석은 그 시절 명지에게 마음을 두었던 인물이기도 했다. 그런 현석이 지금 스코틀랜드에서 유학 중이었다. 한국에 있을 당시 현석의 연락처를 알지 못했던 명지는, 사이가 틀어져서 연락조차 하지 않고 지내던 후배에게까지 연락을 해서 현석의 연락처를 알아내어 스코틀랜드로 온 상태였다. 물론 명지는 현석을 만나서 특별히 무언가를 어떻게 하겠다는 생각은 없었다. 다만 스코틀랜드에 현석이 있다는 사실을 의식했고, 그 의식이 조금은 그녀를 붙잡아 주었다. 은연 중에 명지에게 현석이 힘이 되었던 것이다. 그런 현석을 명지는 스코틀랜드에서 만난다.

그런데 현석과의 만남에서 명지의 상처가 더욱 명료하게 드러나 버린다. 현석은 도경의 죽음을 알지 못한 상태였다. 명지는 그런 현석에게 충격을 받기도 하지만, 오히려 불필요한 동정이나 배려로부터 자유로워짐을 의식한다. 두 사람은 오랜만에 만난 반가움을 나누며 시간을 보내지만 두 사람이 함께 마신 술기운에 명지는 끝내 울음을 터뜨린다. 눌렸던 슬픔과 아픔이 폭발한 셈이다. 그러나 명지는 끝내 현석에게 도경의 죽음을 이야기하지 않고, 그저 도경과 자신이 헤어졌다고 말하는 선에 머문다. 그리고 그날 밤 두 사람은 육체적 관계 맺음을 향한다. 그러나 그 어느 지점에서 당황한 명지가 얼결에 스탠드 줄을 당겨 버리는 바람에 환한 불빛 아래로 "하얗게 허물 덮인 열꽃"으로 가득한 명지의 몸이 고스란히 드러나 버린다. 장미색 비강진을 앓고 있던 그녀의 온몸의 상처가 현석의 눈앞에 고스란히 드러난 것이다. 그녀의 온몸의 상처는 남편의 죽음과 그로 인한 마음의 고통에서 비롯된 것이기에 현석 앞에서 그녀의 온몸의 상처가 고스란히 드러났다는 사실은 그녀의 마음의 상처가 현석 앞에서 오롯이 드러났다는 의미이다. 드러난 그녀의 몸 상태에 당황한 현석이 침착함을 되찾고 둘은 차를 마시며 이야기를 나눈다. 그 이야기 시간 속에서 현석은 과거 명지에 대한 자신의 마음을 전하기도 하지만, 현석 앞에서 온전히 드러난, 명지의 온몸이 표하고 있는 마음의 상처는 분명 그 자체로 치유와 회복을 필요로 하고 있음을 분명히 한 것이다.

## 그래도 '당신'과, 귀환

먼 거리로의 여행도, 현실이 아닌 상상이 빚은 가상 세계와의 접속도, 과거 인연과의 만남도 그녀의 고통을 거두어 주지 못했다. 고통의 장으로부터의 분리도 명지에게 길은 아니었던 것이다. 분리의 현장에서는 치유도 회복도 극복도 가능하지 않았다. 그리하여 그녀는 결국 다시 귀환의 길에 오른다. 분리의 장이었던 스코틀랜드를 떠나 고통의 장이었던 한국으로 향한 것이다. 고통으로 뒤덮인 "육중한 몸"으로 그래도 귀환의 길을 택한 것이다. 시리가 그녀에게 물었던 물음, "어디로 가고 싶으신가요?"는 결국 그녀가 풀어내야 할 화두이고, 그것은 분명 분리의 장에서는 가능한 일이 아니었기에 그녀는 귀환에 오른 것이다.

사실 고통의 장으로부터의 분리가 치유의 길이 아님은 그녀의 온몸을 뒤덮은 피부열꽃, 장미색 비강진을 통해 그녀의 몸이 명료하게 이야기하고 있었다. 장미색 비강진은 일종의 피부 감기와 같은 것으로 스트레스가 가장 큰 원인이었다. 그것은 겉으로 드러나는 부위에는 별 이상이 없어서 남들에게는 멀쩡해 보이지만 그러나 안으로는 심각하게 문제를 지니고 있는 병이기도 했다. 그것은 분명 명지의 마음 상태에 대한 상징이었다.

사실 장미색 비강진은 그녀가 한국에 있을 때부터 이미 그녀의 몸에서 발현되기 시작했었다. 그러던 것이 그녀가 스코틀랜드에 머무는 동안 그녀의 온몸을 뒤덮은 상태로까지 심해진 것이다. 이러한 사실은 상징적인 차원에서 명지의 스코틀랜드로의 여행이, 달리 고통의 장으로부터의 분리가 치유의 길이 아님을 시사한다. 같은 맥락에서 스코틀랜드에 머물 때 그것이 더 심해졌다는 사실은 오히려 귀환이 길임을 시사한다. 상처는 상처의 현장에서 치유 가능한 것임을, 고통은 고통의 현장에서 극복 가능한 것임을 시사하는 것이다.

명지는 스코틀랜드에서 시간이 지날수록 장미색 비강진이 온몸으로 퍼지며 색과 모양이 끔찍해지는 것을 보며 자기 자신이 벌레가 된 기분에 젖기도 했고, 또 그것들이 "작은 수류탄이 무수히 터져 생긴 흔적 같"다고, "허공에 파열의 잔상을 남긴 뒤 불꽃 모양으로 그대로 굳어버리는 재 같"다고도 생각했다. 심지어 그녀는 그것들을 바라보며 "죽음 위에서 죽음만은 계속 피어날 수 있"는 듯한 느낌에 사로잡히기도 했다. 그렇게 그녀가 자신의 몸에 발병한 장미색 비강진을 두고 벌레로, 수류탄의 파편으로, 죽음으로 거듭 의식하는 것은 자신의 몸의 상처로 대리화 된 마음의 상처의 깊이를 의식하는 것이다. 그 깊이가 참으로 참혹한 지경임을 의식하는 것이다. 그녀는 스코틀랜드에서의 시간을, "에든버러에서 시간은 창처럼 세로로 박혀 내 몸을 뚫고 지나갔다."라고 표현한다. 그곳에서의 시간 역시 예리한 고통의 시간이었던 것이다. 그렇게 그녀는 분리도 길이 아님을 절실히 의식한 것이다.

고요하고 어둑한 안방에서 '우리집 냄새'가 났다. 당신과 같이 만든 냄새였다. 침대에 엎드린 채 목덜미와 아랫배를 몇 번 긁적였다. 붉은 반점은 한국에서부터 내 몸에 들러붙어 영국까지 따라왔

다, 기어이 같이 귀국했다. 농작물을 해치는 메뚜기떼처럼 우르르
몰려와 성실하게 내 몸을 갉았다. (261쪽)

귀국 후 "농작물을 해치는 메뚜기떼처럼 우르르 몰려"든, 그 깊어진
상처를 두고, 명지는 과연 무엇을 어떻게 할 수 있을까. 그래도 남편 도경
과 함께, "당신과" 함께 했던 그 지점으로 돌아왔으니 그 지점이 길이 되
지 않을까 싶다.

## 혼자 남은 그 아이는, 극복

한국으로 돌아온 명지는 쌓인 우편물들 속에서 눈에 들어오는 한 통의
편지를 발견한다. 분홍색 봉투의 그것은 청첩장 같은 화사한 분위기의 편
지였다. 보낸 사람의 이름도, 주소도 없는, 우체국 소인이 찍히지 않은, 오
직 받는 사람 이름 한 줄뿐인 편지였다. "권도경 선생님 사모님께"라고만
쓰여진 편지였다. 모든 것이 배제된, 오직 명지만을 향한, 그것도 누군가
의 손을 거치지 않고 직접 가져다 넣어 놓은 '화사한' 분위기의 전언이었
다. 누가 명지를 향해 그렇게 오롯한, 간절한 전언을 남긴 것일까, 그것도
그렇게 화사한 모습으로.

편지는 분명 소통의 한 양식이다. 그러니 명지가 받은 편지는 누군가
가 명지에게 소통을 시도해온 것이다. 손을 내밀어 온 것이다. 그 손 내밂
은 남편이 구하려 했던 학생인 지용의 누나, 지은으로부터였다. 갑자기 몸
에 마비가 와 오른쪽 몸을 잘 쓰지 못한다는, 몸이 아프다는 지용의 누나,
지은으로부터였다. 그리고 마침내 명지는 그 편지, 지은이 아픈 몸으로 어
렵게 써낸, 그 소통의 손 내밂에서 비로소 출구를 발견하게 된다. 사실 지

용의 누나, 지은이 자신의 동생으로 인해 목숨을 잃은 선생님의 사모님께 어떤 말을 할 수 있었을까 싶다. 아마도 지은의 편지는 몹시 힘겹게 쓰였을 것이다. 분명 그 힘겨움은 편지 속 전언을 담아낸, "이제 막 한글을 뗀 아이가 쓴 것처럼 크고 투박한" 글씨체가 전하는 버거움, 그 이상이었을 것이다. 그러나 그 버거움에 담긴 진정성이 명지의 마음의 맺힘을 풀도록 이끈다. 그녀를 남편 도경에 대한 이해의 길로, 인간과 삶을 끌어안는 승화의 길로 이끈다.

지은은 편지 속에서 요즘은 집이 너무 조용해 자신의 발소리를 듣고 자신이 놀란다고 이야기한다. 지용의 꿈을 꾸었다고도 이야기한다. 지용이 꿈속에서 키워줘서 고맙다고 인사했다고, 혼자 있어도 밥 잘 먹으라고 당부했다고 이야기한다. 지은의 그러한 이야기는 달리 명지의 이야기이기도 하다. 명지도 남편이 떠난 후 혼자 집안을 걸어 다니다가 자신의 발소리에 놀랐고, 또 앞서 살폈듯이 남편을 꿈에 보기도 했던 것이다. 이런 고통의 공통항들이 지은과 명지의 소통을 가능하게 하는 기반이 된다. 그리고 그 소통의 시작이 결국은 명지의 마음을 열게 하고, 명지를 공감과 변화의 자리로 나아가게 한다. 더욱이 부모도 없이 둘이 지내다가 몸조차 쓰지 못하는 누나만을 남기고 간 동생의 아픈 마음이 전해지는 지용의 전언은 자신의 고통으로 뭉친 명지의 굳은 마음을 풀어 내고 명지로 하여금 '어른의 살핌의 마음'으로 나아가게 한다.

> 저는 지금도 지용이가 너무 보고 싶어요.
> 사모님도 선생님이 많이 그리우시죠?
> 그런 생각을 하면 ……
> 뭐라 드릴 말씀이 없어요.

이런 말은 조금 이상하지만,
감사하다는 인사를 드리고 싶어 편지를 써요.

겁이 많은 지용이가 마지막에 움켜진 게 차가운 물이 아니라
권도경 선생님 손이었다는 걸 생각하면 마음이 조금 놓여요.
이런 말씀을 드리다니 너무 이기적이지요? (264쪽)

지은의 이 가감 없는 진솔함에 마음의 귀를 막고 눈을 막았던 명지는, 자신만의 고통 안에 똬리를 틀고 들어 앉아 있던 명지는 무너져 내린다. 지은의 입장에서 자신의 동생으로 인해 죽음을 맞이한 선생님의 사모님께 무슨 말을 할 수 있겠는가, 그러니 뭐라 드릴 말씀이 없다 말하는 것이고, 그래도 감사한 것이 사실이니, 감사하다 인사하지 않을 수 없는 것이고, 지은이 자신이 지용의 누나이니 지용의 누나의 입장에서 지용이 마지막에 움켜진 게 차가운 물이 아니라 선생님의 손이었던 것이 다행으로 여겨진 것 또한 사실이니, 그렇다 말하는 것이고, 그렇지만 그 마음이 너무도 이기적이니 그렇다 말하는 것이다. 미안함과 감사함과 죽은 동생에 대한 아픔이 그대로 드러나는 이 전언 앞에, 이 또 다른 고통과 도의 앞에 명지는 폐색된 자신의 마음을 무너뜨리지 않을 수 없는 것이다.

평생 감사드리는 건 당연한 일이고,
평생 궁금해하면서 살겠습니다.
그때 권도경 선생님이 우리 지용이의 손을 잡아 주신 마음에 대해
그 생각을 하면 그냥 눈물이 날 뿐,
저는 그게 뭔지 아직 잘 모르겠거든요. (264-265쪽)

지은의 이 또 다른 '성찰'은 여느 세상의 도덕과 윤리를 넘어선다. 지

용에 대한 도경의 행위는, 즉 물에 빠져 죽음의 위기에 처한 제자를 구하기 위해 자신의 몸을 던진 도경의 행위는 정해진 길이거나 기성화 된 답일 수 없다. 그것은 정해진 윤리의 틀에 끼워 당위처럼, 윤리의 당위처럼 이해하거나 받아들여도 좋은, 그런 행위가 아니다. 지은의 말대로 지용의 손을 잡아준 도경의 마음은 쉽게, 당위로, 당위의 윤리로 재단될 수 있는 마음이 아니다. 지은은 도경의 그 행위를, 그 마음의 깊이를 부여잡고 평생 감사하며 살겠다는 것이다.

만약 지은이 선생님의 희생정신이 훌륭하시다고, 그 희생에 감사드린다고 말했다면 명지의 마음은 움직이지 못했을 것이다. 만약 그랬다면 명지는 또다시 세간의 윤리의 당위에 부딪혀 힘겨웠던 상처에 깊이를 더하며 다시 자신의 상처 안으로 칩거해 들어갈 수밖에 없었을 것이다. 명지가 스코틀랜드에서 그나마 다소의 자유로움을 의식할 수 있었던 것은 세간의 윤리적 당위의 시선으로부터 놓여날 수 있었기 때문이다. 도경의 죽음을 안타까워하는 시선과 맞물려 자리하고 있던 희생정신의 고귀함과 같은 윤리적 당위의 시선이 명지는 몹시 힘겨웠을 것이다. 겉으로는 결코 거부할 수도 부정할 수도 없지만, 그러나 자신의 내부에서는 결코 수긍할 수도, 수용할 수도 없는 윤리적 당위성이 명지에게는 분명 억압이었을 것이다. 윤리적 당위와 개인의 실존 간의 괴리가 명지는 무척 힘들었을 것이다. 남들은 남편의 죽음을, 그 희생을 예찬적으로 바라보겠지만, 정작 남편의 삶은 어디에도 없다. 그리고 그러한 남편의 죽음을 감당해야 하는 자신에게는 상처와 아픔과 고통만이 남아 있을 뿐이다. 남편의 삶은 사라졌고 명지 자신의 삶은 모두 다 부서져 버렸는데, 남편의 대외적인 희생정신의 고귀함이라는 것이 남편과 자신에게 대체 무슨 의미가 있겠는가. 이념에 충실한 거시담론의 시대가 가고 개인의 미시적 일상이, 나아가 실존이 중심인 시대에서 윤리적 당위의 시선은 명지로서는 감당하거나 수용하기 어려운 억압일 뿐이다.

그런데 지은은 남편의 죽음을 두고 그런 윤리적 당위를 언급하지 않는다. 그것을 의식조차 하지 않는다. 그저 지용의 손을 잡아 준 권도경 선생님의 그 마음의 실체를 잘 모르겠다고, 어떤 마음이었기에 자신의 목숨의 위험까지도 감수할 수 있었는지 잘 모르겠다고, 그저 감사할 뿐이라고 이야기한다. 지은은 윤리적 당위 이전의 실존의 의식에서 접근하고 있는 것이다. 바로 지은의 그러한 마음이 명지에게는 위로가 되고 치유의 출구가 된다.

지은의 편지를 거듭 읽으며 명지는 사고 당시의 상황들을, 그 맥락들을 이해와 수용의 시선으로, 나아가 포용의 시선으로 의식하기 시작한다.

눈앞에 얼룩진 문장 위로 지용이의 얼굴이 겹쳐 보였다. 살려주세요. 소리도 못 지르고 연신 계곡물을 들이켜며 세상을 향해 길게 손 내밀었을 그 아이의 눈이 아른댔다. 당신을 보낸 후 줄곧 보지 않으려 한 눈이었다. (중략) 내 앞에 놓인 말들과 마주하자니 그날 그곳에서 제자를 발견했을 당신의 모습이 떠올랐다. 놀란 눈으로 하나의 삶이 다른 삶을 바라보는 얼굴이 그려졌다. 그 순간 남편이 무얼 할 수 있었을까…… 어쩌면 그날, 그 시간, 그곳에선 '삶'이 '죽음'에 뛰어든 게 아니라, '삶'이 '삶'에 뛰어든 게 아니었을까. (265-266쪽)

남편의 사고와 관련하여 명지의 의식이 머문 곳은 '죽음'의 문제였다. 남편은 왜 자기 삶을 버렸을까, 왜 "우리"를 생각하지 않았을까, 왜 "나"를 생각하지 않았을까, 왜 죽음의 길을 간 것일까 하는 문제였다. 그러나 이제 명지는 그것이 '삶'의 문제였음을 이해하고 인정한다. 지용의 삶을 향한 그 간절한 손 내밂을 맞잡은 남편의 손 내밂은 삶의 행위였던 것이다. 삶은 삶에 반응하는 것이고 삶과 연대하는 것이다. 그러니 남편의 그 선택은 죽음이 아니라 삶이었던 것이다. 명지가 그토록 간절히 안타깝게 그리고 바라는 남편의 삶이었던 것이다. 그러니 그 삶을 죽음이라 떼를 쓸 수는 없다. 비록 그것이 아픔과 고통을 안긴다 할지라도 그것이 남편의 삶이라면 명지는 그 삶을 보듬어야 한다. 비로소 명지는 남편의 사고를 정시하게 된다. 그 의미를 이해하고 수용하고 포용하게 된 것이다.

이제 남편의 삶을 포용하게 된 명지는 남편이 지용을 향해 손을 내밀었듯, 자신은 지은을 향해 마음을 내민다. 그것은 자신에 대한 치유를 넘어 세상을 향해 공감의 마음을 펼치는 것이다. 명지는 "혼자 남은 그 아이야말로 밥은 먹었을까, 얼마나 안 먹었으면 동생이 꿈에까지 나타나 부탁했을까." 하고 지은을 염려한다. 이제까지 자신의 상처와 고통에만 매여 있던 명지가 다른 사람, 어찌 보면 자신보다 더 깊은 상처와 고통 속에 있을 수 있는 지은을 의식하고 지은을 품을 수 있는 마음의 상태로까지 나아간 것이다. 그것은 명지가 개인적 의식에 머물러 있던 단계를 넘어 연대적 삶을 이루어 갈 수 있는 의식으로 나아갔음을 보여 준다. 명지는 이제 당위적 강제가 아닌, 자발적 선택에 의한 윤리의 길로 들어선 것이다. 그것은 분명 개인의 미시적 일상을 넘어서는, 명지의 주체적 의지의 승화이다. 명지의 그러한 변화는 명지가 도경이 보여 준 삶과 삶이 맞잡는 상생의 윤리에 대한 동행에 나선 것임을 의미한다. 도경은 윤리는 강제가 아닌 본능적인 인간다움임을 보여 주었고 명지는 그것을 이해하고 수용하고 포용한 까닭이다. 지은에 대한 명지의 마음 내밂은 명지의 그러한 변화의 첫출발점임은 물론이다. 지은의 편지는 명지에게 그렇게 '화사한' 변화를 안겨준 셈이다.

그렇다고 님은 모든 상황이 낙관적일 수만은 없다. 명지가 도경의 삶의 선택을 이해하고 지은을 향해 마음 내밂의 의식으로 나아갔다고 하여 명지가 직면한 현실이 환상이 될 수는 없는 것이다. 명지에게 남편 도경은 부재하는 것이 현실이고 그 현실은 변할 수 없는 것이기에 여전히 명지가 감당해야 하는 고통의 무게는 가볍지 않다. 그녀의 마음을 표하는, 그녀의 몸에 퍼진 장미색 비강진이 도무지 사라질 기미를 보이지 않는 것은 그러한 맥락을 뒷받침한다. 명지는 부재하는 도경이 너무도 보고 싶다. 하여 그녀의 슬픔과 아픔이 응집된 굵은 눈물방울은 그 상황들 위로 투두둑 퍼져나간다. 도통 그 눈물이 거둘어질 것같지 않다. 작품은 그렇게 명지의 고통을 이야기하며 끝을 맺음으로써 명지의 아픔은 지속될 것임을 시사한다.

그렇다고 지은의 편지를 통한 명지의 치유와 회복이 무의미해지는 것은 아니다. 도경의 삶의 선택이 죽음이었듯, 삶은 고통이기도 하다. 그렇기에 삶은 '의미'이기도 한 것이다. 삶은 죽음과 마주하기도 하고, 고통과 마주하기도 하며, 그 속에서 의미를 실현해 가는 것이다. 모두가 그렇게 살아가는 것은 아니겠으나, 그래도 누군가들은 그렇게 살아간다, 도경처럼. 명지도 지은을 향한 마음 내밂을 통해 보여 준 주체적 의지의 승화를 바탕으로 자신의 고통과 마주하면서도 그래도 세상을 향한 마음 내밂의 길을 감당하지 않을까 싶다.

# 김초엽의 「우리가 빛의 속도로 갈 수 없다면」<sup>*</sup>
- 발전의 욕망과 소외의 심화, 그리고 주체적 결단

김초엽의 「우리가 빛의 속도로 갈 수 없다면」은 2017년 제2회 한국과학문학상에서 가작으로 선정된, 작가의 데뷔작에 해당한다. 이 작품은 장르상 SF소설로 분류되는, 과학 기술의 발전에 의해 펼쳐질 인류의 미래 사회를 그린 작품이다. 과거 SF소설들은 흔히 대중소설로 분류되었고, 그 안에서 형상화된 세계는 상상의 정도를 넘어선 공상의 영역으로 받아들여지곤 했다. 그런데 최근 들어 SF소설들은 본격 문학의 위상을 꿰차고 있다. 여기에는 여러 요인들이 있겠지만, 디지털 문명이 확장되고 심화되고 고도화되고 있는 시대 상황과 무관하지 않다. 이 시대는 인공지능, 바이오공학 등의 첨담적인 과학 기술의 급속한 발전 속에서 인간의 존재성이 재해석되고, 인간의 삶의 영역도 확장되어 가고 있는 상황에 놓여 있다. 그런 속에서 SF소설들이 다루는 세계는 그저 허무맹랑한 세계가 아니라, 인간과 인간 삶의 현실 범주 가까이에 위치한, 인간이 멀지 않은 시기에 이루어내고 도달할 세계로 의식되는 것이다. 하여 SF소설은 인간 미래에 대한 진지한 탐구의 장으로 받아들여지고 있다. 김초엽의 「우리가 빛의 속도로 갈 수 없다면」 역시 그러한 맥락에서 이해되고 수용될 수 있는 작품이다.

---

* 김초엽, 「우리가 빛의 속도로 갈 수 없다면」, 『우리가 빛의 속도로 갈 수 없다면』, 허블, 2019.

「우리가 빛의 속도로 갈 수 없다면」은 우주 개척 시대를 배경으로 서사 세계를 구축함으로써 첨단 과학 기술의 발전과 그에 힘입은 인간 존재의 시·공간 영역들의 확산이 인간 삶에 미칠 영향에 대해 생각하게 한다. 작품에서 인간은 과학 기술의 발전을 무한히 지향하는 존재이다. 당연히 그것은 과학 기술의 발전을 통해 더 나은 인간 삶을 이루기 위해서이다. 태양계를 넘어 더 먼 우주 행성계를 개척한 시대에도 그 지향에는 변화가 없다. 그런데 그 광대한 세계를 구축한 시대에 오히려 인간의 소외는 심화되고 그 존재성은 미소화된다. 일 개인의 주체적 의지는 무의미해진다. 우주로 확장된 세계는 인간을 무력화시킬 뿐이다. 주인공 안나의 삶이 그를 증거한다. 그렇다면 과학 기술의 발전은 무엇을, 그리고 누구를 위한 것일까. 고도의 과학 기술의 발전 속에서 인간은 끝까지 존엄함을 지닐 수 있을까. 작품 마지막에서 보여 주는 안나의 주체적 결단은 설득적인가, 유의미한가, 나아가 존중되어야 하는가. 안나가 들려주는 이야기에 귀 기울이며 그 물음들을 성찰적으로 살펴보고자 한다.

## 경계 없는 욕망과 과학 기술의 불완전성, 그리고 인간 소외

이 작품은 미래의 우주 개척 시대를 배경으로 삼고 있다. 지금을 기준으로 봤을 때 그 시대는 엄청나게 과학 기술이 발전한 상태이다. 그럼에도 그 시대는 여전히 지속적인 과학 발전을 추구한다. 작품에서 이끌어낼 수 있는 단편적인 예이기는 하지만, 어쨌든 더 넓은 우주를 개척하기 위해서라도 과학 발전은 필요하다. 인간은 더 넓은 우주 공간을 필요로 하는 까닭이다. 이는 달리 인간이 무한한 욕망을 지닌 존재임을 의미한다. 인간의 무한한 욕망이 더 넓은 우주 공간을 필요로 하고, 그 필요가 시속적인 과학 기술의 발전을 꾀하게 하는 식이다. 작품에서 낡은 우주 정거장에서 폐선된 지 오래된, 슬렌포니아 행성계로 떠나는 우주선을 백 년 동안이나 기다리고 있는 안나를 설득하기 위해 찾아온 젊은 남자가 안나에게 문득 던진, "우주 개척 시대에 들어선 지도 벌써 한참이 지났는데, 아직 지구가 많이 비좁은 모양입니다."라는 말은 그 모든 상황을 대변한다. 그 말은 별다른 의도 없이 일상적인 인사치레 수준의 언사임에도, 오히려 그러하기에 그 안에 담긴 의미가 더욱 깊게 의식된다. 그 말은 분명 그 시대의 일상에 녹아든, 그 시대의 상식적 이념을 전하고 있다. 개발과 확장의 이념이 그것이다. 도대체 얼마를 더 개척하면 지구는 비좁지 않게 될까, 아니 인간이 비좁지 않다고 생각하게 될까. 결국 젊은 남자의 그 말은 인간의 확장에 대한 경계 없는 욕망의 일상화를 보여 주면서 필연적으로 그에 뒤따를 지속적인 과학 기술 발전에 대한 지향까지를 전하고 있다.

그렇다고 과학 기술의 발전이 인간의 무한한 욕망 실현의 궁극의 길이 되는 것은 아니다. 과학 기술은 늘 불완전하다는 한계를 드러내는 까닭이다. 작품은 분명 그러한 국면들을 서사화하고 있다. 그 대표적인 예가 딥프리징 기술 관련 서사이다. 작품에서 안나는 과거 딥프리징 기술이 본격적으로 개발될 당시 그 기술의 핵심 부분을 개발한 인물이었다. 그런데 후에 그녀는 슬렌포니아 행성계로 먼저 개척 이주를 떠난 가족들에게로 가기 위해, 결코 오지 않는 우주선을 하염없이 기다리느라 인간 수명의 한계를 극복해야 했을 때 자신이 개발한 딥프리징 기술을 이용하고는 그것의 불완전성을 깨닫는다. 그 이용 결과가 그동안 그녀가 그 기술이 완벽하다고 믿고 있었던 것과는 달랐던 것이다. 그녀는 젊은 남자에게 자신이 그 기술을 이용하여 잠들었다 깨어날 때마다 "뇌세포가 우수수 죽어 버리는" 기분을 느껴야 했다고 이야기한다. 딥프리징 기술은 결코 대가 없이 인간에게 불멸이나 영생을 안겨 주는 기술이 아니라, 인간이 자신이 "살아보지도 못한 수명을 지불"해야 하는 불완전한 기술에 불과했던 것이다. 안 나는 완벽한 딥프리징 기술을 개발하기 위해 먼 행성계로 개척 이주를 떠나는 가족과의 동행까지 포기하고 지구에 남아 그것의 개발에 자신의 온 열정과 능력을 쏟아부었지만, 그것은 그렇게 불완전한 기술에 불과했던 것이다.

작품에서 워프 항법 역시 과학의 불완전성을 보여 주는 또 다른 중요한 예이다. 광대한 우주를 개척하기 위해서는 공간의 거리를 극복하는 것이 최대 과제였을 때 워프 항법은 공간 왜곡을 통해 그것을 가능하게 한, "우주 개척 시대의 눈부신 전성기"를 연 기술이었지만, 그것은 "인류에게 무한대의 속도를 제공해 주지 못"하는 불완전한 기술이었다. 하여 그것은 우주 공간에서 웜홀을 발견한 것을 계기로 점차 사용되지 않는 기술로 전락하였다. 워프 항법의 이러한 기술로서의 가치 하락이 작품의 주인공 안 나를 비롯한 숱한 사람들의 삶에 막대한 영향을 미친 것은 물론이다.

이처럼 과학 기술이 불완전한 것은 그것이 불완전한 인간에 의해 개발된 결과물이라는 사실과 무관하지 않다. 인간이 불완전한데, 그 불완전한 인간이 발전시키는 과학 기술이 불완전한 것은 너무도 당연하다. 작품에서 작가가 설정한 그 미래 시대에도, 즉 새로운 행성계로 개척 이주를 떠나는 그 우주 시대에도 인간은, 단적인 예로 여전히 빛의 속도를 극복하지 못한 불완전한 존재이다. 그러니 그러한 인간에 의한 과학 기술 역시 늘 한계를 안고 지속적으로 더 나은 발전을 향하는 운명의 쳇바퀴를 돌 수밖에 없다. 과학 기술의 발전은 분명 그렇게 자기 한계를 지닌다.

따라서 과학 기술의 발전에 기대어 인간의 무한한 욕망이 추구되고, 또 그것의 실현을 기하는 것은 원천적으로 분명한 한계를 지닌다. 더불어 그것은 여러 문제들을 야기시킨다. 단적으로 그것은 인간 소외의 심화와 확산을 야기시킨다. 작품은 발전된 새로운 기술로 인해 이전의 것들은 낙후된 것으로 간주되고 폐기되면서 낙후된 기술들과 관련된 것들은 가치 절하되거나 버려지거나 외면되는 가운데, 그 절하와 버림과 외면 속에 인간과 인간의 삶이 포함되고 있음을 서사화하는 속에서 그러한 문제들의 심각성을 전하고 있다. 주인공 안나의 삶이 그 모든 것을 증거한다. 작품에서 안나는 어느 순간 과학 기술의 발전으로 인해 예상치 못했던 삶의 위기에 처하게 된다. 연방 정부의 주도 하에 워프 항법으로 우주 개척 시대를 확장해 가던 중에 뜻밖에 우주에서 웜홀이 발견되어, 워프 항법이 폐기되고 웜홀 항법에 의한 우주 개척 시대가 열린다. 이로 인해 기존에 워프 항법에 기대어 개척된 먼 우주들은 갈 길이 막히고, 안나는 먼 우주의 하나인 슬렌포니아 행성계에 가 있는 가족들을 만나러 갈 수 없게 된다. 과학 기술의 발전이 안나와 안나의 삶을 철저하게 고립시킨 것이다. 그 상황에서 안나는 아무런 대응도 하지 못한다. 대응 자체가 불가능한 상황이다. 한 개인이 혼자의 힘으로 먼 우주를 향해 떠날 수는 없는 것이다. 이 지점에서 안나는 과학 기술의 대상이 되어 주체적 의지를 상실당한 것이다. 이는 과학 기술의 발전으로 인해 인간 소외가 얼마나 심화되었는가를 확인시켜 준다.

후에 안나는 그런 자신의 삶의 경험에 근거하여 과학 기술의 발전이 낳은 인간 소외의 아이러니에 대해 강하게 문제를 제기한다. 가족들을 만나러 갈 수 없게 된 안나는 자신이 개발한 딥프리징 기술에 기대어 가족들이 있는 슬렌포니아 행성계로 떠나는 우주선을 백 년 동안이나 기다린다. 그러나 그곳을 향하는 우주선은 끝내 오지 않았고, 대신에 그녀가 머물고 있던 낡은 우주 정거장을 폐기하려는 젊은 남자가 찾아온다. 이 상황 자체도 아이러니한 중에, 젊은 남자는 안나에게 이젠 그만 가족들을 만나기 위해 슬렌포니아 행성계로 가는 것을 포기하라고 권하며 그녀를 설득한다. 그때 안나는 젊은 남자에게 묻는다. "한순간 웜홀 통로들이 나타나고 워프 항법이 폐기된 것처럼 또다시 웜홀이 사라진다면? 그러면 우리는 더 많은 인류를 우주 저 밖에 남기게 될까?"라고. 그녀의 그러한 물음이 과학 기술의 발전이 인간을 철저하게 무력화시키고 소외시키는 현실에 대한 강력한 문제 제기임은 물론이다.

## 경제적 효율성 지향의 체제, 그리고 인간 소외의 심화

사실 안나가 과학 기술의 발전에 대해 제기하는 문제는 과학 기술 자체를 향한 것이기보다는 그 과학 기술을 대하는, 즉 그것을 활용하는 인간을 향한 것이다. 달리 과학 기술의 발전에 기대어 무한한 확장의 욕망을 실현시키고자 하는 인간을 향한 것이다. 사실 과학 기술의 발전에는 개발의 문제만이 아니라 그것을 활용하는 문제도 병행된다. 과학 기술의 발전에는 개발된 기술을 어떻게 활용할 것이냐 하는 문제가 함께하는 것이다. 그것은 결국 인간의 선택의 문제이다. 이러한 상황에서 인간의 과학 기술 활용에 대한 선택의 기준은 역시 인간의 무한한 욕망의 실현 문제와 무관하지 않다. 인간의 무한한 욕망 실현의 관점에서 과학 기술의 활용의 방향이 선택되고, 설정되는 것이다. 그런데 그러한 작업들은 한 개인의 영역에서 진행되기보다는 개개인들이 구조화된 체제의 영역에서 진행된다. 작품에서는 연방 정부가 그 체제를 대표한다. 연방 정부가 인간의 무한한 욕망 실현의 관점에서 과학 기술의 활용 방향을 결정하는 주권자로 자리하고 있는 것이다. 따라서 안나가 과학 기술 발전에 대해 문제 제기하는 대상은 일 개개인이기보다는 과학 기술 활용의 향방을 좌우하는 연방 정부인 셈이다.

작품에서 연방 정부는 강력한 지배력과 통세력을 지니고 있다. 작품

후반부에서 젊은 남자가, 안나가 점유하고 있는 낡은 우주 정거장을 폐기하기 위해 안나를 설득하는 과정에서 지속적으로 연방 정부의 지침을 의식하는 것은 연방 정부의 강력한 지배력과 통제력을 시사한다. 그런 연방 정부가 과학 기술 활용의 향방을 좌우하는 것이다. 따라서 연방 정부가 설정한 과학 기술의 향방은 강력한 힘을 지니기 마련이다. 그러한 상황에서 연방 정주가 우주 개척의 향방을 정하는 중요한 기준의 하나는 경제적 효율성이다. 연방 정부가 우주에서 웜홀이 발견되고 웜홀 항법이 가능해지자 워프 항법을 폐기한 것도 효율성 문제 때문이다.

> "웜홀 통로를 이용하는 항법은 기존의 워프 항법보다 장점이 아주 많았네. 훨씬 더 빠르고, 안전하고, 경제적이었지. 워프 항법은 우주선 주위에 일시적이고 또 국지적인 공간 왜곡 거품을 계속해서 만들어야 했으니 에너지 소모도 엄청났고 이동 시간도 많이 들었지만, 웜홀은 그냥 존재하는 통로 속으로 들어가기만 하면 되니까. 같은 돈으로 워프를 이용했을 때는 고작해야 한 군데에 우주선을 보낼 수 있었다면, 웜홀 통로를 이용하면 다섯 군데도 넘게 보낼 수 있었다네." (167쪽)

위 인용문에서 드러나듯 웜홀 항법은 워프 항법에 비해 다섯 배 이상의 경제적 효율을 거둘 수 있었다. 경제적 효율성의 관점에서 워프 항법에서 웜홀 항법으로의 전환은 충분히 타당한 것이었다. 과학 기술의 발전을 통해 혁신적인 경제적 효율성을 거둘 수 있게 된 것이다. 하여 "계산기를 두드려본" 연방 정부는 워프 항법을 이용한 우주선 운행을 중단한다. 연방 정부 입장에서는 이미 발견된 웜홀 통로만 이용해도 모두 가볼 수 없을 만큼 많은 별과 행성이 있는 상황이었기에 굳이 고비용 저효율의 워프 항법을 이용할 필요가 없었던 것이다. 연방 정부는 이렇게 경제적 효율성에 근거해 과학 기술 활용의 향방을 결정한 것이다.

　문제는 그러한 경제적 효율성에 근거한 연방 정부의 결정에는 인간에 대한 고려가 없었다는 점이다. 웜홀 항법으로 우주를 개척한다는 것은 달리 웜홀 통로가 발견되지 않은 행성에는 갈 수 없다는 의미이고, 그러니 기존의 워프 항법으로 개척된 행성 중에 웜홀 통로가 발견되지 않은 행성은 갈 수 없다는 의미이다. 그리고 그것은 웜홀 통로가 발견되지 않은 슬렌포니아 행성계에 남편과 아들 내외가 가 있는 안나와 같은 경우는 다시는 가족들을 만날 수 없다는 의미이다. 그러한 문제는 비단 안나에게만 해당된 것이 아님은 물론이다.

> "나처럼 지구에 남겨진 사람들이 제법 있었네. 사정상 제때 떠나지 못한 사람들, 가족이나 소중한 사람들과 생이별을 하게 된 사람들이지. 우주 연방은 우리를 외면했네. 기술 패러다임의 변화로 개척 행성에서 '먼 우주'로 급격하게 밀려난 행성들은 수십 개가 넘는데, 그 수십 개의 행성에 얼마 되지도 않는 사람들을 보내기에는 경제성이 너무 떨어진다는 거야. 우스운 일이지. 불과 수년 전까지만 해도 그 경제성이 너무 떨어지는 방식만을 사용했던 것이 연방 아닌가." (170쪽)

　연방 정부는 경제성을 이유로 사람들 간의 "생이별"을, 고립과 단절을 외면한 것이다. 이러한 연방 정부의 결정을 두고, 그렇다면 우주 개척은 누구를 위한 것인가, 무엇을 위한 것인가, 하는 가장 기본적인 물음을 묻지 않을 수 없다. 물론 연방 정부의 결정은 '더 나은, 더 좋은' 우주 개척을 위한 것이다. 그런데 그 '더 나은, 더 좋은'의 구체적인 실체는 '더 효율적인, 더 경제적인'으로 환원된다. 어디에도 '인간을 위한'이란 답이 끼어들지 못한다. 무한 확장이라는 인간의 욕망이 연방 정부라는 조직으로 체제화되어 인간을 배제하는 아이러니를 발생시키고 있다. 인간 소외를 낳고 있는 것이다.

이 상황에서 주체로서의 인간이 현실적으로 할 수 있는 일은 아무 것도 없다. 분명 아이러니한 것은 인간의 삶의 영역이 우주라는 광대한 세계로 확장될수록 인간의 존재성은 미력해지고 나아가 무력해진다는 것이다. 인간이 무한 확장의 욕망을 지닌 것은 더 광대한 지배력을 행사하고 싶었기 때문인데, 정작 광활한 우주를 개척하는 시대에 인간의 존재성은 외려 왜소해진다. 안나는 슬렌포니아 행성계로 가는 우주선 운항이 중단되었을 때 아무런 대응도 하지 못한다. 그녀 개인이 "빛의 속도로 가더라도 수만 년"이 걸리는 슬렌포니아 행성계로 향할 수 있는 길은 없었던 것이다. 하여 그녀는 그저 자신이 개발한 딥프리징 기술에 기대어 슬렌포니아 행성계로 떠나는 우주선이 오기를 기다리는 수밖에 없었다. 그렇게 해서 그녀가 우주선을 기다린 시간은 무려 백 년이었다. 그 길고 긴 시간이 흐르도록 연방 정부의 외면은 계속되었고, 그녀가 그 상황을 타개할 수 있는 길은 전혀 없었다. 그녀는 철저하게 무력했다. 이러한 안나의 상황을 통해 확인되는 것은 우주 시대가 되면서 인간은 지구라고 하는 가시권 안에서의 삶과는 차원이 다른 심각한 존재성의 위기에 처하게 되었다는 사실이다. 결국 인간을 위한, 인간에 의한, 인간의 과학 기술의 발전과 활용이 심화되고 확장될수록 인간의 존재성은 축소되고 인간이 직면해야 하는 위기는 심화되는 셈이다.


### 안나와 과학, 자기 실현과 소외, 마침내 삶을 향한 죽음으로의 여행

작품에서 과학 기술의 발전과 활용의 소용돌이 속 정중앙에 위치한 인물이 안나이다. 과거 안나는 꽤 영향력 있는 과학자였다. 그녀는 우주 시대를 개척하는 데 필요한 핵심 기술의 하나인 딥프리징 기술을 개발한 인물이다. 그때 그녀는 학자로서의 호기심과 더불어 인류의 미래에 기여한다는 공명심을 지니고 있었다. 서사의 현재 시점에서 안나는 자신을 설득하기 위해 낡은 우주 정거장을 찾아온 젊은 남자에게 그때의 자신의 마음을, "미래가 바로 눈앞에 있었지. 딱 한 발짝, 한발만 더 내디디면 인류는 딥프리징을 이용해 깊은 잠을 자면서 더 먼 별들 사이로 퍼져나갈 테고, 우주는 인류의 손에 들어올 것이라고, 나는 그렇게 확신했다네."라고 이야기한다. 그녀는 그때의 자신은 호기심과 결의가 뒤죽박죽 섞인 열정으로 가득했다고 회고한다. 당시의 그녀의 그러한 모습은 개인적 존재로서의 삶의 지향과 사회적 존재로서의 삶의 지향이 맞물려 있는 어우러짐을 보여 준다. 과학은 그녀에게 자기 실현의 길이었고 인류의 미래에 기여한다는 자부심의 산실이었다. 그렇기 때문에 안나는 딥프리징 기술 개발을 위해 가족들과의 슬렌포니아 행성계로의 동행까지도 잠시 미루었던 것이다. 당시로서는 사소한 문제 몇 가지만 해결하면 그 완성이 눈앞에 있는 상황이었기에 더욱 그랬던 것이다.

그런 안나였지만, 과학자로서의 충만한 호기심과 인류의 미래에 기여한다는 자부심으로 가족과의 동행까지 뒤로 미루었던 안나였지만, 마침내 딥프리징 기술 개발에 성공하여 그것의 성공을 자신의 입으로 발표까지 한 안나였지만, 하여 우주 개척이라는 인류의 미래를 여는 데 기여한 안나였지만, 그러나 그런 안나에게 찾아든 결과는 예상치도 못했던 배반의 연속이었다. 슬렌포니아 행성계로 향하는 우주선은 끊겼고 백 년의 시간이 흐르도록 그 길은 결코 열리지 않았다. 그리고 지금 그녀는 그 기다림조차 허락하지 않는 현실에 직면한다. 그녀가 딥프리징 기술에 기대어 백 년의 시산을 견디며 슬렌포니아 행성계로 떠나는 우주선의 도착을 기다렸던 우주 정거장을 폐기하기 위하여 젊은 남자가 나타난 현실에 처한 것이다. 그 모든 조치의 기저에는 연방 정부의 강력한 지배력이 자리하고 있다.

시간의 흐름 속에서 과학자로서의 안나의 과거 이력은 잊혀졌고, 혹은 더욱 발전된 과학 기술에 의해 가치 절하되었고, 지금의 그녀는 그저 연방 정부의 뜻을 거스르는 골치 아픈, 초라하고 고독한 노인에 불과했다. 지금의 안나는 인류의 미래를 열어 가는 기술을 개발하고 그것을 자신의 입으로 선언했던 인물이라고는 상상할 수도 없는 모습이 되어 있다. 그동안 진행된 숱한 과학 기술의 발전이 결국 오늘의 안나를 이토록 초라하게 만든 것이다. 과학자로서 안나의 젊은 날의 기여가 분명 과학 기술의 더 많은, 더 큰 발전의 발판이 되었을 것인데, 그 결과는 무척 아이러니할 뿐이다. 그녀의 기여가 결국 그녀의 소외를 낳은 까닭이다. 낡은 우주 정거장에 안나와 함께 있던 "고장 났다기보다는 죽어가는 것처럼 보이는 안내 로봇"은 그대로 안나의 표상이 된다. 안나의 위상은 용도 폐기될 로봇의 위상과 다르지 않다. 인간에게 용도 폐기란 개념이 적용될 수 있는 세계란 낯설지만, 그리고 용납하기 어렵지만, 그러나 불가능하지 않은 세계임을 안나가 처한 현실이 보여 주고 있는 것이다. 안나의 현실은 과학의 발전이 끝까지 인간의 존엄을 인정하고 보장할 것인지를 생각하게 한다. 과학 기술이 고도로 발전한 우주 개척 시대에 낡은 우주 정거장에서 오래된 티켓을 지니고 아주 먼 곳을 유일한 희망으로 삼아 하염없는 기다림에 처해 있는 노인 안나의 모습은 과학 기술의 발전과 활용이 가져다 줄 인간소외의 심각성을, 그것의 현실화의 가능성을 의식하게 한다.

안나가 젊은 남자에게 이야기하고 있는 대로 과학 기술의 발전은 인간에게 많은 가능성을 열어 준 것이 사실이다. 단적으로 과학 기술은 인간이 뛰어넘기 어려웠던, 하여 불가능하게 여겨졌던 시간과 공간의 한계를 초월할 수 있는 길을 열어 주었다. 단적으로 딥프리징 기술 개발과 우주 개척이 그것들을 가능하게 했다. 안나 스스로가 그것을 증명해냈듯, 백 년의 시간을 인간이 사는 통상적인 삶의 길이라고 했을 때 안나는 딥프리징 기술을 이용하여 백칠십 년의 시간을 살아내고 있다. 인간으로서 시간의 한계를 넘어선 것이다. 뿐만이 아니다. 인간은 지구 행성의 경계를 넘어, 더하여는 태양계의 경계를 넘어 '먼 우주'에까지 뻗어나갈 수 있게 되었다. 상상을 초월하는 공간의 확장을 이룬 것이다. 그런데 그것이 인간에게 안긴 결과는 긍정적이지만은 않다. 안나는 그러한 초월적인 변화 속에서 인간은 왜 자기 의지를 실현할 수 없으며, 왜 외로움의 총합은 늘어만 가느냐고 묻는다.

> "사실 이 모든 것이 몹시 추운 곳에서 꾸는 꿈은 아닌지, 내가 사랑했던 이들이 정말로 나를 영원히 떠난 게 맞는지, 그들이 떠난 이후로 100년이 넘게 흘렀다면 어째서 나는 아직도 동결과 각성을 반복할 수 있는지. 왜 매번 죽지 않고 다시 깨어나는지. 얼마나 많은 시간이 흘렀고, 얼마나 많이 세상이 변했는지. 그렇다면 내가 그들을 다시 만나는 일도 일어날 수 있는 것이 아닌지. 그럼에도 잠들어 있는 동안은 왜 누구도 나를 찾지 않고, 왜 나는 여전히 떠날 수 없는지……" (180쪽)

> "예전에는 헤어진다는 것이 이런 의미가 아니었어. 적어도 그때는 같은 하늘 아래 있었지. 같은 행성 위에서, 같은 대기를 공유했단 말일세. 하지만 지금은 심지어 같은 우주조차 아니야. 내 사연을 아는 사람들은 내게 수십 년 동안 찾아와 위로의 말을 건넸다네. 그래도 당신들은 같은 우주 안에 있는 것이라고. 그 사실을 위안 삼으라고. 하지만 우리가 빛의 속도로 갈 수조차 없다면, 같은 우주라는 개념이 대체 무슨 의미가 있나? 우리가 아무리 우주를 개척하고 인

류의 외연을 확장하더라도, 그곳에 매번, 그렇게 남겨지는 사람들
이 생겨난다면……"

(중략)

"우리는 점점 더 우주에 존재하는 외로움의 총합을 늘려갈 뿐인
게 아닌가." (181-182쪽)

첫 번째 인용문에서 안나는 자신이 딥프리징 기술로 백 년이 넘는 시
간을 견뎠음에도 인간 소외의 현실에는 아무런 변화가 없음을, 아무도 자
신을 찾아오지 못하고, 자신 역시 그들을 찾아 떠날 수 없음을 이야기하며
강고한 현실의 억압을 비판한다. 두 번째 인용문에서는 인간의 삶의 공간
이 우주로 확장된 것이 결국은 인간의 존재성을 축소하고 인간의 고립을
심화시켜 인간을 무능력하게 하고 더하여 외로운 현실에 처하게 하고 있
음을 비판한다. 안나의 이러한 일침들은 인간의 무한한 욕망과 그것을 실
현시키기 위한 과학 기술의 발전이 결국 인간을 무력화하고 단자화하는
파국적인 결과를 낳고 있음에 대한 비판이다. 과학 기술의 발전에는 인간
에 대한 존중이 배제되어 있었던 것이다. 하여 인간 소외는 그 필연의 결
과가 된다.

소외의 한 가운데에서 그래도 안나가 우주 정거장에서 백 년의 시간
을 견딘 것은 기다림이 가능했기 때문이었다. 언젠가는 슬렌포니아 행성
계에 갈 수 있지 않을까 하는 일말의 희망을 지닐 수 있었기 때문이었다.
슬렌포니아 행성계로 향하는 우주선이 출항하는 날이 오지 않을까, 언젠
가는 슬렌포니아 행성계 근처에 웜홀 통로가 열리지 않을까 하는 희망. 우
주 개척 시대라 하여 백 년의 시간이 전하는 무게감이 가벼울 수는 없다.
그 시간은 가족을 향한 안나의 염원의 깊이를 담보한 시간이다. 그런데 이
제 연방 정부는 안나에게 그 일말의 희망조차, 그 간절한 염원조차 허락하

지 않는다. 연방 정부는 우주 정거장을 관리하는 회사에 안나가 백 년 동안 머물고 있는 낡은 우주 정거장을 기한 내에 폐기하지 않는다고 계속해서 벌금을 물리고, 관리하는 회사는 낡은 우주 정거장을 폐기하기 위해 계속해서 그곳에 직원들을 파견한다. 그런 식으로 하여 안나는 희망의 폐기를, 염원의 폐기를 종용당한다.

결국 안나는 최후의 결단을 내린다. 이제까지 안나는 우주 정거장을 폐기하기 위해 파견된 직원들을 우주 정거장 안으로 발조차 들일 수 없도록 막았었다. 하지만 이번에 파견된 젊은 남자를 두고는, 모르는 척 그가 우주 정거장 안으로 발을 들일 수 있게 허락한다. 그리고 젊은 남자의 의도를 모르는 척하며 그에게 우주 개척의 역사와 그 안에서의 자신의 삶의 이력과 자신이 당면한 현실에 대해 이야기를 들려 준다. 그리고 마침내 젊은 남자에게 자신이 소유한 작은 우주선을 타고 슬렌포니아 행성계로 가겠다고 선언한다. 그녀가 소유한 작은 우주선이란 지구와 위성 사이를 오가는 용도의 셔틀 수준의 우주선이었다. 그녀는 그런 우주선을 타고 태양계 너머의 슬렌포니아 행성계를 가겠다고 선언한 것이다. 그것은 젊은 남자의 말대로 자살 행위이다. 그러나 안나는 자신의 뜻을 꺾지 않는다. 그녀는 젊은 남자에게 자신은 자신이 갈 곳을 정확히 알고 있다고 주장한다. 남편과 아들 내외는 이미 죽음을 맞았겠으나, 그래도 자신의 의지와 무관하게 갈 수 없게 된 곳, 가족들과 만나기 위해 백 년을 기다렸던 곳, 그곳은 분명 그녀가 가야 할 곳이라는 것이다. 그녀의 주체적 의지가, 그녀의 인간적 존엄이 그렇게 판단한 것이다. 자신의 작은 우주선을 타고 떠나는 슬렌포니아행이 죽음으로 귀결된다고 할지라도 그 여행에 나서는 것 자체가 그녀에게는 삶인 것이다. 하여 안나는 젊은 남자가 엔진실에 블랙박스를 가지러 간 틈을 타 자신의 작은 우주선을 타고 슬렌포니아 행성계를 향해 출발한다. 인간의 무한한 욕망에 따른 과학 기술 발전이 낳은 역설적인 인간 소외에 저항하며 인간의 주체적 의지의 실현에 나선 것이다. 그러므로 그녀의 출항은 죽음을 넘어선 삶을 향한 출항이다. 그녀가 자신의 작은 우주선을 타고 향하는 삶은 딥프리징 기술에 기대어 살았던 백 년의 삶과는 분명 차원이 다른 삶이다.

안나와 더불어 지구로 귀환할 준비를 하기 위해 엔진실을 거쳐 조종실에 들렸던 젊은 남자는 그곳에서 슬렌포니아 행성계를 향해 작은 우주선을 출항시키고 있는 안나를 발견하고는 마음이 복잡해진다. 처음 낡은 우주 정거장에 발을 들였을 때만 해도 젊은 남자는 안나를 설득하여 지구로 귀환시키고 우주 정거장을 폐기시킬 생각에만 젖어 있었다. 그런데 안나를 설득하기 위해 안나와 이야기를 나누게 되면서 젊은 남자는 점차 안나를 이해하고 그녀에게 공감하게 된다. 연방 정부나 관리하는 회사와 같은 지배적인 시선에서 볼 때의 안나는 "100년 동안 정거장을 점유하고" 있는 골칫거리 노인이지만 실재의 개인 안나는 충분한 공감과 이해를 불러일으키는 사정과 상황을 지닌 인물이었다. 하여 젊은 남자는 안나가 자신에게 슬렌포니아행 여행을 허락해 줄 것을 부탁했을 때 마음이 흔들리기도 했다. 그러나 안나가 계획하는 작은 우주선을 타고 떠나는 슬렌포니아행은 성공 가능성 자체가 성립되지 않는 자살 행위와 마찬가지였고, 또 그것은 연방법상의 엄격한 규제를 위반하는 것이었기에 자신이 감당할 수 있는 문제가 아니었다. 해서 남자는 어렵게 그녀를 설득하여 지구로 돌아가겠다는 동의를 얻고 출발 준비에 나섰던 것인데, 안나가 그 틈을 타 먼 우주를 향해 자신의 작은 우주선을 출항시키고 있었던 것이다.

난감해진 젊은 남자는 연방 정부로부터 허가되지 않은 항해를 방조한 혐의를 받지 않기 위해 안나의 작은 우주선을 향해 조종실에 있던 플라스마 무기를 발사한다. 하지만 그것은 안나의 우주선을 향해 정조준된 것은 아니었다. 하여 그 무기는 안나의 작은 우주선을 비껴간다. 그 비껴감은 안나의 항해를 향한 젊은 남자의 마음이다. 그는 점점 지구로부터 멀어져 가는 안나의 작은 우주선을 바라보며 "그녀는 언젠가 정말로 슬렌포니아에 도착할지도 모른다. 어쩌면 아주 오랜 시간이 흐른 끝에."라고 생각한다. 그도 과학 기술의 발전 너머에 있는, 인간의 무한의 욕망 실현이 아닌 진정한 가치 실현의 꿈을 의식하게 된 것이다. 작품은 이렇게 안나의 이야기를 통해 젊은 남자에게 인간이 지향해야 할 삶의 좌표를 전하며 마무리된다. 앞서간 노인의 뒤를 이을, 남겨진 젊은이가 향해야 할 삶의 향방을 안나는 그렇게 자신의 삶으로 보여 준 것이다.

## 장소진

서강대학교 국문과 및 동대학원 졸업, 문학박사. 조선일보 신춘문예 문학평론 부분 당선, 문학평론가. 동덕여자대학교 ARETE교양대학 부교수.
저서로『한국현대소설과 플롯』,『한국 현대소설의 주제론적 탐색』이 있고 문학평론집으로『지향의 문학, 반향의 비평』이 있다.
하이컨셉 시대의 기류를 타고 대중서사가 대세를 이루고 있는 현실에서 그것과 호흡하며 그것의 인문학적 가치를 가늠해 볼 필요를 생각하고 있다.

## 소설, 현실과 낭만 사이의 미학

**초판 1쇄 인쇄** 2023년 11월 6일
**초판 1쇄 발행** 2023년 11월 20일

**지 은 이**   장소진
**펴 낸 이**   이대현

**책임편집**   이태곤
**편    집**   권분옥 임애정 강윤경
**디 자 인**   안혜진 최선주 이경진
**기획/마케팅**   박태훈

**펴 낸 곳**   도서출판 역락
**주    소**   서울시 서초구 동광로46길 6-6 문창빌딩 2층(우06589)
**전    화**   02-3409-2055(대표), 2058(영업), 2060(편집) FAX 02-3409-2059
**이 메 일**   youkrack@hanmail.net
**홈페이지**   www.youkrackbooks.com
**등    록**   1999년 4월 19일 제303-2002-000014호

ISBN 979-11-6742-595-9   93810